Jeff Zentner

El Rey Serpiente

Zentner, Jeff
  El rey serpiente / Jeff Zentner. - 1a ed. - Ciudad Autónoma de
Buenos Aires : Del Nuevo Extremo, 2018.
  368 p. ; 21 x 14 cm.

  Traducción de: Karina Benitez.
  ISBN 978-987-609-743-7

  1. Narrativa Estadounidense.. 2. Novela. I. Benitez, Karina,
trad. II. Título.
  CDD 813

© 2016, Jeff Zentner
Publicado en Estados Unidos por *Crown Books fo Young Readers,* una
edición de *Random House Children's Books,* división de *Penguin Random
House LLC,* Nueva York.

© 2018, Editorial Del Nuevo Extremo S.A.
A. J. Carranza 1852 (C1414 COV) Buenos Aires Argentina
Tel / Fax (54 11) 4773-3228
e-mail: info@dnxlibros.com
www.delnuevoextremo.com

Título en inglés: *The Serpent King*

Imagen editorial: Marta Cánovas
Traducción: Karina Benítez
Corrección: Mónica Piacentini
Arte de cubierta: Leo Perrotta Chico
Diseño interior: Dumas Bookmakers

Primera edición: septiembre de 2018
ISBN 978-987-609-743-7

Para Tennesse Luke Zentner,
mi hermoso hijo.
Mi corazón.

1

DILL

HABÍA COSAS a las que Dillard Wayne Early hijo le temía más que al comienzo de clases en Forrestville High. No muchas, pero algunas. Pensar sobre el futuro era una de ellas. A Dill no le gustaba hacerlo. No le importaba mucho hablar de religión con su madre. Nunca lo hacía sentir feliz o a salvo. Detestaba la expresión de reconocimiento que, por lo general, aparecía en el rostro de la gente cuando se enteraba de su nombre. Eso casi nunca resultaba en una conversación que él disfrutara.

Y él *realmente* no disfrutaba de visitar a su padre, el pastor Dillard Early, en la prisión de Riverbend. El viaje a Nashville ese día no era para visitar a su padre, pero, aun así, tenía una sensación inquietante de una especie de temor y no sabía por qué. Debía ser porque comenzaba el colegio al día siguiente, pero, de alguna manera, esta vez se sentía diferente a años anteriores.

Habría sido peor si no fuera por la emoción de ver a Lydia. Los peores días que pasaba con ella eran mejores que los días sin ella.

Dill dejó de rasguear la guitarra, se inclinó hacia delante, y escribió en el cuaderno de composición, de la tienda de todo por un dólar, que estaba abierto en el suelo frente a él. El decrépito aire acondicionado resoplaba con dificultad y perdía, así, la batalla contra la humedad de la sala de estar.

El golpe seco de una avispa en la ventana capturó su atención por sobre el esfuerzo del aire acondicionado. Se levantó del sillón roto y caminó hacia la ventana, que destrabó hasta que se abrió con un chillido.

Dill empujó a la avispa hacia la hendija.

—No quieres quedarte aquí —murmuró—. Esta casa no es lugar para morir. Vamos. Vete.

La avispa se posó en el borde, observó la casa una vez más y voló libremente. Dill cerró la ventana, casi teniendo que colgarse de ella para cerrarla en su totalidad.

Su madre entró con el uniforme de mucama de hotel puesto. Se veía cansada, como siempre, lo que hacía que pareciera tener mucho más de los treinta y cinco años que tenía.

—¿Qué hacías con la ventana abierta y el aire acondicionado encendido? La electricidad no es gratis.

Dill se dio vuelta.

—Avispa.

—¿Por qué estás vestido para salir? ¿Vas a algún lado?

—A Nashville. *Por favor, no hagas la pregunta que sé que vas a hacer.*

—¿A visitar a tu padre? —Sonó optimista y acusadora, ambas cosas.

—No. —Dill apartó la mirada.

Su madre se acercó a él y buscó que la mirara.

—¿Por qué no?

Dill evitó la mirada fija de ella.

—Porque… no es por eso que vamos.

—¿"Vamos"?

—Yo. Lydia. Travis. Los mismos de siempre.

Ella se puso una mano en la cadera.

—Entonces, ¿por qué van?

—Por ropa para el colegio.

—Tu ropa está bien.

—No, no lo está. Me está quedando muy chica. —Dill levantó los brazos escuálidos y la remera destapó su estómago delgado.

—¿Con qué dinero? —El ceño de su madre, ya más marcado que el de la mayoría de las mujeres de su edad, se frunció.

—Solo la propina que me da la gente por ayudarla a llevar sus compras hasta los autos.

—Eres libre de viajar a Nashville. Deberías visitar a tu padre.

Más te vale que visites a tu padre o vas a ver, quieres decir. Dill tensó la mandíbula y la miró.

—No quiero. Odio ese lugar.

Ella cruzó los brazos.

—No tiene que ser divertido. Es una prisión. ¿Crees que él lo disfruta?

Probablemente más de lo que lo disfruto yo. Dill se encogió de hombros y volvió a mirar por la ventana.

—Lo dudo.

—No pido mucho, Dillard. Me haría feliz. Y lo haría feliz a él también.

Dill suspiró y no dijo nada. *Siempre esperas mucho sin pedirlo realmente.*

—Se lo debes. Eres el único con tiempo libre suficiente.

Ella le haría sentir el peso. Si él no lo visitaba, haría que el dolor fuera peor y durara más tiempo que si él cedía. El temor se intensificó en el estómago de Dill.

—Tal vez. Si tenemos tiempo.

Cuando su madre estaba a punto de intentar arrancarle una promesa más firme, un Toyota Prius subió a toda velocidad por el camino y chirrió hasta detenerse frente a su casa con un bocinazo. *Gracias, Dios.*

—Debo irme —dijo Dill—. Que tengas un buen día en el trabajo. —Se despidió de su madre con un abrazo.

—Dillard…

Pero él ya se había ido antes de que ella pudiera continuar. Se sintió agobiado al enfrentar la mañana de verano tan soleada y se cubrió los ojos por el sol. La humedad lo sorprendió de manera violenta incluso a las nueve y veinte de la mañana, como si tuviera una toalla mojada y caliente envuelta en la cara. Miró hacia la Iglesia Bautista El Calvario, con las paredes blancas descascaradas, que se encontraba calle arriba desde su casa. Como de costumbre, entrecerró los ojos para leer el cartel. SIN JESÚS, NO HAY PAZ. CONOCE A JESÚS, CONOCE LA PAZ.

¿Qué pasa si conoces a Jesús, pero no tienes paz? ¿Quiere decir que el cartel está mal? ¿O que no conoces a Jesús tan bien como crees? Dill no había sido criado para considerar cualquiera de las opciones como particularmente buena.

Abrió la puerta del auto y entró. El frío helado del aire acondicionado hizo que se le encogieran los poros.

—Hola, Lydia.

Ella sacó una copia deteriorada de *La Historia Secreta* del asiento del acompañante antes de que Dill se sentara sobre ella, y la tiró en el asiento de atrás.

—Lamento llegar tarde.

—No lo lamentas.

—Claro que no. Pero tengo que fingir. Obligaciones sociales contractuales y cosas por el estilo.

Uno podía programar la hora sabiendo que Lydia llegaría veinte minutos tarde. Y era inútil intentar engañarla pidiéndole encontrarse veinte minutos antes de la hora que uno realmente quería. Eso solo hacía que ella llegara cuarenta minutos después. Tenía un sexto sentido.

Lydia se inclinó y abrazó a Dill.

—Ya estás transpirado y aún es de mañana. Los hombres son tan asquerosos.

El marco negro de los lentes de ella crujió contra el pómulo de él. El cabello enmarañado de Lydia de color azul ahumado, como el del cielo desteñido de noviembre con manchas de nubes, olía a miel, higo y vetiver. Él inspiró. Hacía que su mente nadara de manera placentera. Para ir a Nashville, ella se había puesto una blusa *vintage* sin mangas de color rojo a cuadros con unos pantalones cortos de jean de cintura alta y color negro y unas botas *vintage* tejanas. A él le encantaba cómo se vestía para cada situación, y había muchas.

Dill se abrochó el cinturón de seguridad un segundo antes de que ella acelerara y quedara presionado contra el asiento.

—Perdón. No tengo acceso a un AA que haga que agosto parezca diciembre. —A veces, pasaba días sin sentir el aire tan fresco como en el auto de Lydia, con excepción de cuando abría la heladera.

Ella extendió el brazo y bajó un par de puntos la temperatura del aire acondicionado.

—Creo que mi auto debe luchar contra el calentamiento global de todas las maneras posibles.

Dill inclinó uno de los conductos de ventilación para que el aire le dé en la cara.

—¿Alguna vez piensas en lo extraño que es que la Tierra esté atravesando a toda velocidad el vacío negro del espacio, donde hay unos mil grados bajo cero, y mientras tanto nosotros estemos aquí abajo transpirando?

—Muchas veces pienso en lo extraño que es que la Tierra esté atravesando a toda velocidad el vacío negro del espacio y mientras tanto tú estés aquí abajo comportándote como un bicho raro.

—Entonces, ¿adónde vamos en Nashville? ¿Al centro comercial Opry Mills o algo así?

Lydia lo fulminó con la mirada y volvió a mirar el camino. Extendió la mano hacia él, sin dejar de mirar hacia delante.

—Discúlpame, pensé que habíamos sido mejores amigos desde noveno grado, pero, aparentemente, nunca nos hemos visto siquiera. Lydia Blankenship. ¿Tú eres?

Dill aprovechó la oportunidad para tomarle la mano.

—Dillard Early. Tal vez has oído sobre mi padre que tiene el mismo nombre.

Forrestville, Tennessee, se había escandalizado por completo cuando el Pastor Early de la Iglesia de los Discípulos de Cristo con Símbolos de Fe fue a la penitenciaría estatal, y no por los motivos que todos esperaban. Todos suponían que un día tendría problemas por las, aproximadamente, veintisiete serpientes de cascabel y cabeza de cobre que sus adeptos hacían circular cada domingo. Nadie sabía con exactitud qué ley estaban infringiendo, pero, de alguna manera, parecía ilegal. Y el Departamento de Vida Silvestre de Tennessee finalmente tomó la custodia de las serpientes luego de que él fuera arrestado. La gente incluso pensaba que, quizás, entraría en conflicto con la ley por inducir a su rebaño a beber ácido de batería diluido y estricnina, otra actividad de adoración preferida. Pero no; fue a la Prisión de Riverbend por un tipo de veneno diferente: posesión de más de cien imágenes que mostraban a un menor involucrado en relaciones sexuales.

Lydia inclinó la cabeza y entrecerró los ojos.

—Dillard Early ¿eh? El nombre me suena. De todas maneras, sí, estamos viajando una hora y media a Nashville para ir al centro comercial Opry Mills y comprarte la misma basura de taller clandestino que Tyson Reed, Logan Walker, Hunter Henry, sus novias insoportables y todas las amigas desagradables también usarán el primer día del último año.

—Hago una simple pregunta...

Ella levantó un dedo.

—Una pregunta estúpida.

—Una pregunta estúpida.

—Gracias.

Los ojos de Dill se posaron en las manos de Lydia sobre el volante. Eran delgadas, con dedos largos y elegantes; uñas de color bermellón; y muchos anillos. No era que el resto de su persona no fuera elegante, pero sus dedos eran, sin duda, violentamente elegantes. Él disfrutaba de verla manejar. Y escribir a máquina. Y hacer todo lo que hiciera con las manos.

—¿Llamaste a Travis para avisarle que llegarías tarde?

—¿Te llamé a *ti* para avisarte que llegaba tarde? — Dobló rápido en una curva y las ruedas rechinaron.

—No.

—¿Crees que será una sorpresa para él que llegue tarde?

—Nop.

El aire de agosto era una niebla húmeda. Dill ya podía oír los insectos, como fuera que se llamaran. Esos que hacían un zumbido agitado y vibrante en una mañana sofocante, indicando que ese día sería más caluroso aún. No chicharras, no lo pensó. "Vibrainsectos". Ese parecía el mejor nombre.

—¿Con qué estoy trabajando hoy? —preguntó Lydia. Dill la miró confundido. Ella levantó la mano y frotó los dedos unos con otros—. Vamos compañero, mantén el ritmo.

—Ah. Cincuenta dólares. ¿Puedes trabajar con eso?

Ella resopló.

—Claro que puedo trabajar con eso.

—Está bien, pero no me vistas raro.

Lydia volvió a extenderle la mano, con más energía, como un golpe de karate sobre una tabla.

—No, pero *en serio*. ¿Nos conocemos? ¿Cómo era tu nombre de nuevo?

Dill volvió a sujetarle la mano. Cualquier excusa era buena.

—Hoy estás de humor.

—Estoy de humor para recibir un poco de crédito. No mucho. No me malacostumbres.

—Ni soñando.

—En los últimos dos años de compra escolar, ¿alguna vez hice que te vieras ridículo?

—No. Quiero decir, aún me regañan por estas cosas, pero estoy seguro de que eso habría pasado igual sin importar lo que me pusiera.

—Así es. Porque vamos a un colegio con gente que no reconocería el estilo, aunque los abofeteara en la cara. Tengo una imagen tuya, plantado en una americana rústica. Camisas de vaquero con broches de perla. Pantalones de jean. Clásico, masculino, con líneas icónicas. Mientras todos los demás en Forrestville High tratan, desesperadamente, de aparentar que no viven en Forrestville, nosotros daremos la bienvenida y nos apropiaremos de tu impronta sureña, siguiendo el mismo estilo de Townes Van Zandt en los años 70, que se encuentra con la era de Whiskeytown de Ryan Adams.

—Has planeado esto. —Dill disfrutaba de la idea de que Lydia pensara en él. Aunque solo fuera como un maniquí glorificado.

—¿Esperarías menos?

Dill aspiró la fragancia que había en el auto. Aromatizador de vainilla para autos mezclado con papas fritas, loción de jazmín, naranja y jengibre y maquillaje intenso. Estaban llegando a la casa de Travis. Él vivía cerca de Dill. Se detuvieron en una intersección, Lydia se tomó una *selfie* con su teléfono y se lo pasó a Dill.

—Sácame desde allí.

—¿Estás segura? Tus seguidores pueden comenzar a pensar que tienes amigos.

—Qué gracioso. Hazlo y deja que yo me preocupe por eso.

Un par de cuadras después, estacionaron frente a la casa de los Bohannon. Era blanca y estaba deteriorada, con el tejado de zinc erosionado y madera amontonada en la galería de adelante. El padre de Travis transpiraba en la entrada de ripio mientras cambiaba las bujías de su camioneta, que tenía el nombre del negocio familiar, *Maderas Bohannon*, estampado en un costado. Lanzó una mirada poco amigable a Dill y Lydia, se rodeó la boca con la mano y gritó:

—¡Travis, tienes compañía! —ahorrándole a Lydia la molestia de tocar bocina.

—Papá Bohannon parece no estar de humor —dijo Lydia.

—Según Travis, Papá Bohannonn tiene un humor constante. Se llama ser un completo idiota, y no tiene cura.

Un minuto o dos pasaron antes de que Travis saliera dando grandes pasos. Sin prisa, tal vez. Como lo hacen los osos. Todo su metro noventa y pico y 113 kilos. El cabello rojo crespo y desprolijo y la barba roja moteada de adolescente estaban húmedos por la ducha. Llevaba puestas sus características botas negras de trabajo, Wranglers negros, y camisa de vestir negra y holgada abrochada hasta arriba. Alrededor del cuello, tenía un collar con un dragón decorado de color plata, que sujetaba una bola de cristal púrpura un recuerdo de algún festival del Renacimiento. Siempre lo usaba. Llevaba un libro de bolsillo, con las puntas dobladas, de la serie *Bloodfall*, otra de las cosas que rara vez no llevaba.

A medio camino del auto, se detuvo, levantó un dedo, giró y corrió de vuelta a la casa, casi tropezándose con los propios pies. Lydia se encorvó, las manos sobre el volante, y lo observó.

—Ay, no. El bastón —murmuró—. Se olvidó del bastón.

Dill se quejó y se llevó la mano a la cara.

—Sip. El bastón.

—El bastón de roble —dijo Lydia con una voz medieval exagerada.

—El bastón mágico de reyes y lores y hechiceros y elfos, o lo que sea.

Travis regresó aferrado al bastón, que tenía símbolos y rostros tallados de manera torpe. Su padre levantó la mirada hacia él con expresión incómoda, sacudió la cabeza y retomó el trabajo. Travis abrió la puerta del auto.

—Hola, chicos.

—¿El bastón? ¿De verdad? —dijo Lydia—.

—Lo llevo en los viajes. Además, ¿qué pasa si necesitamos que nos proteja? Nashville es peligroso.

—Sí —dijo Lydia—, pero no es peligroso por todos los bandoleros que andan con bastones. Tienen armas ahora. Un arma destroza un bastón como una tijera.

—Dudo mucho de que tengamos una lucha de bastones en Nashville —dijo Dill.

—A mí me gusta. Tenerlo me hace sentir bien.

Lydia giró los ojos y puso el auto en marcha.

—Bendito Dios. Bueno, chicos. Hagamos esto. La última vez que iremos de compra escolar juntos, gracias al Señor.

Y con esa declaración, Dill se dio cuenta de que el temor que sentía en el estómago no desaparecería pronto. Tal vez nunca. ¿La humillación final? Dudaba de que, al menos, pudiera sacar una buena canción de eso.

2

LYDIA

LA SILUETA de Nashville se avecinaba a la distancia. A Lydia le gustaba Nashville. Vanderbilt estaba en su lista de universidades. No en los primeros lugares, pero estaba. Pensar en universidades la ponía de buen humor, igual que estar en una ciudad grande. Después de todo, ella se sentía mucho más feliz de lo que había estado el día anterior al comienzo de cualquier año escolar de su vida. Solo podía pensar en lo que sentiría el día anterior al próximo año escolar; estudiante de primer año de la universidad.

Cuando ingresaron en la periferia de Nashville, Dill se quedó mirando hacia afuera. Lydia le había dado la cámara y lo había designado el fotógrafo de la excursión, pero él se olvidó de tomar fotografías. Tenía ese sentimiento de lejanía de siempre y el perceptible aire de melancolía. Aunque hoy, sin embargo, parecía diferente. Lydia sabía que las visitas a Nashville eran un asunto agridulce para él debido a su padre, y ella había intentado, adrede, tomar un camino que fuera diferente al que tomaba él para visitar la prisión. Había pasado bastante tiempo en Google Maps trazando la ruta, pero fue inútil. Había tantos caminos de Forrestville a Nashville.

Tal vez Dill miraba las casas que pasaban. Parecía que no existían casas tan pequeñas y deterioradas como la de él, incluso en las zonas de Nashville con casas pequeñas y deterioradas, al menos a lo largo del camino que tomaron. Tal vez él iba pensando en la música que corría por las venas de la ciudad. O tal vez alguna otra cosa ocupaba su mente por completo. Eso siempre era una posibilidad con él.

—Ey —dijo ella con suavidad.

Él se sobresaltó y la miró.

—Ey, ¿qué?

—Nada. Solo "ey". Estás tan callado.

—No tengo mucho para decir hoy. Pienso.

Cruzaron el río hacia el este de Nashville y pasaron cafeterías y restaurantes hasta que se detuvieron en un típico bungaló restaurado. Un letrero pintado a mano en el frente decía ATTIC. Lydia estacionó. Travis extendió el brazo para alcanzar el bastón.

Lydia levantó un dedo en advertencia.

—No lo hagas.

Ellos ingresaron, pero solo después de que ella hiciera que Dill le tomara una fotografía de pie junto al letrero y otra inclinada en la amplia galería de entrada.

La tienda olía a cuero viejo, madera y jean. Un aire acondicionado ronroneaba al bombear aire fresco con olor a moho. Fleetwood Mac sonaba en parlantes ocultos. El piso de madera rechinaba debajo de ellos. Una bonita pelirroja de estilo bohemio de unos veinte años estaba sentada detrás de un mostrador de vidrio lleno de joyas hechas a mano, mirando atentamente la pantalla de su laptop. Levantó la mirada cuando se acercaron.

—Bueno, me encanta tu estilo. Qué bien te ves, ¿es de verdad? —le dijo ella a Lydia.

Lydia se inclinó.

—Muy amable, gracias, señorita comerciante. Qué bien te ves *tú*, ¿es de verdad?

Lydia dio una mirada a Dill que decía: *Intenta obtener este tipo de trato en el estúpido centro comercial Opry Mills.*

—Chicos, ¿están buscando algo en particular hoy?

Lydia tomó a Dill del brazo y lo empujó frente a ella.

—Ropa. Alguna cosa. Pantalones. Que le queden bien a este chico y conmocionen a todas las mujeres a lo largo de la Meseta de Cumberland de Tennessee.

Dill desvió la mirada.

—Mejor, por ahora, concentrémonos en la parte de que me queden bien, Lydia —dijo él con los dientes apretados.

La mujer susurró.

—Mis padres casi me llaman Lydia. Se quedaron con April.

—Guíanos, señorita April —dijo Lydia—. Veo que tienes una excelente variedad bien seleccionada.

Dill entraba y salía del probador mientras Travis se sentó en una silla de madera que crujía y se puso a leer, aislado del mundo. Lydia estaba en su salsa, como pocas veces más feliz que cuando jugaba a disfrazarse con Dill, su propio pequeño proyecto de moda a beneficio.

Lydia le pasó a Dill otra camisa.

—Necesitamos algo de música para montaje de prueba de ropa *Let´s Hear It for the Boy* o algo así. Y, en un momento, sales del probador con un disfraz de gorila o algo similar y yo sacudo la cabeza inmediatamente.

Dill se puso la camisa, la abrochó y se observó en el espejo.

—Miras demasiadas películas de los ochenta.

Finalmente, tenían una pila de camisas, pantalones de jean, una chaqueta de jean forrada con piel de oveja y un par de botas.

—Me encanta hacer compras *vintage* contigo, Dill. Tienes el cuerpo de una estrella de rock de los setenta.

Todo te queda bien. *Nota mental: en la universidad, cualquier novio debe tener el cuerpo de Dill. Es un cuerpo agradable para vestir. De hecho, probablemente también sería un cuerpo agradable para bueno como sea, es un cuerpo agradable para vestir.*

—No puedo pagar todo esto —dijo Dill en voz baja.

Lydia le dio una palmada en la mejilla.

—Tranquilo.

April marcó las prendas. Treinta dólares por tres camisas. Treinta dólares por la chaqueta. Cuarenta dólares por las botas. Veinte dólares por dos pares de jeans. Ciento veinte dólares en total.

Lydia se apoyó en el mostrador.

—Muy bien, April. Este es el trato. Me encantaría que nos vendieras todo esto por cincuenta dólares, y estoy dispuesta a hacer que tu tiempo valga la pena.

April hizo un gesto simpático con la cabeza.

—Ay, cariño. Ojalá pudiera. Te diré algo. Redondeemos en cien, como precio para amigos, porque desearía que fuéramos mejores amigas.

Lydia se inclinó sobre el mostrador y señaló la laptop.

—¿Puedo?

—Claro.

Lydia escribió *Dollywould* en el buscador y esperó a que se cargara. Giró la computadora hacia April.

—¿Alguna vez entraste aquí?

April entornó los ojos para mirar la pantalla.

—Sí, me suena. Estoy casi segura de que sí. ¿No había un artículo sobre las mejores tiendas *vintage* en Tennessee?

—Sip.

April recorrió el sitio.

—Bien, sí, entré aquí antes. Era un artículo excelente.

—Gracias.

—Espera, ¿lo escribiste tú?

—Ese y todos los demás artículos en *Dollywould*. Yo lo administro.

April dejó caer la mandíbula ligeramente.

—No me digas. ¿Es en serio?

—Sip.

—¿Cuántos años tienes... dieciocho, tal vez?

—Diecisiete.

—¿Dónde estabas cuando *yo* iba al colegio?

—En Forrestville, Tennessee, deseando ser tú. ¿Cómo haces publicidad?

—De boca en boca, más que nada. No tengo mucho presupuesto para marketing. Publicaré un anuncio esporádico en *Nashville Scene* cuando haya tenido un buen mes.

—¿Qué te parece si promociono tu tienda en *Dollywould* a cambio de que nos hagas un descuento en esto?

April repiqueteó los dedos en el mostrador y pensó por un segundo.

—No sé.

Lydia sacó el teléfono de repente y escribió mientras April meditaba. Puso el teléfono sobre el mostrador, retrocedió y cruzó los brazos con una amplia sonrisa. El teléfono sonaba y vibraba.

—¿Qué es eso? ¿Qué hiciste? —preguntó April.

—Pensé que debía darte una prueba. ¿Estás en Twitter?

—Tengo una cuenta para la tienda.

—Tuiteé para contarles a mis 102.678 seguidores que, en este momento, me encuentro en la mejor tienda *vintage* del estado de Tennessee y que deben venir a conocerla.

—Guau. Gracias, yo...

Lydia levantó el dedo y tomó el teléfono.

—Espera. Veamos qué tenemos. Bien, tenemos setenta y cinco favoritos, cincuenta y tres retuits. *Gracias por el dato, definitivamente voy a ir. Siempre confío en tu gusto. Nece-*

sito hacer un viaje a Nashville, tal vez podamos encontrarnos y hacer algo de compras.

—Y si...

Lydia levantó el dedo de nuevo.

—Ahh, aquí hay uno bueno. Este es de Sandra Chen-Liebowitz. Probablemente no te suene el nombre, pero ella es la editora adjunta de artículos de la revista *Cosmo*. Veamos qué tiene para decir: *Excelente dato, me encuentro trabajando en un artículo de Nashville en este momento. ¡Gracias!* Así que quizás aparezcas en las páginas de la *Cosmo*. ¿Convencida?

April contempló a Lydia por un segundo y se rindió con una pequeña risa.

—Está bien. Tú ganas.

—Ganamos *las dos.*

—Así que, básicamente, supongo que eres la chica con más onda del colegio, ¿no?

Lydia rio. Dill y Travis se unieron a ella.

—Ay. Sí. Soy la que más onda tiene. Ahora, ¿la más *popular*? Digamos que ser famosa en Internet tiene poco mérito entre mis compañeros.

—De alguna manera, es mérito negativo —dijo Dill.

—Lo que dijo él. En el colegio, no hay mucho mérito en ser una chica que, ya sabes, expresa opiniones sobre algo.

—Bueno, estoy asombrada —dijo April.

—Genial. Ahora, mientras le cobras a mi amigo, pensaré en la mejor manera de gastar trescientos dólares aquí.

— ¿Y tú? —dijo April a Travis—. No estoy segura de que tengamos mucho para alguien tan alto como tú, pero podemos intentar.

Travis se sonrojó y la miró con una sonrisa de costado.

—Ah no, gracias, señorita. Yo prácticamente uso lo mismo todos los días, así puedo pensar en otras cosas.

April y Lydia intercambiaron miradas. Lydia movió la cabeza. La cara de April demostró comprensión.

* * *

Lydia no tuvo problemas, en absoluto, para gastar su presupuesto para ropa. Antes de que se fueran, le pidió a Dill que tomara unas cincuenta fotografías de ella con sus nuevos conjuntos combinados de diferentes maneras. Y otras veinte más de ella con April. Ella y April intercambiaron números de teléfono y prometieron mantenerse en contacto.

Apenas salieron, comenzaron a transpirar de inmediato. Hacía al menos treinta y cinco grados. El sol de la tarde brillaba. El zumbido de las chicharras palpitaba como los latidos del corazón en una ecografía.

Lydia hizo señas para que todos se amontonaran.

—Saquémonos algunas fotos todos juntos. Último viaje de compra escolar a Nashville.

Dill forzó una sonrisa.

—Vamos, amigo, puedes hacerlo mejor —dijo Lydia. Él volvió a intentarlo, sin mejoras.

—Ey, Lydia, ¿podrías sacarme algunas fotos con mi bastón?

Lydia estaba eufórica por el golpe maestro que había dado por Dill, la ropa que había encontrado para ella y su nueva amiga moderna mayor que ella. Aun así, simuló una gran molestia para mantener la coherencia.

—Bueno, *está bien*. Vamos. Trae tu bastón.

Travis fue saltando al auto y lo agarró. Regresó y adoptó una postura seria y pensativa.

—Listo.

Lydia tomó varias fotografías. Travis cambió de poses: apoyado sobre el bastón, sosteniéndolo como preparado para golpear.

—Asegúrate de que se vea mi collar con el dragón.

—Amigo. No soy principiante en hacer que los buenos accesorios se destaquen en las fotos.

Cuando ella terminó, Travis se acercó para ver el trabajo; una amplia sonrisa infantil le iluminaba la cara. Él olía a ropa transpirada y húmeda que había quedado demasiado tiempo en la lavadora antes de pasar a la secadora.

—Salí bien en estas —murmuró—. Como Raynar Northbrook de *Bloodfall.*

Dill se estiró para dar un vistazo.

—Ah, esas dicen Raynar Northbrook por todos lados.

—Travis no entendió la broma.

Lydia aplaudió.

—Caballeros, tengo hambre. Vayamos a Panera.

—Panera es muy caro. Yo quiero ir a lo de Krystals —dijo Travis.

—(A) es "Krystal" en singular y sin "lo de". Y (B), no.

—Vamos, te toca elegir la música en el camino.

—Hay un Krystal en Forrestville. No hay un Panera. No hicimos todo este viaje para comer en el estúpido Krystal y que nos den la misma porquería que podríamos comer en Forrestville.

—Dejemos que decida Dill. Él puede desempatar.

Dill miraba fijamente a lo lejos.

—Yo no tengo hambre. Comeré en casa.

—No importa —dijo Travis—. Igual puedes votar.

—Un voto por Krystal es un voto para volver a casa —dijo Lydia.

—Voto por Panera entonces —dijo Dill, con una sonrisa más sincera.

Terminaron yendo a Krystal por Travis.

3

DILL

DILL TENÍA la esperanza de que cuando preguntara si podían hacer una parada en la prisión cuando salieran de la ciudad, luego de comer, Lydia diría que tenía que llegar a su casa por alguna razón y que no le era posible esperarlo a que visitara a su padre. Pero no.

La prisión de Riverbend estaba en una zona rural, falsamente hermosa, de Nashville. Colinas ondulantes y una frondosa alfombra de árboles rodeaban edificios color beige en forma de bloques con ventanas estrechas.

—No me quedaré demasiado. Saben que odio este lugar —dijo Dill y salió del auto.

Lydia dio golpecitos a su teléfono.

—No te preocupes, amigo. Puedo ocuparme de mi publicación en el blog sobre la vuelta al colegio.

Travis tomó su libro.

—Chicos, se supone que deben decirme lo importante que es para ustedes volver a casa —dijo Dill.

—Ah, bien —dijo Lydia, sin levantar la vista—. Bueno, Dill, apúrate allí dentro o, de lo contrario, seré castigada o azotada, o algo por el estilo.

—Sí, apúrate Dill —dijo Travis—. Realmente quiero llegar a casa y pasar el rato con el padre genial que tengo, en lugar de leer mi libro favorito.

Dill apenas sonrió y les hizo *fuck you*. Respiró profundo y caminó hacia el edificio principal. Pasó por seguridad y se registró. Los guardias lo llevaron al área de visitas. No se veía como las áreas de visitas que mostraban en televisión. No había divisores transparentes y auriculares de teléfono. Era un salón grande lleno de mesas redondas, cada una con dos o tres sillas, y algunas máquinas expendedoras. Se parecía a la cafetería de su colegio, y él estaba tan emocionado de estar allí como lo estaría en la cafetería del colegio. Estaba lo suficientemente sofocante como para recordarte que el edificio tenía aire acondicionado, pero alguna limitación moral o de presupuesto evitaba que se usara para que las cosas no fueran tan agradables. Varios guardias vigilaban alrededor del salón.

Dill era la única visita. Se sentó en una mesa y repiqueteó los dedos. No podía dejar de mover las piernas. *Solo acabemos con esto.*

Giró y se puso de pie cuando una puerta se abrió y un guardia guio a Dillard Early padre.

El padre de Dill era alto y delgado, huesudo. Tenía ojos oscuros hundidos; un bigote estilo Dalí; y cabello negro, largo y grasoso, con mechones grises, y atado en una cola. Cada vez que Dill lo veía, parecía más frío. Más calculador. Más salvaje y más parecido a una serpiente. La prisión lo iba marcando e iba eliminando la poca suavidad y gentileza que tenía. Él era casi diez años mayor que la madre de Dill, pero parecía tener veinte años más.

Llevaba puesto pantalones de jean azul oscuro y una camisa de uniforme celeste con un número estampado en el pecho y TDOC estampado en la espalda.

Su padre se acercó lentamente. Tenía un andar cauteloso y depredador.

—Hola, Junior. —Dill odiaba que lo llamaran "Junior". Se quedaron de pie enfrentados por un segundo. No tenían permitido abrazarse ni tocarse de ninguna manera. Dill podía sentir su olor del otro lado de la mesa. No olía mal precisamente, pero no había dudas de que era humano. Primitivo. Como el olor de la piel y el cabello que no son lavados con tanta frecuencia como los de las personas en libertad.

Tomaron asiento. El padre de Dill puso las manos sobre la mesa. Se había tatuado MARCOS en los nudillos de una mano y 1618 en los de la otra. Los tatuajes eran un nuevo acontecimiento. *Y no uno bueno. No era una señal prometedora verlo moverse en dirección a cosas más extrañas.*

Dill intentó sonar relajado.

—Hola, papá. Parece que te hiciste algunos tatuajes.

Su padre se miró las manos como si se enterara de algo nuevo.

—Sí, así es. No me dejarán practicar mi religión aquí, así que llevo mi fe en la piel. No pueden sacarme eso.

Se ve que te está yendo bien aquí. Cuando su padre fue a prisión, todos imaginaron que la pasaría mal, considerando cuál era su creencia. Pero subestimaron el carisma de su padre. Aparentemente, si puedes convencer a las personas de que recojan serpientes de cascabel y cabeza de cobre y beban veneno, puedes convencerlas de que te protejan de lo que su padre llamaba "los Sodomitas".

Se sentaron y se contemplaron uno al otro durante varios segundos incómodos.

—Entonces ¿cómo estás? —preguntó Dill.

—Estoy viviendo un día a la vez, gracias a Jesús.

—¿Estás comiendo lo suficiente? —Hablar de cosas sin importancia en la prisión era difícil. Ni siquiera el tiempo era un tema de interés mutuo.

—Mis necesidades están satisfechas. ¿Cómo están tú y tu madre?

—Sobreviviendo. Trabajando duro.

Sus ojos de mirada intensa brillaban con una luz extraña que hacía que Dill sintiera tristeza por dentro.

—Me pone contento oír eso. Trabajen duro. Paguen nuestras deudas, así podré reconstruir mi iglesia cuando se cumpla mi tiempo aquí. Quizás me puedas acompañar si tu fe se vuelve poderosa para entonces.

Dill se retorció.

—Sí, tal vez. De todos modos, mañana empieza el colegio.

Su padre apoyó los codos en la mesa y entrelazó los dedos como si estuviera rezando.

—Es esa época del año, ¿no? ¿Y cómo pasarás este año en el colegio? ¿Serás un soldado de Cristo y difundirás las buenas noticias de salvación y sus señales a tus pares? ¿Harás el trabajo que yo no puedo?

Dill volvió a moverse en el asiento y apartó la mirada. No le gustaba hacer contacto visual con su padre. Él tenía el tipo de mirada que hacía que las personas hicieran cosas que sabían podían lastimarlas.

—Yo, o sea, yo no creo que a mis compañeros les importe realmente lo que tenga para decir. *Perfecto. Un recordatorio de lo poco popular que soy combinado con un recordatorio de lo mucho que decepciono a mi padre, todo envuelto en el mismo paquete. Visitar la prisión sí que es divertido.*

Su padre se apartó, con la mirada clavada en Dill, y le dio una tranquilidad conspiratoria a su tono de voz.

—Entonces, no *digas. Canta.* Alza esa voz que Dios te ha dado. Usa esas manos que Dios bendijo con la música. Difunde el evangelio mediante la canción. Los jóvenes aman la música.

Dill reprimió una risa irónica.

—Sí, pero no la música sobre recoger serpientes y esas cosas. Ese tipo de música no es tan popular.

—El Espíritu se moverá en ellos igual que se movía en nuestra congregación cuando cantabas y tocabas. Y cuando salga, nuestra congregación se habrá multiplicado por diez.

¿Y qué tal si solo intento sobrevivir al año escolar? ¿Y si no hago nada para quedar más ridículo aún?

—Mira, papá, con tu... nuestra situación se me hace difícil hablar con mis compañeros sobre este tipo de cosas. De verdad, no las quieren oír, ¿sabes?

Su padre resopló.

—¿Entonces nos rendimos ante el artilugio de Lucifer para arruinar los símbolos de nuestra iglesia? ¿Lo dejamos ganar sin dar batalla?

—No... Yo... Yo no... —El surrealismo de estar hecho para que un *recluso de la prisión* te haga sentir indigno se instaló, e impidió que Dill terminara la idea.

—¿Recuerdas cómo escribías salmos y los cantabas con la banda de oración? ¿Recuerdas eso?

—Sí, creo. Sí.

El padre de Dill volvió a sentarse, mirando a lo lejos, moviendo la cabeza levemente.

—Esas canciones eran hermosas. —Volvió a clavar los ojos en Dill—. Cántame una.

—¿Te refieres a aquí mismo? ¿Ahora? —Dill buscó algún indicio de que su padre estaba bromeando, lo que sería un hecho sumamente extraño, pero, aun así.

—Sí. La que escribiste. "Y Cristo nos liberará".

—No tengo mi guitarra ni nada. Además, ¿no sería raro? —Dill hizo un gesto con la cabeza a los guardias que parecían aburridos y hablaban entre ellos.

Su padre se dio vuelta y miró a los guardias. Volvió a girar con un resplandor en los ojos.

—¿Crees que ellos piensan que no somos raros?

Buen punto. Dill se sonrojó. En tal caso, podía sacarse el tema de encima. Rápidamente y en voz baja, cantó a capela. De reojo, vio que los guardias dejaron de hablar para escuchar.

—Más —dijo su padre, aplaudiendo—. Una nueva.

—Yo, en realidad, no he escrito ninguna nueva últimamente.

—¿Dejaste la música?

—No exactamente. Solo que ahora escribo... sobre otras cosas.

El rostro de su padre se turbó.

—Otras cosas. Dios no puso la música en tu boca para que pudieras cantar sobre las alabanzas de los hombres y la promiscuidad.

—Yo no escribo canciones sobre promiscuidad. No tengo ni una canción sobre eso.

Su padre lo señaló con el dedo.

—Recuerda esto. Cristo es la dirección. La única dirección. Tu camino a la salvación. Y tu música es tu camino a Cristo. Mi camino a Cristo fue la manifestación de las señales de fe. Si perdemos nuestro camino a Cristo, perdemos nuestro camino a la salvación. Perdemos nuestra recompensa eterna. ¿Entiendes?

—Sí, entiendo. —Hablar con su padre hacía sentir a Dill que estaba hablando con una pared de ladrillos dotada de sentidos que, por alguna razón, sabía sobre Jesús—. Bueno, bien, tengo que irme.

El rostro de su padre se turbó aún más.

—Acabas de llegar. Seguramente, no hiciste todo este viaje para quedarte unos pocos minutos y volver a casa.

—No. Aproveché el viaje con unos amigos que tenían que hacer unas compras para el colegio. Me están esperando en el estacionamiento y hace mucho calor. Fueron amables al dejarme venir por unos minutos.

El padre de Dill exhaló por la nariz y se puso de pie.

—Bueno, supongo que es mejor que te vayas entonces. Adiós, Junior. Dale mis cariños a tu madre y dile que le escribiré pronto.

Dill se puso de pie.

—Lo haré.

—Dile que recibí sus cartas.

—Está bien.

—¿Cuándo volveré a verte?

—No sé exactamente.

—Entonces, te veré cuando Dios quiera. Ve con Jesús, hijo.

El padre de Dill levantó los dos puños y los juntó, uno al lado del otro. Marcos 16:18. Luego, giró y se fue.

* * *

Dill soltó un suspiro largo cuando dejó el edificio, como si hubiera contenido la respiración durante todo el tiempo que estuvo dentro para evitar inhalar cualquier virulencia que albergaran los prisioneros de allí. Se sintió un poco mejor sin el temor de visitar a su padre. Ahora solo sentía el temor original de esa mañana.

Llegó al auto. Lydia le estaba diciendo algo a Travis acerca de cuántas calorías tendría que comer un dragón por día para poder lanzar fuego. Su argumento no parecía convencerlo.

Ella levantó la mirada cuando Dill se acercó.

—Ah, gracias a Dios. —Ella encendió el auto—. ¿Y cómo está tu padre?

—Raro —dijo Dill—. Él es muy raro.

—¿Es? —comenzó a preguntar Travis.

—Realmente no tengo ganas de hablar de eso.

—Muy bien…

—Perdón, no quiero ser grosero —dijo Dill—. Solo vayamos a casa.

Estuvieron en silencio la mayor parte del viaje de regreso. Travis leía el libro. Lydia puso un mix de Nick Cave & the Bad Seeds y Gun Club y golpeteaba el volante al ritmo, aun irradiando alegría. *¿Y por qué no debería? Ella había tenido un día excelente.*

Dill miraba por la ventana los árboles que bordeaban ambos lados del camino, de vez en cuando una cruz hecha a mano al costado de la ruta, que marcaba el lugar donde alguien había encontrado el final, poniendo énfasis en la pared de verde intacta. Tres buitres daban vueltas alrededor de algo a la distancia y planeaban en corrientes de aire ascendentes. Él trató de disfrutar los momentos que quedaban del viaje.

La última vez de compra escolar juntos. La muerte de una pequeña parte de mi vida. Y ni siquiera logré disfrutarla por completo gracias al loco de mi padre. Que, lentamente, está volviéndose cada vez más loco.

De reojo, observó cómo conducía Lydia. Los bordes de la boca. La manera en que se elevaban en una sonrisa de satisfacción casi infinita. Cómo se movían sus labios, de manera imperceptible, mientras ella cantaba, sin querer, al compás de la música.

Recuerda esto. Escríbelo en una cruz hecha a mano y clávala en tu corazón como símbolo de este final.

Cuando llegaron a Forrestville, las sombras eran largas y la luz parecía que salía a raudales de una jarra de té dulce. Primero, llevaron a Travis.

Travis bajó rápidamente y se inclinó para mirar al interior del auto con la mano apoyada en el techo.

—Otro año con ustedes. ¿Nos vemos mañana?

—Lamentablemente —dijo Dill.

Travis caminó, sin prisa, hasta la galería del frente. Giró y saludó de nuevo cuando llegó a la entrada, con el bastón en alto.

Lydia aceleró.

—Yo no tengo apuro por llegar a casa —dijo Dill.

—Costumbre.

—¿Quieres ir al Parque Bertram y mirar los trenes hasta que oscurezca?

—Me encantaría quedarme, pero, de verdad, necesito comenzar a dedicarle algo de tiempo al blog por algunos meses. Con eso encabezaré mis solicitudes de ingreso a la universidad, así que debe tener buen contenido.

—Vamos.

—Mira, sería divertido, de la manera un poco aburrida de siempre, pero no.

Se detuvieron frente a la casa de Dill. Él se quedó sentado por un momento, sin moverse para alcanzar la manija de la puerta, antes de girar hacia Lydia.

—¿Vas a estar muy ocupada para nosotros este año?

El rostro de Lydia adoptó un gesto desafiante. Se le endureció la mirada y el aire eufórico se esfumó.

—Perdón, no estaba prestando atención, ¿qué estuvimos haciendo en las últimas horas? Ah, cierto.

—No me refiero a eso. No hoy. Hablo en general. ¿Este año será así?

—Mm, no, amigo. Misma pregunta. ¿Este año irá así? No estás entendiendo y te estás comportando extraño cuando yo necesito hacer las cosas que tengo que hacer.

—No.

—Bueno, no comenzamos de la mejor manera.

—Entiendo. Estarás ocupada. Como sea.

—Pero serás realmente silencioso y taciturno al respecto y tal vez un poco idiota.

—Tengo muchas cosas en la cabeza.

—En serio, Dill. Por favor, no seas grosero cuando estoy ocupada.

—No soy grosero.

—Sí, un poco.

—Perdón.

Se contemplaron mutuamente por un momento como dándose la oportunidad para ventilar alguna otra queja o reclamo. La expresión de Lydia se suavizó.

—Cambiando de tema, media ensalada de Krystal no es mucho para una cena.

—Estoy bien.

—¿Seguro?

—Sí.

—Bueno, mejor me voy. ¿Compañero? —Ella se extendió y lo abrazó para despedirlo.

Dill inspiró su olor una vez más y lo recogió junto con la nueva ropa que tenía.

—Gracias por hacer esto. No quise parecer desagradecido.

—Bien, porque hice algo para ti. —Ella sacó un CD de la guantera que decía *Joy Division/New Order* escrito con marcador negro.

—Esto es lo que estuvimos escuchando en el viaje de ida a Nashville. Sabía que querrías una copia.

Dill golpeteó el CD con los dedos.

—Tenías razón. Gracias.

—Y debes saber que *Love Will Tear Us Apart* [El amor nos separará] es mi canción preferida en este mundo.

—Tomo nota.

—Mañana a las siete y cuarto.

Él levantó el pulgar en señal de aprobación.

—Estaré listo.

Dill bajó del auto y caminó hacia su casa. Subió los escalones de cemento agrietados y erosionados que llevaban a la puerta del frente y puso la mano en la perilla antes de pensarlo mejor. No tenía sentido sentarse en una casa sombría antes de que oscureciera. Apoyó las bolsas de ropa y el CD en los escalones, luego se sentó y miró fijamente el letrero de la iglesia.

No hay paz, no hay paz. No hay paz, no hay paz.

4

TRAVIS

*A R*AYNAR *N*ORTHBROOK *le alegraba el alma ver las almenas de Northhome cada vez que volvía de cazar. Todo lo que quería era sentarse junto a un fuego ardiente y dejar que el cansancio se desvaneciera con una jarra de aguamiel de verano, mientras intercambiaba historias de conquista de tierras y mujeres hermosas con el capitán de la guardia. Hasta que miró hacia abajo desde la almena más alta y vio las filas del ejército de hombres caídos y Malditos de Rand Allastair acercándose para sitiar los muros, él tenía intenciones de disfrutar de la vida...*

Travis entró y vio a su padre, que terminaba de beber una lata de Budweiser, los pies sobre la mesa de la sala, mientras miraba el partido de los Braves contra los Cardinals. Un plato cubierto de huesos grasosos de alas de pollo sobre el regazo. Tenía los ojos rojos y soñolientos.

Su padre no apartó la mirada del televisor.

—¿Dónde estabas?

—En Nashville, de compras para el colegio para Lydia y Dill. Te lo dije.

Su padre eructó, estrujó la lata, la agregó a una gran pila, y tomó una lata nueva de otra pila más pequeña.

—¿Conseguiste algo de ropa nueva para ti? ¿Así no pareces Drácula? —Abrió la cerveza.

—No. Me gusta mi ropa.

Su padre rio entre dientes.

—¿Y por qué demonios no te gustaría? Si lees toda esa basura sobre hadas y hechiceros.

—Clint, cariño, por favor no digas palabrotas —dijo la mamá de Travis, tímida y pelirroja como él, desde la cocina. Cómo Travis un día salió de una mujer tan diminuta era un misterio. De hecho, cómo Travis provenía de su padre también era un misterio aceptable.

—Es mi casa. Diré todo lo que quiera —respondió su padre.

—Bueno, desearía que no. Travis, ¿quieres cenar?

—No, señora. —Travis se puso en camino a su habitación.

—Espera. No terminé de hablar contigo aún.

Travis se dio vuelta.

—Primer día de colegio —dijo su padre.

—Sip.

—¿Alguna vez te conté que fui mariscal de campo en mi último año? Lancé el pase ganador contra los Athens High en la semifinal. Matt también fue mariscal de campo.

—Ya lo habías mencionado antes. Un par de veces. — Travis sintió una fuerte punzada ante la mención de su hermano muerto. Matt siempre se había sentado con él la noche anterior a comenzar el colegio y su padre le daba un pequeño discurso motivacional. Le decía cómo hablar a las chicas. Que se defendiera por sí mismo. Que fuera un líder y no un seguidor. A Travis ya no le importaba este tipo de discurso.

—¿Planeas pasar el último año con el miembro en la mano? —preguntó su padre.

—No, señor. En mis pantalones, como siempre.

—¿Te crees gracioso?

—No, señor. —Travis se movió lentamente hacia su habitación.

Su padre no había terminado.

—¿Qué planeas hacer?

—Talleres. Tratar de sacarme buenas notas. Graduarme. Aprender, supongo.

Su padre sonrió con superioridad.

—¿Vas a volver a patear el trasero de algún "frijolero latino" este año?

—No lo tenía pensado —dijo Travis—. Alex me dejó solo.

Durante el penúltimo año, Alex Jimenez arrinconó a Dill en la cafetería y comenzó a jugar el "juego de cachetadas" con él. El juego era simple: Alex cacheteaba a Dill hasta que, con suerte, lograba que Dill tomara represalias, así él tenía una excusa para patearle el trasero. Como el único latino de la clase, Alex no estaba mucho más arriba que Dill en la escala social, pero ganar una pelea, por lo general, te colocaba un escalón más arriba.

Travis se acercó mientras Dill esquivaba otra cachetada y le pidió a Alex que se detuviera. Alex dirigió la atención a Travis. ¿Ganar una pelea contra alguien mucho más grande que tú? Eso sí que afianzaría su estatus. Travis no hizo mucho para defenderse hasta que Alex le dio una fuerte cachetada en el ojo.

Entonces, Travis se enojó. Levantó a Alex de la camiseta de fútbol y un poco lo empujó y otro poco lo lanzó unos dos o tres metros ininterrumpidos. Cuando Alex aterrizó, se dobló el tobillo, lo que hizo que cayera y se rajara la cabeza contra el borde de una de las mesas de la cafetería. La sangre salió a chorros. Él tuvo convulsiones.

Ese fue un momento decisivo para Travis. Si él hubiera dicho algo como "¿Y ahora qué, perra?" y escupido a Alex, habría avanzado en la jerarquía escolar. En cambio, intentó ir hacia Alex para ayudarlo, pero la multitud lo alejó. Caminó de un lado a otro y se pasó los dedos por el cabello, llorando y diciendo, a cualquiera que escuchara, que lo lamentaba. Aparecieron los paramédicos. Su evidente arrepentimiento fue su salvación de veinte días completos de suspensión. Las autoridades del colegio sabían que, si alguien podía ganar una pelea y aun así quedar como el perdedor, era por mostrar tal gentileza. El menosprecio que se ganó sería castigo suficiente. Y cuando el video llegó a YouTube, con la leyenda "GRANDOTE HUMILLA A BUSCAPLEITOS Y LLORA COMO UNA NIÑA, JAJA", se confirmó la sospecha de la dirección.

Pero el padre de Travis nunca vio el video (que las autoridades del colegio hicieron que se eliminara en un día bajo amenaza de expulsar a quien lo había publicado). No vio a Travis rogando a Alex que lo perdonara mientras este convulsionaba, con los ojos en blanco, y la sangre formaba un charco sobre el linóleo blanco. No vio cuando Travis, al regreso de la suspensión, tomó un budín de banana hecho por su madre, su sorpresa favorita, y encontró a Alex solo sentado en la cafetería con el yeso en el tobillo apoyado sobre una silla. Travis le ofreció el budín de banana. Alex no dijo nada; ni siquiera miraría a Travis. Alejó el recipiente del budín con la mano cuando Travis intentó dárselo.

El padre de Travis solo sabía que su hijo había pateado el trasero de algún mexicano y que los padres, que no hablaban inglés, parecían tener miedo de ir a la policía o incluso pedirle a él que pague los gastos médicos de su hijo. Y esa fue una de las pocas veces en que Travis lo hizo sentir orgulloso.

—Hablando de usar tu tamaño para algo que valga la pena, el otro día me encontré al entrenador en el Walmart

—dijo su padre—. Dijo que no es necesario que hayas jugado otros años para ir a fútbol.

—Es bueno saberlo.

—Le dije que no corres tan rápido ni atrapas tan bien, pero que eres un gran pedazo de carne que él podría poner en la línea defensiva. —Su padre bebió un trago de cerveza y eructó.

—Es verdad. Soy un gran pedazo de carne.

—¿Vas a probarte para el equipo? ¿Hacerme sentir orgulloso? Tal vez podamos verte con otra chica que no sea la hija lesbiana de Denny Blankenship.

—Supongo que ya veré.

Su padre resopló de manera despectiva.

—Supones que ya verás. —Se inclinó hacia delante e hizo girar el plato de huesos de alas de pollo sobre la mesa de la sala—. ¿Y luego qué? ¿Cuándo te gradúes? ¿Te unirás a los marines como Matt?

Otra punzada, más fuerte aún. *Porque eso terminó bien para Matt.*

—No he pensado en eso. Supongo que seguiré trabajando en la maderera.

—Deberías pensar en alistarte. Hacerte hombre. Podríamos contratar a alguien para cubrir tu puesto fácilmente.

—Lo pensaré. —Hubo silencio cuando su padre volvió a poner la atención en el juego. Travis se quedó por un segundo, mirándolo; el televisor se reflejaba en los ojos de su padre. Tenía la esperanza de que, si esperaba uno o dos segundos más, él le brindaría algunas palabras de aliento o sabiduría para el comienzo de clases; que diría algo que le haría saber a Travis que creía en él. Como solía hacerlo Matt.

Solo un eructo ahogado. Una vez más, Travis se encaminó hacia su habitación.

—Te contaré una historia —dijo su padre, sin apartar la mirada del televisor. El corazón de Travis saltó con esperanza.

Su padre dio un sorbo a la cerveza.

—Estaba entregando la carga de maderas de dos por cuatro que estaban añadiendo a una iglesia. Da igual, esta iglesia tenía un estanque pequeño adelante y había esos patos pequeños y un pavo con el trasero grande, todos juntos pasando el rato, de lo más contentos.

Travis forzó una risa. Era mejor seguirle la corriente cuando estaba en plan de contar historias.

—Sí, es bastante gracioso.

No eran las palabras de aliento que él esperaba, pero eran mejor que nada. Tal vez.

Su padre clavó los ojos vidriosos en él. Luego, volvió a mirar el televisor.

—Como sea, me recuerdas a eso, pasando el rato con el hijo de ese pastor pervertido y su amiga lesbiana. A ese pavo de trasero grande, que se creía un pato.

Travis se quedó allí y se dejó abstraer del cruel comentario, sintiéndose desanimado. Esperó a que su padre dijera "es una broma" o le explicara por qué pensaba que los pavos eran grandes. Tal vez, que al menos le deseara suerte en el colegio al día siguiente. Nada. Solo el reflejo del televisor en sus ojos. Demasiado para palabras de aliento. Así terminaba un día terriblemente bueno.

Entró a su habitación y cerró la puerta, y dejó el bastón detrás de ella. Se sentó en su escritorio barato de madera prensada del Walmart y encendió la laptop de hacía nueve años que había heredado de su hermano Matt. El ventilador chillaba mientras él navegaba hacia los foros de *Bloodfall*. Escribió su usuario, *Southern_Northbrook*, y se metió en un animado debate sobre el sexto y último libro de la serie *Bloodfall*, llamado *Deathstorm*, que saldría en marzo del año siguiente.

Se reclinó en la silla y examinó su legión de amigos digitales: nombres inventados, fotos de perfil de personajes de dibujos animados o gatos con el ceño fruncido. Estaba contento de tenerlos. Mientras recorría los foros, haciendo clic en las cadenas, una pequeña ventana emergente apareció en la parte superior de la pantalla. Un mensaje directo. Su corazón galopaba. La abrió. Era exactamente de quien él esperaba: *autumnlands*. Él no sabía mucho de *autumnlands*, solo que ella tenía, más o menos, su edad y que vivía cerca de Birmingham, Alabama. Habían comenzado a enviarse mensajes directos hacía apenas una semana, luego de que Travis la defendiera en una acalorada discusión sobre si Los Malditos eran muertos vivientes o eran algo más completamente diferente.

autumnlands: Ey, ¿qué andas haciendo?

Southern_Northbrook: No mucho, solo pasando el rato. ¿En qué andas tú?

autumnlands: Pasando el rato también. Me encantó tu teoría acerca de que Norrell Bayne es el hijo verdadero de Torren Wintered.

Travis rebotó en la silla y escribió:

Desearía ser el hijo verdadero de Torren Wintered porque, probablemente, sea un tipo mucho más buena onda que mi papá. JAJA

autumnlands: Uff, sé perfectamente a qué te refieres. Mi papá se comporta como un idiota a veces. Literalmente, me critica todo el tiempo por estupideces.

Southern_Northbrook: Sí, mi papá recién no paraba de hablar de que tengo que ir a fútbol cuando las clases comienzan mañana. Odio el fútbol. Me comparó con mi hermano. Odio que haga eso.

autumnlands: Mis padres siempre me comparan con mi hermana menor perfecta. Es lo peor. ¿¿¿Todavía no comenzaste las clases??? No es justo, ¡yo empecé hace una semana!

Southern_Northbrook: Quizás deberías mudarte aquí. JAJA

Travis se sonrojó ni bien presionó "enviar".

autumnlands: Está bien, lo haré, pero debes prometerme que te sentarás conmigo en el almuerzo.

Travis sintió calor en todo el cuerpo. Estaba empezando a escribir su respuesta cuando un golpe en la puerta lo sobresaltó. Rogó que no fuera su padre. No porque su padre sintiera que tenía que golpear para entrar a la parte de la casa que quisiera.

—Adelante —dijo en voz alta.

Su madre entró, con una bolsa de papel marrón. Cerró la puerta detrás de ella.

—Hola, cariño. Hoy estuve en el almacén y te traje algo como regalo de vuelta al colegio. —Ella le pasó la bolsa de papel a Travis—. No es gran cosa.

Él abrió la bolsa. Había un libro de bolsillo titulado *El Caballero Rebelde*. En la tapa había un hombre esculpido de apariencia sombría con cabello negro largo, barba de un día, y una túnica abierta que dejaba ver sus pectorales bronceados. Tenía una espada en una mano y un escudo en la otra. Travis tenía una idea bastante clara del tipo de libro que tenía entre las manos.

—Ay, Dios, ¡¡gracias, ma!! —dijo, de la manera más convincente que pudo—. ¡Parece genial!

La madre de Travis se veía contenta.

—Sé cuánto te gusta leer sobre caballeros y cosas por el estilo. Pensé que, tal vez, no habías leído este.

—No —dijo con suavidad, mientras hojeaba el libro—. No he leído este.

—Tu padre tiene buenas intenciones —dijo ella.

Travis miraba fijamente el libro, mientras lo levantaba entre las manos.

—Desearía que demostrara mejor sus buenas intenciones.

—Yo también, a veces. Bueno. Te dejaré continuar con lo que estabas haciendo. —Ella se inclinó, lo abrazó, y le dio un beso en la mejilla—. Que tengas un excelente primer día de clases mañana. Te quiero.

—También te quiero, ma.

Cuando ella se fue y cerró la puerta, Travis sacudió la cabeza y lanzó el libro sobre la cama. No era la primera vez. De hecho, Travis tenía una colección importante de novelas eróticas sobre romances medievales debajo de la cama. Pero no soportaba decírselo.

Otro mensaje de *autumnlands* apareció:

Ok, supongo que no te sentarás conmigo en el almuerzo. Buu.

Southern_Northbrook: No, no, por supuesto que me sentaría contigo en el almuerzo JAJA. Perdón mi mamá entró y estaba hablando con ella.

autumnlands: ¡Yupi! Porque por lo general almuerzo sola. No tengo muchos amigos en mi estúpido colegio. A nadie le gusta *Bloodfall*.

Southern_Northbrook: Sé perfectamente a qué te refieres. Tengo dos amigos increíbles, pero incluso ellos no entienden Bloodfall.

autumnlands: Si vamos a sentarnos juntos en el almuerzo, supongo que mejor aprendo tu nombre real. El mío es Amelia.

Southern_Northbrook: Me gusta el nombre Amelia. Mi nombre es Travis.

autumnlands: Qué bueno conocerte, Travis.

Southern_Northbrook: Qué bueno conocerte, Amelia.

Su corazón latía al compás de las sílabas del nombre de su amiga: *A-me-lia*. Mientras ella escribía su respuesta, Travis se levantó, caminó de un lado a otro rápidamente, tomó el bastón y lo hizo girar alrededor de la cabeza lo mejor que pudo en el espacio limitado de su habitación, mientras se miraba en el espejo.

5

DILL

DILL ODIABA volver a su casa después de juntarse con Lydia. Era como despertarse de un sueño eufórico. Su casa estaba silenciosa y sofocante cuando él abrió la puerta. Apoyó el CD sobre la mesa de la cocina y consideró las opciones para cenar. No eran prometedoras. Improvisó una cazuela con algunas latas abolladas de chauchas, un par de latas hundidas de sopa crema de hongos, y un trozo de queso vencido; todos regalos de su trabajo de embolsar compras y reponer los estantes en Floyd's Foods.

Puso el triste mejunje en el horno, encendió el aire acondicionado, y se puso a tocar la guitarra, pensando en una nueva canción que nunca nadie escucharía. Una sobre los finales. Sobre las personas que te olvidan.

Alrededor de las 8:45, Dill oyó que su madre llegaba a la entrada para el auto en el Chevy Cavalier 1992 e ingresaba a la casa. Transmitía cansancio.

—¿Cómo estuvo el trabajo?

—Estoy cansada. Tuve que sacar a unos veinte chicos de tu edad que intentaban comprar cerveza.

Se dejó caer, con un gemido suave, en la silla reclinable maltrecha y se frotó la cara.

—¿Tomaste las pastillas para la espalda? —preguntó Dill.

—No tengo más. Tengo que esperar a que me paguen.

Dill volvió a la cocina y revisó la cazuela.

—La cena está lista —dijo en voz alta hacia la sala.

La madre de Dill respiró profundo y se levantó de la silla reclinable con la mano en la mitad de la espalda, se tomó un momento para enderezarse y resopló de dolor. Ingresó a la cocina y se sentó a la mesa. Tomó el CD de Dill.

—¿Qué es *Joy Division* y *New Order*?

Mierda. Dill tenía un ingenio especial, que fue perfeccionando en los años de amistad con Lydia, para transformar cualquier banda en una banda cristiana de inmediato. *¿Arcade Fire?* Se refiere a las llamas del infierno que enfrentarán aquellos que renuncien a Cristo en favor de los videojuegos. *¿Fleet Foxes?* Se refiere al relato bíblico en el que Sansón capturó zorros, les ató antorchas en las colas, y dejó que quemaran los campos de los filisteos. *¿Radiohead?* Se refiere a cómo la mente humana tiene que ser un conducto viviente al Espíritu Santo, igual que una antena de radio.

—Eh… *New Order* se refiere a la nueva orden que creará Cristo cuando regrese a la Tierra y reine, y *Joy Division* se refiere a la división de la alegría entre las personas que han sido salvadas y las que no. Son bandas cristianas.

O su explicación convenció a su madre o ella estaba demasiado cansada como para discutir. Probablemente, lo primero, ya que ella nunca parecía estar demasiado cansada para pelear con él.

Dill sacó la fuente con la cazuela del horno. Olía bien y estaba caliente, y con mucho queso. En la casa Early no eran quisquillosos. Él tomó un pedazo de pan blanco duro de arriba de la heladera, para ayudar a absorber el líquido de la cazuela. Agarró un par de platos y cucharas del escurridor de al lado de la pileta, puso la mesa y sirvió la comida para los dos.

Comieron en silencio.

—¿Cómo estuvo Nashville? —preguntó su madre, finalmente.

—Bien. Lydia me ayudó a conseguir buena ropa por poco.

Su madre se tocó la boca suavemente con una servilleta.

—Me gustaría que tuvieras más amigos cristianos de la iglesia.

—Travis es de la iglesia.

—Tengo mis dudas sobre él. Vestido de negro todo el tiempo con ese collar con un demonio.

—Dragón.

—Es lo mismo. Vuelve a leer la Revelación.

Dill se levantó para servir más agua en los vasos.

—Y Lydia no es de la iglesia —dijo su madre.

—Sí, pero te dije que ella es de la iglesia Episcopal o Presbiteriana o algo así. Es cristiana.

La madre de Dill resopló.

—Me encantaría ver a alguien de la Episcopal aceptar una serpiente o hablar en lenguas. Las señales siguen a los fieles.

—No puedo elegir a mis amigos de acuerdo a quién está dispuesto a levantar una cabeza de cobre.

—Claro que puedes. Pasa que no quieres.

—Ahora está un poco difícil de todos modos, ya que el único pastor que agarraba serpientes en la zona está preso.

La madre de Dill lo miró fijo.

—No lo tomes a la ligera.

—Créeme que no. Hoy fui a visitarlo.

Su madre volvió a mirarlo, con otra intensidad.

—Tendrías que haberlo mencionado antes. ¿Cómo estaba?

Dill se metió un bocado en la boca y masticó lentamente mientras pensaba en cómo responder.

—Creo que está bien, supongo. No lo sé. ¿Bien para estar en prisión? Parece que hizo algunos amigos porque tenía algunos tatuajes en los nudillos.

La madre de Dill frunció la frente.

—¿De verdad? ¿Tatuajes? ¿De qué?

—Marcos dieciséis dieciocho. A lo largo de los ocho nudillos.

La madre de Dill se quedó mirando el plato.

—Él siempre ha sido capaz de oír la voz de Dios. No comprendo todo lo que tu padre ha hecho, pero confío en que así lo quería Dios. —Ella limpió el último bocado de la cazuela con el pedazo de pan seco que le quedaba.

Yo no estaría tan seguro de que Dios quería que papá hiciera todo lo que ha hecho en su vida. De alguna manera, tiendo a dudar de eso. Dill llevó los platos a la pileta y los puso en remojo. Abrió un cajón, con cuidado de que no se saliera del riel (podía ser complicado volverlo a poner), y sacó una hoja de papel film que usaban, lavaban y volvían a usar. Envolvió la cazuela y la puso en la heladera.

—Te conviene dormir un poco si vas a comenzar el colegio mañana —dijo su madre.

—¿Por qué dices "si"?

—Porque yo no te obligo. Ya lo sabes.

—Creo que pensé que no hablabas en serio cuando dijiste eso.

—Era en serio. Preferiría que trabajaras tiempo completo en Floyd's. Allí les agradas. Te hacen gerente y, antes de darte cuenta, estarías ganando treinta y cinco mil al año. Eso es dinero de verdad.

—¿Y en qué queda lo de graduarme? *No puedo creer que realmente esté defendiendo al colegio ante mi madre.*

—Puedes leer. Escribir. Sumar. Restar. La oportunidad de un buen trabajo. ¿Para qué necesitas un pedazo de papel? Me importa que aprendas lo que dice la Biblia, eso es todo.

Dill lavaba los platos.

—Lydia está por aplicar a cada una de las mejores universidades de Estados Unidos, mientras que mi madre me está diciendo que me convierta en un desertor del colegio secundario.

—El padre de Lydia es dentista y su madre también trabaja, y ellos no tienen nuestras deudas. No tiene sentido que te compares con ella.

—No tiene sentido, es verdad.

—Tu padre no terminó el secundario. Y yo lo dejé para casarme con él.

Dill dejó el plato que estaba lavando, se dio vuelta, y miró a su madre de manera incrédula.

—No es posible que creas que eso va a convencerme.

—Algún día aprenderás que no eres mejor que tu propio nombre.

¿Algún día?

—Sí, bueno, tal vez lo aprenderé en el colegio este año. Parecen bastante decididos a enseñarme eso. Buenas noches.

Dill puso los platos en el escurridor blanco de plástico agrietado y fue a su habitación. Levantó la puerta desde el picaporte, sobre la bisagra rota, y la cerró. Se sentó en la cama individual, el único mueble que había en su habitación además de la cómoda donada en un gesto de buena voluntad, y el colchón lleno de grumos crujió debajo de su peso. Metió el nuevo CD en el reproductor usado que era de Lydia. Se puso los auriculares y se reclinó con las manos detrás de la cabeza.

A veces, la música servía para la soledad. Otras veces, cuando se sentía como si estuviera sentado en el fondo de un pozo seco, mirando hacia el cielo, no servía para nada.

El día de hoy marcó el comienzo del fin para él, pero solo el comienzo del comienzo para Lydia. Él suspiró.

Ninguna canción solucionaría eso.

6

LYDIA

CUANDO LYDIA llegó a casa, su padre y madre estaban recostados en el sofá mirando televisión. Su madre bebía una copa de vino tinto y estaba sentada con los pies metidos debajo de la pierna de su marido. Había una caja de pizza sobre la mesa de madera reciclada frente a ellos. El padre de Lydia tenía un fetiche por las antigüedades industriales. Había llenado de ellas la casa victoriana, meticulosamente restaurada, en la que vivían. El catálogo de materiales de restauración era su pornografía.

—Hola, niña —dijo su padre—. ¿Te divertiste en Nashville?

Lydia levantó las bolsas.

—Ya sé la respuesta. ¿Cómo los trató Al Gore?

—¿El verdadero Al Gore que vive en Nashville? No nos encontramos con él.

—Tu auto, Al Gore. ¿Anduvo bien? —Lydia había heredado a Al Gore (el primer Prius en Forrestville) de su padre.

—Nos trató bien. —Lydia se sacó las botas, se desplomó en el sofá al otro lado de su padre y metió los pies debajo de la pierna de él.

—¿Tienes hambre? Quedó algo de Pizza Garden allí —dijo su madre.

—Necesitamos una pizzería de verdad en esta ciudad —dijo Lydia.

—Un año más y estarás en alguna gran ciudad increíble con más pizzerías de las que podrías llegar a conocer —dijo su madre.

—Sí —dijo Lydia—, pero otro año es mucho tiempo para comer pizza de mala calidad.

—Eres tan elitista —dijo su padre—. Pizza Garden está bien. ¿Qué tan mala puede ser una pizza en realidad?

—"Elitista" es sinónimo de "gusto con criterio", pero debo admitir que Pizza Garden cumple, más o menos, con las expectativas, siempre que evites la de jamón y ananá.

—Aunque eso aplica para cualquier pizzería —dijo su padre—. Vamos. Come algo.

—No debería.

—Deberías.

—Estoy muy desganada como para levantarme.

Su padre se inclinó, tomó la caja de pizza y se la pasó.

—¿Debo alimentarla también, señorita?

—Cállate. —Ella tomó una porción.

La madre resopló.

—Vamos, Lydia.

Lydia se sacó los lentes y limpió una mancha.

—Desearía poder quedarme aquí y comer y divertirme con ustedes, pero necesito trabajar en mi blog esta noche. Mi público espera una publicación sobre la vuelta al colegio.

—Como quieras —dijo su padre—. Pero primero, por qué no vas a ver lo que hay en la cocina. El hada del último año vino de sorpresa mientras no estabas. Intentamos convencerla de que te habías portado mal al decirle a tu padre que se callara, pero no nos escuchó.

Lydia giró los ojos en broma, se levantó, y caminó hacia la cocina. Una laptop Mac nueva, envuelta con una cinta roja, estaba sobre la mesada. Ella aplaudió, se llevó las manos a la boca y gritó. Cualquier malestar que le quedaba de la pelea con Dill desapareció en un pestañeo. Corrió a la sala y abrazó a sus padres, y su madre casi derrama vino en el sofá.

—Lo último que necesitas es que tu computadora falle en el medio de una solicitud de ingreso a la universidad o cuando estés escribiendo tu ensayo de admisión —dijo su padre.

—Los amo, chicos. Incluso a pesar de su afición por la pizza de mala calidad.

* * *

Lydia subió las escaleras dando saltos. Su padre siempre bromeaba con vehemencia acerca de cómo ella había anexado el piso de arriba. Sus padres ocupaban una habitación. Ella ocupaba otra. Las otras dos habitaciones eran el guardarropa de Lydia, lleno de percheros con ruedas repletos de ropa, y el espacio para su proyecto de costura.

Lydia se sentó en su habitación, en el escritorio moderno y austero, que había comprado en una escapada al Ikea de Atlanta. Mientras esperaba que la nueva laptop se encendiera, echó un vistazo a las fotos que tenía en el teléfono, y publicó las mejores tomas en Instagram y Twitter.

El teléfono sonó. Un mensaje de texto de Dahlia Winter. *Uf, ¿primer día de clases?*

Dahlia era su mejor amiga de Internet. De hecho, se habían convertido en amigas cercanas en la vida real luego de que, ese verano, Lydia pasara dos semanas en la casa de la playa de la familia de Dahlia en Nantucket. Regresar a Forrestville después de eso no fue fácil. La experiencia le había confirmado a Lydia que serían buenas compañeras de cuarto en la UNY, que ambas habían elegido como primera opción. Lydia cruzaba los dedos para ingresar. Por supuesto que Dahlia ingresaría. La madre de Dahlia, Vivian Winter, era la jefa de redacción, infamemente fría, de la revista *Chic Magazine*. Dahlia podía entrar campante a cualquier colegio o universidad que quisiera, pero ella quería estar cerca del corazón de la industria de la moda y encontraba atractivo visitar los suburbios. De ahí su amistad con una chica "pobre" de Tennessee.

Puf, es verdad. No te imaginas lo espantoso que es mi colegio —escribió Lydia.

Lo lamento por ti. Mi colegio también tiene su parte horrible.

Apuesto a que en Phillips Exeter es diferente a Forrestville High. ¿Cuándo comienzas las clases?

Sí, probablemente. Septiembre.

Te odio (Pero con amor)

JA, mejor correr del amor. No te muevas, en Hillbilly High.

Lydia dejó el teléfono y comenzó a escribir una publicación sobre el viaje en ruta a Nashville, las compras en Attic, y algunas opiniones sobre el primer día de clases. Se quedó atascada y comenzó a buscar maneras de dejarlo para después.

Bajó las fotos del viaje a Nashville a la nueva computadora y las revisó. Travis apoyado en su bastón, haciendo todo lo posible para verse serio. Ella abrió una pestaña y las pegó en un correo electrónico para él.

¿Puedes creerlo? Nos encontramos con Rainer Northbrooke en Nashville. Pasó a saludar. Disfrútalas.

Y luego comenzó a buscar entre las fotos de Dill. Se veía distante. Perdido. Afligido. Lydia sintió una punzada conocida de culpa y tristeza por no poder usar las fotos en su blog. Cuando fue a la Semana de la Moda en Nueva York, hubo un encuentro de blogueros adolescentes de moda. Un grupo de chicos de entre trece y diecisiete años que hablaban de la preservación del contenido y la marca.

"Es *malísimo* cuando tus amigos tienen un estilo de una marca desconocida y no puedes hablar de ellos ni mostrarlos en el blog. Es tan *difícil* explicarlo. ¿Qué? ¿Vas a decir: 'Hola, perdón, pero tu estilo apesta así que no puedo contarle a la gente que me relaciono contigo?'. Pero esa es la realidad", dijo un chico de trece años de Johannesburgo en un tono como si estuviera cansado de la vida, mientras que los otros asentían como si supieran.

Lydia solo se había sentado a escuchar. *Ah, yo podría decirte una o dos cosas sobre tener amigos que no usan marcas conocidas.*

Travis directamente no usaba nada de marca, y a él no le importaba en lo más mínimo.

¿Dill? Él era otra historia. Era alto y tenía esos ojos oscuros y melancólicos con pómulos grandes y marcados; cabello oscuro abundante y enmarañado (que ella le cortaba); rasgos delgados y angulares; y labios gruesos expresivos, lo que lo ubicaba fuera de los estándares de belleza convencionales de Forrestville, pero podía ser un excelente modelo de Prada o Rick Owens.

Ella hizo lo mejor que pudo con él. Y aunque lo vistió como lo que era, un músico de la zona rural del sur, no era su estilo lo que lo dejaba fuera de moda. De hecho, él probablemente tendría un gran éxito con su público, y ella no necesitaba pasar el tiempo lidiando con gente enloquecida con Dill (no por posesiva, sino por ocupada). El nombre de él era el problema. Sus lectores eran usuarios habituales de Google. Lo último que ella necesitaba era que vieran una foto de Dill, les resultara interesante, averiguaran su nombre (Sabían cómo. Sí que sabían cómo) y lo buscaran en Google. Porque adivinen qué aparecía cuando se buscaba a "Dillard Early". *Muy* malo para la marca *Dollywould*.

La gente, incluida Dahlia, ya trataba a Lydia con una especie de condescendencia benévola (*¡Eres tan inteligente y de mente abierta para ser del sur! ¡Tienes un gusto tan sofisticado para vivir donde vives!*). La imaginaban viviendo en una casa... bueno, como la de Dill. *Mi casa es, probablemente, más agradable que la tuya*, se murmuró a sí misma mientras leía los comentarios bien intencionados. *Mis padres se conocieron en la Universidad de Rhodes. Hay dos Prius y un Lexus SUV híbrido en nuestra entrada. Tengo cien conciertos de música en mi laptop Mac nueva y Netflix e Internet de banda ancha. No ando descalza persiguiendo mapaches por un campamento de casas rodantes, gente.*

Se salteó las fotos de Travis, Dill y de los tres; seleccionó las mejores fotos de ella misma y algunas de ella con April (que estaba a la moda) y las arrastró al escritorio de la computadora para usarlas. Seguía sin ganas de trabajar en la publicación del blog, así que le mandó un mensaje a Dahlia:

Hola. ¿Qué estás haciendo ahora? ¿Puedes hablar?

Perdón, linda, no en este momento. Justo estoy por cenar con Peter Diamond. Escríbeme más tarde.

Peter Diamond era el último furor literario joven y prometedor de Brooklyn. Tenía dos novelas en un ciclo de cuatro novelas proustianas que trataban, de manera semiautobiográfica, del esfuerzo y el fastidio del día a día (a veces de hora a hora y minuto a minuto) de ser un creativo veinteañero en Brooklyn. Un tema atrapante, sin dudas.

Esto es un buen anticipo de lo que tengo que esperar en Nueva York, pensó Lydia. Ella quería a Dahlia, pero...

Tal vez es el universo diciéndome que deje de postergar esto. Luego de algunos falsos comienzos, empezó a escribir sobre el primer día de clases.

Esto es lo que voy pensando mientras manejo a Nashville hoy, mi último día de verano antes de comenzar el último año de colegio: nada te hace sentir como si estuvieras tratando de agarrar y conservar un puñado de arena como los primeros días de clases. Y con "arena" quiero decir tiempo.

El primer día del último año del colegio secundario es cuando te das cuenta de que el verano podría dejar de ser lo que era para siempre. Antes de siquiera entrar a una clase, aprendes que la vida está compuesta de una cantidad infinita de veranos que nos pasan por delante en una nube de helado, luciérnagas, cabello con olor a cloro, y piel que huele a protector solar de coco. Vivimos en una serie de momentos y estaciones y recuerdos sensoriales, encadenados de punta a punta para formar una especie de historia. Tal vez, los primeros días de clases están para mostrarnos las líneas de demarcación, para que demos sentido a estos momentos de la infancia y el ciclo de la vida de las amistades y...

Mientras escribía, la invadió una ola cálida de emoción por su inminente vida nueva.

7

DILL

DILL SONDEÓ el estacionamiento con resignación melancólica y observó a sus compañeros entrar en fila. *Pero este año ni siquiera pienso desear que pase más rápido, porque eso significa no ver más a Lydia.* Al Gore estaba estacionado en la parte de atrás, el lugar preferido de Lydia para cuando escapa rápidamente después del colegio. Ella incluso tenía una pista de música rápida con banyo que ponía en el iPod para estos escapes. De alguna manera, habían llegado con tiempo de sobra antes de comenzar la clase. La puerta trasera estaba abierta, y Lydia y Dill se sentaron sobre el paragolpes.

La Srta. Alexander, la entrenadora de porristas, pasó caminando.

—Nunca pensé que fuera tan atractiva como el resto —dijo Lydia, cuando ella se fue.

—Yo tampoco —dijo Dill.

Lydia se veía satisfecha, como si él hubiera aprobado algún tipo de examen.

—Apostaría veinte dólares a que termina arrestada por acostarse con algún estudiante de trece años.

Lydia movió las piernas suavemente. Llevaba medias tejidas en un estampado caótico a propósito con rasgaduras intencionadas. Habrían quedado un desastre en cualquier otra persona. Con la pantorrilla golpeteaba la calcomanía en el paragolpes que decía UNA SONRISA SALUDABLE ES UNA SONRISA FELIZ. Su padre le había ofrecido sacarla.

—*¿Por qué no lo dejaste?* —había preguntado Dill, una vez.

—*Porque sigue siendo tan cierto como cuando él lo manejaba* —había respondido Lydia—. *Además, es extraño y delirante.*

—¿Qué descuento le haces por ser atractiva?

Dill pensó por un momento.

—Setenta y cinco por ciento de descuento.

—Ay, carajo. Es precio general en dólar.

—La gente en este colegio confunde el bronceado y los dientes perfectos con ser atractivo.

—Pero tú no.

—Yo no.

Lydia le sonrió como diciendo "volviste a pasar el examen". Los dientes de ella eran tan caóticos e imperfectos como sus medias. Y como las medias, Dill pensaba que los llevaba con estilo. Ella se negó a que su padre se los arreglara, igual que con la calcomanía del paragolpes. Una vez le explicó a Dill que era similar a la manera en que los fabricantes de las alfombras persas podían dejar a propósito un defecto en su trabajo como recordatorio de que solo Dios es perfecto.

Siguieron con los comentarios de alfombra roja hasta que casi se hizo la hora de entrar.

Cuando Dill estaba a punto de preguntarle a Lydia sobre la primera menstruación, oyó risas hacia la izquierda. Vio a Tyson Reed y a su novia, Madison Lucas, que se acercaban. Se le vino el mundo abajo. *Aquí vamos.*

—¿Qué tal, "Dildo"? ¡Último año! —dijo Tyson con entusiasmo fingido y levantó la mano para chocar los cinco—. ¡Vamos, jugador, no me dejes colgado!

Dill se puso a la defensiva. Se encerró en sí mismo y se alejó, ignorando a Tyson. Rezó en su corazón. *Bendice a los que te maldicen, bendice a los que te maldicen, bendice a los que te maldicen.* Y, en paralelo, apareció otro pensamiento: *Dios me está castigando por deshonrar a mi madre y venir al colegio. Él no me dará ni siquiera una hora de paz.*

Lydia se rio con una carcajada sarcástica.

—Espera un minuto. ¡Veo lo que hiciste! ¿Dijiste "dildo"? ¡Como su nombre! ¡Pero agregaste "-do" al final! Son graciosas las buenas bromas. —Ella aplaudió.

—Me alegra que aprecies mi broma, Lydia Clamidia —dijo Tyson. Madison rio disimuladamente detrás de él.

Lydia se quedó con la boca abierta.

—¿Qué Lydia Cla...? *¡Lo hiciste de nuevo!* ¡Hiciste una broma extremadamente divertida al rimar mi nombre con una graciosa enfermedad sexual! ¡Tremendo!

—Tú eres tremenda —dijo Tyson. Otra risita de Madison. Esta vez más fuerte y más incisiva, como si él finalmente estuviera entrando al territorio que ella esperaba que pisara.

Algo se disparó dentro de Dill. No era coraje exactamente. Era más el darse cuenta de que no tenía nada que perder si se hacía expulsar del colegio. Tal vez, era eso lo que Dios quería para él de todos modos. Podría darle un golpe a Tyson antes de que él pudiera reaccionar. No estaría esperando que Dill hiciera algo. Incluso Cristo había ahuyentado a los prestamistas del templo, y la amistad de Lydia era un templo para él.

Dill se levantó. Sintió la mano de Lydia, tibia, sobre su brazo. Se sentó, la cabeza le daba vueltas por la adrenalina, e intentó no temblar de manera visible.

—Sí, Dildo. Hazlo. Vamos —dijo Tyson.

Lydia se cruzó de piernas, sosteniéndose la rodilla y balanceándose hacia atrás con indiferencia.

—Tremenda, ¿eh? De acuerdo, y digamos que yo podría bajar, eh, diez kilos. Puedo hacerlo fácilmente si dejo de comer torta de queso o tocino o cualquiera de las otras cosas que hacen que la vida valga la pena. Pero tú —señaló a Tyson con un ademán ostentoso— eres tonto. Y no hay nada que simplemente puedas *dejar de comer* para ser un poco más inteligente. Morirás siendo un idiota.

—Tú morirás de tantas papas fritas, culo gordo Lydia Clamidia.

—¿De verdad quieres hacer esto? —Ella movió el dedo de arriba abajo entre ellos—. ¿Una batalla de ironías? Ni siquiera es divertido destruirte porque eres demasiado lento como para entender que te están destruyendo.

Madison se lanzó hacia delante; tenía la cara similar a la de un perro de caza bronceado con aerosol.

—Eres una persona desagradable. Por dentro y por fuera. Te crees mejor que todos porque te entrevistaron en el *New York Times* y eres famosa en Internet.

Lydia observó a Madison con la mirada que le daría a un inodoro tapado.

—Como sé que tú no equiparas "más inteligente" con "mejor", voy a decir que no es verdad.

—Es por esto que nadie te soporta —dijo Madison.

—Genial. Odiaría que fuera por mal aliento o algo así.

—Lindas medias de bruja, por cierto —dijo Madison, con la voz cargada de desprecio—. ¿Salieron de la basura?

—No, me las regalaron las hermanas Rodarte. Son de la temporada pasada, pero esperaba que nadie en Forrestville High lo notara.

—Todas tus amigas sofisticadas —dijo Tyson—. ¿Vas a ir a quejarte de nosotros en tu blog ahora?

Lydia sonrió a Tyson despectivamente, frunciendo el ceño.

—Ay, Bendito Dios. Crees que eres lo suficientemente importante como para que hable de ti en mi blog. Aun así, *sigues siendo muy importante, pequeñito especial.*

Travis se acercó, se veía exhausto.

—Hola.

—Tyson, haz una de tus bromas con el nombre para Travis —dijo Lydia con una sonrisa malvada. La pelea de Travis con Alex pudo no haber elevado su estatus social, pero la gente igual le temía. Travis tenía varios centímetros y casi cuarenta kilos más que Tyson.

Tyson tomó de la mano a Madison.

—Todos ustedes apestan. Ya hemos perdido suficiente tiempo con sus traseros maricas. —Se fueron ofendidos. Madison le hizo *fuck you* a Lydia por sobre el hombro. Lydia, Dill y Travis hicieron el mismo gesto a sus espaldas. El corazón de Dill aún latía fuerte por el enfrentamiento, pero volvió a respirar. Tal vez Dios tenía un mensaje diferente para él.

—Realmente no se olvidan de esa entrevista, ¿no? —dijo Lydia.

—Llamaste a Forrestville High una "meseta de la moda" —dijo Travis.

—Lleno de esclavos vestidos en tiendas de ofertas que huelen como sobrevivientes de un choque entre un camión cisterna de desodorante Axe y un transporte escolar —dijo Dill.

—Ah, ¡ustedes la leyeron chicos!

—¿Por qué no sueltas a todos los fanáticos de tu blog sobre la gente que te trae problemas? —le preguntó Travis.

—Bueno, en primer lugar, la gente a la que le gusta mi blog no es muy buena con el *cyberbullying*, lo que está bien. Odiaría gustarle a personas que son buenas en eso.

Se pusieron de pie y caminaron hacia el colegio, un edificio grande, insulso, de los años 70. Tenía todo el encanto de un psiquiátrico estatal.

—Tengo que ir por este lado, chicos —dijo Travis.

—Ey, ¿por qué te ves como si hubieses dormido quince minutos anoche? ¿Estás bien? —preguntó Lydia.

—Estuve despierto hasta tarde hablando con amigos de los foros de *Bloodfall*. Nada importante. ¿Nos vemos cuando salga del trabajo?

—Sip —dijo Dill. Él y Lydia siguieron caminando. Lydia no decía nada. Tenía la actitud de un boxeador que había ganado una pelea: triunfante, pero con moretones. Así lo sentía Dill.

—Tú no eres gorda ni desagradable —dijo Dill.

Ella rio.

—Eres dulce, pero estoy perfectamente bien. Me quiero a mí misma y nada de lo que pueda decir Tyson podrá cambiar eso. Un año más con estos soretes bípedos. Luego, no volveré a ver a ninguno de ellos. Es decir, a menos que uno de ellos me sirva papas fritas dentro de diez años. Aparentemente, soy una gran fanática.

Dill pensó que se las había arreglado para esconderlo, pero debió haberse visto golpeado también.

—Tú no eres un "dildo", sabes —dijo Lydia—. No entiendo por qué no se les ocurrió "Dilerdo" como apodo. Es más divertido y más creativo. Pero también requiere de un vocabulario más amplio.

—Nada de lo que *ellos* dijeron me molestó.

—¿*Ellos*? ¿Y *yo* dije algo?

Llegaron a las puertas de entrada y se detuvieron mientras la gente pasaba a su lado de prisa.

—Está bien; yo estoy bien. —Él se dispuso a entrar.

Lydia lo detuvo.

—No, no, no, espera. ¿Qué?

—Cuando hablas de las personas que aún estarán aquí en diez años...

Lydia giró los ojos hacia arriba.

—Ay, Dios. ¿Podemos dejar estipulado ahora mismo que no me refiero a ti cuando digo algo así?

—Es que... ¿Y si soy yo el que te sirve las papas en diez años? ¿Eso significa que crees que soy tonto como Tyson?

—¿En serio, Dill?

—Tú preguntaste.

—Bien, tienes razón. Yo pregunté. No, no pienso que soy mejor que tú. No, no pienso que me estarás sirviendo las papas en diez años. Dios, ¿por favor, podrías dejar el drama? ¿Después de que te defendí?

—¿Y qué tal si...? ¿Si termino no mucho mejor que Tyson?

—No dejaré que eso pase, ¿está bien? Antes te contrataré como mi mayordomo.

—Eso no es gracioso.

—No, no lo es, porque serías el peor mayordomo. Siempre estarías desconectado y tocando la guitarra mientras la gente golpea la puerta y, luego, cuando abras, dirías: "Hola, no es extraño que la Tierra esté flotando en el espacio todo el tiempo y, aun así, nosotros no podamos flotar" —dijo Lydia, imitando la voz de Dill—, y te pondrías nervioso cada vez que un invitado hiriera un poco tus sentimientos.

—¿Y qué pasa con eso que le dijiste a Tyson sobre que él no es lo suficientemente importante como para que hables en tu blog? Nunca has hablado de mí en tu blog.

Se quedaron mirando fijamente uno al otro.

—¿En serio tengo que quedarme aquí, en la entrada del Colegio de Forrestville High, y decirte lo importante que eres para mí? ¿Qué está pasando realmente, Dill? Hay algo más que te molesta.

El timbre de los cinco minutos sonó.

Dill apartó la mirada y giró.

—Mejor vamos a clase.

Lydia lo agarró del brazo.

—¿Qué?

Dill miró de un lado al otro.

—Anoche, mi mamá trató de hacerme dejar el colegio e ir a trabajar tiempo completo.

Lydia se quedó con la boca abierta, igual que con Tyson y Madison, pero esta vez, el asombro y la indignación eran sinceros.

—¿Qué? Eso es tan despreciable. ¿Quién hace eso?

—Mi madre, aparentemente.

El vicedirector Blackburn se acercó a la entrada.

—Sr. Early, Srta. Blankenship, sonó el timbre de los cinco minutos. Pueden estar en el último año, pero no tienen que llegar tarde. Muévanse.

—Sí, señor —dijo Dill y lo miró hasta que dio vuelta la esquina—. Mi mamá dijo algo más.

—¿Qué?

—Dijo que un día yo aprendería que no soy mejor que mi nombre.

—Bueno, se equivoca. Y hablaremos de eso y de otras cosas cuando tengamos la oportunidad.

Se fueron por caminos separados. Mientras Dill se apuraba para llegar a clase, sintió olor a algún producto químico de limpieza industrial astringente.

* * *

De pronto, él tiene doce años y está ayudando a su padre a limpiar la iglesia un domingo por la mañana para que quede brillante antes del ritual de la noche. Ha terminado de alimentar a las serpientes en las cajas de madera, y ahora está limpiando uno de los bancos cuando su padre lo mira y sonríe, y le dice que Dios está contento con él, y que se ganará la comida con el sudor de su frente. Y el corazón de Dill canta porque siente que ha complacido a su padre y a Dios.

* * *

Los tiempos son más simples cuando nadie te odia por tu nombre y a ti no se te ocurre avergonzarte de él.

8

TRAVIS

LAS TAREAS diarias de Raynar Northbrook estaban llegando a su fin. Como Lord de Northhome, él no necesitaba ensuciarse las manos trabajando. Lo hacía porque amaba el aroma especiado y dulce de la madera cortada y el aroma intenso de la tierra húmeda. El trabajo de un hombre mantenía la espalda y el brazo fuertes para la guerra. Y él necesitaría cada gota de fuerza en los días que se avecinaban...

—¡Travis! —gritó su padre sobre el estruendo de la sierra. Travis levantó la mirada. Su padre se golpeó el reloj e hizo un movimiento circular con el dedo apuntando al aire—. ¡Hora de parar! Termina.

Travis terminó lo que estaba haciendo y apagó la sierra. Solo había trabajado algunas horas. Tenía permiso laboral del colegio, así que tenía que irse temprano. Revisó el teléfono. Dos mensajes de Amelia. Sintió una punzada de emoción.

> ¿Cómo fue tu primer día de clases?
> Ups, me olvidé que ahora estás en el trabajo.

Travis se apuró para responderle.

> **Sí, en el trabajo. El primer día no estuvo mal. Estuve un poco cansado por la hora hasta la que estuvimos hablando, JA. ¿Cómo fue tu día?**

Jeje, cansada también. Uf, cada día de clases apesta. Preferiría pasar un mes en el estado de sitio del Puerto del Rey que un día en mi estúpido colegio.

Pero recuerda que en el estado de sitio del Puerto del Rey tuvieron que comer ratas y cuero hervido hasta que el hermano del Rey Targhaer puso fin al asedio. Yo amo la comida —respondió Travis.

Jeje, es verdad, yo también. Tal vez demasiado, que es una de las cosas por las que me dicen estupideces en el colegio.

No escuches a esas personas. Apuesto a que te ves genial. —Travis se sonrojó cuando lo escribió. Casi no presiona "enviar". Pero lo hizo.

Se quedó allí un par de minutos a la espera de una respuesta. El mundo se le venía más abajo con cada segundo que pasaba sin que llegara nada. Sabía que no debía haber presionado "enviar". Se puso el teléfono en el bolsillo y empezó a caminar hacia la oficina. El teléfono zumbó. Casi se le cae al sacarlo del bolsillo. Amelia le había enviado una foto de ella, tomada desde un ángulo cuidado y con muchos filtros. Tenía el cabello teñido de un rojo intenso, ojos grises grandes con maquillaje histriónico, cara redonda y una mueca enternecedora. Sostenía un pedazo de papel que decía "Hola, Travis".

Yo tenía razón —escribió Travis, con el pulso tembloroso.

Fue a sus fotos y buscó la mejor que le había tomado Lydia con el bastón. Le mandó un mensaje a Amelia que decía:

Este soy yo. Perdón, no tenía nada donde escribir.

Qué buena foto. ¡Lindo bastón! Si alguna vez nos encontramos, tienes que traerlo.

JAJA, mis amigos odian que lleve mi bastón a todos lados. ¡Ok! Tengo que irme, mi papá me está esperando.

¿Nos vemos en los foros esta noche?

Sip.

¡Chau, chau!

¡Chau!

Travis levantó el puño, se limpió la transpiración de la frente, y caminó hacia la oficina, donde su padre y Lamar estaban sentados en el fresco del aire acondicionado, hablando de todo un poco, mientras masticaban tabaco y lo escupían en latas vacías de Coca Cola dietética.

Lamar lanzó una Coca fría a Travis.

—¿Conseguiste alguna cita interesante para esta noche, chico?

—No, señor. Voy a pasar el rato con amigos esta noche y hacer algo de tarea —dijo Travis, disfrutando la sensación de que podría estar mintiendo un poco. O, al menos, no diciendo toda la verdad.

—¿Te das cuenta de que dijiste "Travis" y "cita" en la misma oración, Lamar? ¿Acaso no lo conoces? —dijo el padre de Travis.

Como si tú me conocieras del todo.

—Está bien, está bien. Joven alto y trabajador. Debe haber alguna chica o dos por ahí —dijo Lamar.

—Tal vez hay —dijo Travis y abrió la lata.

—Si hay, a él no le importa —dijo su padre, como si Travis no estuviera allí—. Demasiado ocupado con esos amigos que tiene. Ey, ¿adivina con quién anda?

Lamar movió la cabeza.

—El nieto del Rey Serpiente—dijo el padre de Travis.

Lamar miro a Travis, luego a su padre y a Travis de nuevo.

—Ah, bueno. Qué tal. ¿El nieto de Dillard Early?

—No —dijo Travis—. Te refieres al papá de Dill, no al abuelo. El padre de Dill también se llama Dillard Early. Él es el de las serpientes.

El padre de Travis lo miró con asombro.

—No, no estoy hablando del pastor pervertido. Hablo del abuelo de Dill. ¿Me vas a decir que Dill no te contó sobre su abuelo, el Rey Serpiente?

Travis movió la cabeza, desconcertado.

—No, ni siquiera sabía que Dill tenía el mismo nombre que su abuelo. A él no le interesa hablar de su familia.

El padre de Travis resopló.

—¿Puedes creer? —Le dio una palmada a Lamar en el hombro—. Cuéntale a Travis la historia del Rey Serpiente, hombre. Tú la recuerdas mejor que yo. Él tiene que oírla.

Lamar refunfuñó y se reclinó en la silla, y cruzó los brazos sobre la panza de cerveza.

—Santo Cielo. Hace mucho que no pienso en el Rey Serpiente. Mucho tiempo. —Se frotó la barba blanca y se acomodó la gorra de béisbol Carhartt—. Bueno, en primer lugar, hay tres Dillard Early. Está el Dillard Rey Serpiente. El Dillard Pastor, hijo del Rey Serpiente. Y el que es amigo tuyo, hijo del Pastor. Ahora, él sería Dillard III, pero después de que murió su abuelo, su padre se convirtió en Dillard padre y él en Dillard hijo. La única razón por la que sé cómo funciona eso es que yo soy el tercer Lamar Burns. Pero me convertí en Lamar hijo cuando murió mi abuelo.

Travis abrió una silla plegable de metal y se sentó.

—Bien.

—Así que Dillard Rey Serpiente solía vivir sobre la ruta Cove. Tenían un pequeño terreno y Dillard trabajaba en la ciudad como mecánico. Dillard Rey Serpiente tenía dos hijos. Dillard Pastor y una niña pequeña que se llamaba... No me acuerdo ahora. Ruth. Rebecca. Un nombre de ese tipo.

—Ruth —dijo el padre de Travis—. Creo que era Ruth Early.

Lamar escupió en la lata.

—Como sea, Dillard Rey Serpiente amaba a esa niña. Yo los veía venir a la ciudad todos los domingos, ella con un lindo vestido blanco, y compraban helado. Ahora, cuenta la historia que un día Dillard Rey Serpiente está sentado en la galería, tallando o haciendo algo, y oye un grito. *"Papi, ven rápido"*. Así que corre hacia el grito y allí estaba Ruth tirada en el suelo. Una gran serpiente cabeza de cobre la mordió justo en el cuello.

Lamar formó una V con los dedos e hizo un movimiento punzante en su cuello.

—Entonces, Dillard padre grita a Dillard Pastor que llame a una ambulancia mientras él se queda con Ruth. Y Dillard Pastor llama, pero es demasiado tarde. El veneno de la mordedura va directo al cerebro y puffff. Muerta. —Lamar se pasó un dedo por la garganta.

Travis sintió frío con el aire acondicionado y la remera empapada de transpiración. Entre el ataque de emoción en rápida decadencia al ver a Amelia por primera vez y la cafeína que hacía que la cabeza le diera vueltas, agradecía estar sentado.

Lamar continuó.

—Él entierra a su pequeña en el terreno de ellos y no queda muy cuerdo de la cabeza. Ahora, compañeros, escuchen esta parte: empezó a matar serpientes como venganza. Habrá pensado que mejor las mataba a todas, ya que no podía saber cuál había matado a su niña. Él sigue yendo al trabajo, pero después de un tiempo, comienza a aparecer con pieles de serpiente colgadas en la ropa y cabezas de serpiente puestas en una cuerda alrededor del cuello. Sí, es muy extraño, pero nadie se anima a decirle algo porque el hombre perdió a su pequeña. Él empeora. Se pone más y más pieles cuanto más serpientes mata. Deja de bañarse, de afeitarse, de cortarse el cabello y huele mal, como a algo muerto. Se pone cada vez más flaco. Él mismo parece una serpiente. Finalmente, lo despiden del trabajo. Asusta a los clientes. Tiene una mirada extraña en los ojos. Me acuerdo de verlo después de que las cosas empeoraron realmente para él. Arrastrando los pies en la calle, con las pieles colgando de la ropa. El cabello largo y la barba desaliñados.

Lamar se quedó mirando al vacío, con los ojos perdidos, moviendo la cabeza. Su voz se volvió suave.

—¿Saben que si le miraban los ojos veían a un muerto viviente? Me da escalofríos pensar en eso. He visto cosas en mi vida. Estuve en Vietnam. Pero nunca había visto algo como la manera en que el dolor pudrió a ese hombre de adentro hacia afuera. Lo devoró. Ahí fue cuando la gente empezó a llamarlo el Rey Serpiente. No por ser malos o graciosos. Creo que solo trataron de encontrarle algún sentido. La gente hace eso cuando se asusta. Cuidado, decían, ahí viene el Rey Serpiente. La gente le tiene miedo al dolor. Piensan que es contagioso, como una enfermedad.

Travis esperó a que Lamar terminara la historia.

—Entonces, ¿qué pasó con él?

Lamar se movió incómodo en la silla.

—Todo lo que sé es lo que escuché. Una mañana, el Rey Serpiente fue a la tumba de su pequeña y se acostó sobre ella con una botella de Coca Cola con veneno para ratas, la bebió y murió allí. Dicen que Dillard Pastor lo encontró tirado allí. ¿Se imaginan? ¿Ver que pase eso? No me sorprende que Dillard Pastor se haya vuelto loco también. No lo justifico, pero...

Nadie habló. Lamar miró por la ventana, con una expresión afligida en el rostro.

—No me gusta contar esa parte de la historia. No me gusta nada de esa historia, para ser sincero. Pero como tu papá me lo pidió y él firma mis cheques.

—No seas un viejo maricón, Lamar. —El padre de Travis escupió en la lata con un pequeño tintineo—. Entonces, parece que los chicos Dillard Early terminan todos un poco mal de la cabeza. Tarde o temprano. Con el tiempo, deciden meterse con las serpientes.

El estómago de Travis había comenzado a sentirse como si tuviera una serpiente o dos retorciéndose a su alrededor. Se estremeció. Intentó entender a Dill con toda esta oscuridad en su linaje. Obviamente, sabía sobre el padre de Dill. Pero esto era diferente.

—Una verdadera lástima. Piensen en eso —dijo Lamar, levantando un dedo—. Una serpiente hizo todo eso a una familia.

—No llores tanto por eso, Lamar —dijo el padre de Travis—. ¿No oíste la historia de Adán y Eva? Una serpiente ya nos hizo de todo. A toda la maldita familia humana.

—Parece que al menos los dos Dillard Early más grandes intentaron ser el Rey Serpiente a su manera. El primero, matándolas. El segundo, adiestrándolas —dijo Lamar y escupió en la lata.

El padre de Travis escupió en la lata de nuevo, se levantó y le dio una palmada en la espalda a Travis.

—¿Te gustan los reyes y princesas y esa basura? Aun así, no querrás estar cerca cuando tu amigo colapse y trate de tomar el trono de su abuelo y su padre. No le tocó un nombre muy afortunado. De eso no hay dudas.

9

DILL

DILL PREFERÍA estudiar en la biblioteca antes que en el Café Buenas Noticias. Por un lado, odiaba sentirse presionado a comprar algo. Por otro, Buenas Noticias, una cafetería ambientada con temática cristiana, le traía demasiados recuerdos de un mundo en el que no le gustaba pensar, en especial cuando estaba con Lydia. Pero ella insistió.

—Yo quiero el Lukes Latte en el Buenas Noticias Grande. Espera… Matthew Mocha… no, Luke Latte está bien. ¿Dill? Estoy comprando.

—Estoy bien.

—Vamos.

—Bueno. Café solo en tamaño Victory Venti.

La chica detrás del mostrador les pasó las bebidas con una sonrisa alegre y les deseó a ambos una noche llena de bendiciones. Dill y Lydia buscaron asientos.

—¿Cómo todavía no tenemos un Starbucks aquí? —preguntó Lydia—. He visto, literalmente, un Starbucks que tenía otro Starbucks pequeño en el baño. Y, de todos modos, ¿cómo una cafetería es cristiana?

—Implica que las cafeterías normales son diabólicas.

—Y lo son, absolutamente. Es como decir "¿por favor, puedo pedir solo una taza de café sin tener que arrodillarme ante Lucifer y entregar mi alma eterna?".

—Aquí está tu latte. ¿Pagarás en efectivo, con crédito o con la sangre de una virgen?

Ambos rieron, felices de dejar la tarea para después.

—En la iglesia aprendimos que el logo de Starbucks es satánico —dijo Dill.

—Claro que lo hiciste, y claro que lo es. ¿Cuál es el razonamiento? —Ella hizo comillas en el aire sobre "razonamiento".

—El demonio de la sirena.

—Ah, sí. Pero tu nueva iglesia está un poco menos chiflada, ¿no? ¿No hay serpientes?

—No hay serpientes.

—Entonces, mientras estamos aquí, en el templo del café cristiano, ¿aún te sabes de memoria el verso de la serpiente?

Esto era exactamente sobre lo que Dill odiaba hablar, pero le siguió la corriente.

—Marcos dieciséis dieciocho. *Ellos aceptarán serpientes; y si beben algo letal, no les hará daño; pondrán las manos sobre los enfermos y ellos se recuperarán.*

—Bravo.

—No sabes si lo dije bien.

—Ehm. Sonó bien. Sonó bíblico. Siento cierta credibilidad al venir aquí contigo.

—No soy tan creyente. Me ofrecí como voluntario para la banda de oración porque tenía miedo de las serpientes.

Lydia dio un sorbo a su latte.

—Bueno, supongo que también podrías tocar y cantar razonablemente bien, nunca te escuché hacer las dos cosas al mismo tiempo.

Dill se encogió de hombros.

—Supongo.

Lydia parecía estar reflexiva.

—Volviendo a las serpientes. ¿Crees que es eso lo que quiso decir Jesús realmente? Tal vez, dijo algo como: *"Y, en teoría, es probable que pudieran agarrar serpientes"*, y Marcos, que andaba por ahí escribiendo, puso: *"Ustedes deben agarrar serpientes, literalmente. Genial, Jesús, ¡entendido!"*. Y Jesús continuó: *"Bueno, tranquilo con el negocio de las serpientes. No seas raro; solo actúa como una persona decente. En realidad, no es más que una metáfora"*. Y Marcos siguió escribiendo: *"Definitivamente, agarren serpientes de verdad y beban veneno real como jugo de uva podrido u otro veneno bíblico"*.

—¿Quién sabe lo que quiso decir exactamente? — Dill trató de no sonar impaciente con la conversación. De verdad disfrutaba que Lydia mostrara interés por su vida.

—Perdón, ¿te molesta hablar de esto?

—No, está bien. *Solo déjame convertir el templo del café cristiano en un agujero negro de mentiras.*

—¿Iré al infierno por hacer bromas?

—No, si encontramos algunas serpientes para que agarres y yo dejo caer un poco de arsénico en tu latte cuando no estés mirando. —Los dos rieron.

Dill suspiró de la manera que lo hacía cuando sabía que había postergado hacer algo todo lo que pudo. Buscó los libros en la mochila.

—Tareas en el primer día de clases —murmuró por lo bajo.

—¿Ey, Dill? Espera un segundo —dijo Lydia suavemente, ya sin sarcasmo en el tono de voz—. Hay algo de lo que quiero hablarte.

El corazón de Dill se aceleró. En los últimos años, cada vez que la gente había comenzado diciendo "hay algo de lo que quiero hablarte", nunca resultó ser algo de lo que él quisiera hablar.

"Hay algo de lo quiero hablarte. Tu padre está en problemas".

"Hay algo de lo que quiero hablarte. Necesitamos que declares".

"Hay algo de lo que quiero hablarte. Tu madre tuvo un accidente muy grave cuando volvía de visitar a tu padre en Nashville y quizás no se recupere".

"Hay algo de lo quiero hablarte. Con la casa, la iglesia, los honorarios del abogado de tu padre, y mis cuentas del accidente debemos alrededor de doscientos setenta mil dólares".

"Hay algo de lo que quiero hablarte. Te haré a un lado para seguir con una vida mucho mejor, y nunca jamás volveré a pensar en ti ni a hablar contigo". Probablemente.

—Bueno —dijo Dill.

—Quiero hacer algunas compras contigo. De esas donde realmente compras para empezar las clases.

Dill la observó sin comprender, sin terminar de procesar lo que ella estaba diciendo.

—Universidades. Quiero que vayas a la universidad.

—¿Por qué? —El corazón de Dill seguía acelerado. Lo que decía Lydia no era malo de la manera que él temía, pero seguía sin ser lo que él quería escuchar.

—*¿Por qué?* —Lydia parecía confundida, un estado raro para ella. Como si no se le hubiera ocurrido que tendría que explicar por qué—. Porque, en primer lugar, la universidad es buena. Aprendes a desenvolverte en el gran mundo que existe fuera de Forrestville y te preparas mejor para la vida. Los egresados de la universidad pueden ganar más dinero. Millones más en toda su vida.

—Entonces, me quedaré en Forrestville y estaré bien. Y no necesito millones de dólares. Solo lo suficiente para vivir. —Dill no la miraba a los ojos.

—Dill, ¿a quién quieres engañar? Eres infeliz aquí. Todos los rumores y las miradas. Vamos. Además, me encantaría que tuvieras algún rumbo, así no te enojarías *conmigo* cada cinco minutos por tener uno.

Dill cruzó los brazos.

—Me pregunto cuándo llegamos a la parte en que esto se trata de ti.

Lydia respiró fuerte y profundo por la nariz.

—*Ufff.* Esto no se trata de mí. Se trata de ti y de mejorar tu vida, y da la casualidad de que puedo sacar algo bueno de esto y es que no estés tan a la defensiva ante mi rechazo a pasar la vida estancada aquí. Estoy tratando de sacarte.

Un grupo de jóvenes alegres de la iglesia, de cursos inferiores al de Dill y Lydia, entró y pidió *cupcakes* y licuados. *Así solía ser yo.* Dill esperó a que pasaran al lado de la mesa de ellos para responder.

—Me estás convirtiendo en un proyecto —dijo él en voz baja—. Ya no basta con vestirme. Ahora necesitas graficar mi vida por mí.

—¿Es una broma? ¿Crees que te veo como un proyecto?

—Así me haces sentir. Como un proyecto en elaboración. Como una serie de fotografías para tu blog. Solo que no serían para tu blog porque, obviamente, yo nunca estaría ahí en realidad.

—Sí. Bueno. Está bien. Estoy armando un proyecto para mejorar tu vida. —Su voz iba in crescendo. El acento sureño de Lydia no era perceptible hasta que se enojaba—. Te pido mil disculpas por preocuparme y tratar de ayudarte a tener una vida mejor.

—¿Es eso o es el miedo que tienes a que mi triste vida ensucie la tuya? Entonces tienes que pulirme y hacerme digno.

—No, amigo. Te estás equivocando y estás siendo grosero. Te asusta la idea de irte y estás proyectando ese miedo en mí. *Tú* eres el que está intentando hacer de esto un tema mío. Piensas que, si puedes autoconvencerte de que mis motivos para querer que te vayas son totalmente impuros, no tendrás que enfrentar la posibilidad de que solo tienes miedo.

Algunos del grupo de jóvenes dieron un vistazo con disimulo. Lydia les devolvió una mirada firme de "métanse en sus propios asuntos". Ellos pusieron mala cara. Uno le susurró algo al otro, como si confirmara el comentario anterior de Lydia sobre los rumores y las miradas. Se podía relacionar a Dill con el "pastor" y la "cárcel". Él consideraba seriamente la posibilidad de que Lydia los hubiera contratado como plantas. No le sorprendería.

—Mira —dijo él, casi susurrando—. También me encantaría ir a la universidad. Pero no puedo.

—¿Por qué no?

—Mis notas.

—Están bien. No son espectaculares, pero hay universidades que te aceptarán solo por tener pulso. Pero, más importante aún, eres extremadamente inteligente. No me juntaría contigo si no lo fueras. Siguiente.

—No lo puedo pagar. Incluso si mis notas son lo suficientemente buenas como para entrar, no puedo obtener una beca.

—Ayuda económica de la universidad y consigues un empleo de medio tiempo. Siguiente.

—Aun así, está fuera de mi alcance porque necesito comenzar a trabajar tiempo completo para ayudar a mi familia a salir de las deudas. De hecho, tengo que trabajar más que tiempo completo.

—Vas a ser de mayor ayuda económica para tu familia más adelante con un título universitario. Siguiente.

—Nunca lo planeé. Ir a la universidad no es algo que se supone que hacen los Early. Ninguno de nosotros fue.

Lydia se movió hacia atrás en la silla con actitud engreída.

—Finalmente, la verdadera razón, y es la más tonta de todas.

—Gracias, pero son todas razones verdaderas. En especial, la parte de que necesito ayudar a mi mamá. Soy todo lo que tiene. Mis abuelos murieron. No tenemos otro familiar vivo cercano con el que tengamos relación.

—No estoy intentando convencerte de que vayas a La Sorbona o a Harvard, Dill. Ve a la UT, a la MTSU, a la ETSU, a la TSU. Estarás cerca de tu casa.

El grupo de jóvenes levantó las manos en círculo para rezar sobre los *cupcakes* y licuados. Dill esperó a que terminaran.

—¿Por qué no le taladras la cabeza a Travis con esto también?

—Antes que nada, no des por sentado que no soy capaz de taladrar más de una cabeza al mismo tiempo. Puedo — La mesa del grupo de jóvenes la miraba mal. Ella bajó la voz a un susurro ronco—. Puedo taladrar muchas cabezas al mismo tiempo. Múltiples cabezas. Provoco quiebres en el continuo espacio-tiempo con la cantidad de cabezas que soy capaz de taladrar simultáneamente. Stephen Hawking tuvo que proponer una teoría del universo paralela para explicar mi omnipresencia.

—Entonces, ¿le taladras la cabeza a Travis?

—No.

Dill se llevó las manos a la cara.

—Escucha —dijo Lydia—. No molesto a Travis porque él está bien aquí. Y eso se debe a que, en realidad, no vive en Forrestville, Tennessee. Él vive en la tierra de *Bloodfall*. Trav será feliz apilando madera durante el día y leyendo libros a la noche hasta que se muera. Eso es él. ¿Pero tú? Puedo asegurar que no quieres esa vida. Todo en ti pide a gritos una vida diferente. Esta es tu manera de hacerlo.

—¿Y mira si me mudo a otra ciudad y consigo un empleo de tiempo completo?

—No lo hagas por la mitad. O vas a la universidad, aprendes algo y cambias tu vida, o te quedas aquí y eres miserable. No te mudes al próximo condado para ser miserable. Perderás el tiempo.

—Esto es todo súper fácil de decir para ti. Tienes padres cariñosos, que te apoyan y quieren que te vaya bien. Puedes afrontar la universidad.

—¿Y qué tiene si para mí es fácil decirlo? ¿No puedo decir cosas importantes porque para mí son fáciles de decir? ¿Es tan contradictorio?

—No puedo. Simplemente, no puedo. Y todo lo que haces es hacerme sentir peor por la vida que tengo. Es como si le dijeras a alguien en silla de ruedas: *"Caminar es genial. Deberías levantarte y hacerlo"*. No es así de fácil.

—Le estoy diciendo que camine a alguien que está en silla de ruedas porque su padre y madre siempre estuvieron en silla de ruedas y él cree que no merece caminar, o que no camina para no herir sus sentimientos.

—¿Qué te da tanto acceso a mis pensamientos y sentimientos más profundos? Nunca te dije que quería irme de Forrestville.

Lydia comenzó a levantar la voz otra vez.

—Ah, dame un respiro. Pregúntale a cualquier persona gay de este mundo —recibió más miradas recriminatorias de parte del grupo de jóvenes— ... si el no expresar un deseo lo hace menos real. ¿Cómo puedo explicarte que quieres salir? Porque te moriste de risa durante cada película de Wes Anderson que vimos juntos. Porque te encantó cada compilado de música que armé para ti. Has leído cada libro que te recomendé. Y porque soy tu mejor amiga y *te quiero fuera de aquí.* Eres curioso y tienes ganas de experimentar, y no podría ser más obvio. —Le brillaban los ojos.

—Tengo que hacer la tarea.

Se quedaron sentados mirándose.

El rostro de Lydia se suavizó.

—Por favor, piénsalo.

Dill dio un sorbo al café.

—Este ha sido el peor primer día de clases que he tenido. Y eso es bastante.

El temor agobiante que había acompañado a Dill a Nashville volvió a aparecer. Ahora, él no solo perdería a Lydia a fin de año, sino que también la decepcionaría. Y para peor, en algún lugar, había otro sentimiento horrible revoloteando y dando vueltas alrededor de ese temor: nada te hace sentir más desnudo que alguien que identifica un deseo que nunca supiste que tenías.

10

LYDIA

ELLA ESTÁ en noveno grado, acomodándose en una fila, unos asientos más adelante que Dillard Early en la clase de inglés. Él casi nunca habla. A menudo está ausente. Ella oyó a su padre decir que el padre de Dillard se había metido en problemas por tener pornografía bastante desagradable en la computadora y, tal vez, eso no era todo. Esa confluencia de sexualidad perversa y religión extraña llama la atención en una ciudad pequeña. Bueno, en cualquier parte, en realidad. Se convirtió en noticia a nivel nacional. Era el tema candente de los comediantes aficionados de la noche que no podían resistirse a las bromas fáciles sobre la manipulación de serpientes. Había rumores de que la pornografía era de Dillard, lo que, de alguna manera, era menos desagradable, ya que al menos Dillard era menor de edad. Aun así, la gente lo evitaba, incluso los pocos amigos que tenía en la iglesia.

Y no es que ella estuviera arrasando en una competencia de popularidad. La mayor parte del tiempo, ella siempre había preferido los libros antes que a la gente de su misma edad. Su única amiga íntima, Heidi, se había mudado a Memphis el año anterior.

Están leyendo *El señor de las moscas* y la profesora pregunta a los alumnos qué entienden del libro, y, por lo general, los profesores no le preguntan a Dillard porque, o suponen que él no tendrá una respuesta o no quieren ponerlo en una situación difícil. Pero, la Srta. Lambert, Dios la bendiga, se arriesga.

—Dillard, ¿qué piensas que está tratando de decir este libro? —pregunta ella.

Él levanta la cabeza del escritorio. Se duerme mucho en clase. Mira fijo a la profesora con esos ojos pentecostales intensos e inquietantes, que, últimamente, tienen círculos negros debajo de ellos muy a menudo. Espera varios segundos para hablar. No es que esté ordenando los pensamientos, sino más bien considerando si la profesora está preparada para oír lo que él piensa.

—Pienso que está diciendo que todos nacemos con semillas en nuestro interior. Y si las dejamos ver la luz del sol y tomar aire, ellas crecerán y nos romperán. Como un árbol que crece a través de la vereda.

Se oyen risas nerviosas en la clase, pero, más que nada, un silencio incómodo.

La Srta. Lambert habla suavemente.

—Sí, Dillard. Creo que es eso, justamente, de lo que trata este libro.

Logan Walker levanta la mano y no espera a que lo llamen.

—Mi mamá me dijo que, si comes semillas de sandía, te crecerá una sandía en el estómago. —La clase ríe disimuladamente. Dillard vuelve a apoyar la cabeza en el escritorio.

—Suficiente —dice la Srta. Lambert en voz alta.

Pero Lydia no está prestando atención a ese intercambio porque Dillard acaba de ganarse un enamoramiento instantáneo. No de ese tipo. Dentro de la taxonomía de enamoramientos de Lydia hay innumerables subespecies, la mayoría de las cuales no contiene ningún elemento romántico en absoluto. Una vez, hizo una lista de todos los que pudo en una publicación en su nuevo blog. Enamoramiento-de-chica-hippie-limpia-de-la-Costa-Oeste-usando-cinta-en-la-cabeza.Enamoramiento-de-cantante-femenina-británica-gótica-con-apariencia-de-usando-vestido-rasgado-y-caminando-descalza. Enamoramiento-de-joven-comediante-judío-sarcástico-que-solo-es-apuesto-desde-un-ángulo-y-con-quien-ella-quisiera-almorzar-pero-no-besarse. Etcétera.

Y quien habría imaginado que tendría un espacio para un chico-raro-marginado-campestre-manipulador-de-serpientes-propenso-a-hacer-declaraciones-existenciales-apocalípticas-en-clase. Pero así fue. Ella sospecha que existe la posibilidad de que termine arrepintiéndose y que, en lugar de estar lleno de una hermosa melancolía, soledad y resplandor, como se imagina, Dillard sea, en realidad, todo un Jesús-tipo-raro-de-la-pornografía. Pero si ese resulta ser el caso, ella siempre tiene la opción de abandonarlo sin repercusiones sociales.

Más tarde, lo encuentra en la cafetería, donde él almuerza solo o, a veces, con Travis Bohannon, otra oveja completamente negra con una triste historia a cuestas. Hoy Dillard está solo, escribiendo en un anotador. Ella le pregunta si puede sentarse frente a él. Él la observa con desconfianza, como preguntándose cómo pretende lastimarlo.

—Adelante —dice él.

Ella se sienta con sus mini zanahorias, chips de pan pita y humus, todo comprado en una escapada reciente para buscar provisiones a Trader Joe's en Nashville. El Lexus SUV de su madre gemía debajo del peso de todas las compras. Habían comprado una heladera Trader Joe's para poner en la cochera, solo para estas escapadas.

—¿Qué estás escribiendo? —pregunta ella.

—Nada.

Hora de ir al grano.

—No estoy aquí para burlarme de ti, por cierto. Tal vez no te has dado cuenta de que la gente que te hace eso tampoco se interesa mucho por mí. Me gustó lo que dijiste en clase sobre el libro.

Él sigue contemplándola con cautela.

—Canciones. Se me vienen ideas a la cabeza y las escribo. Palabras o melodías.

—¿Eres músico?

—Sí. Aprendí a tocar la guitarra y a cantar desde muy chico, así podía tocar en la iglesia de mi padre.

—¿Entonces son canciones sobre Jesús lo que escribes?

—No.

—¿Te gustan las películas?

—Sí. Bueno, no he visto tantas.

—Todos los viernes a la noche, hacemos noche de películas en mi casa. ¿Quieres venir este viernes?

—Mi mamá es bastante estricta.

Lydia se encoge de hombros.

—Bueno. Quizás otro día.

Dillard duda.

—Pero ella trabaja los viernes a la noche. Trabaja bastante todo el día, todos los días y todas las noches. Así que mientras esté en casa antes de las diez...

—Yo no soy soplona. El soplón, al paredón.

Y es la primera vez que ella recuerde que ve sonreír a Dillard Early.

* * *

Lydia sale de su ensimismamiento justo cuando Travis entra a los tropezones a Buenas Noticias, con el cabello todavía húmedo de la ducha.

—Perdón, me demoraron en el trabajo. Contaban historias.

Se sentó junto a Dill y sacó la copia andrajosa de *Bloodfall*.

Lydia levantó la vista de la página en blanco que estaba mirando fijo en la pantalla mientras rememoraba.

—Habrás leído ese libro no menos de siete veces.

—Ocho veces.

—Entonces, por qué...

—Porque *Deathstorm*, el libro final de la serie, sale en marzo. Y estoy releyendo toda la serie antes, así no me pierdo ningún detalle cuando hable sobre eso en los foros. Son despiadados allí. No quiero parecer un principiante. Lo estoy leyendo con uno de mis amigos de los foros. Son libros buenos. Deberían leerlos.

Lydia giró los ojos.

—Sí, no. No leería cinco mil páginas de algo, aunque contuviera instrucciones precisas sobre cómo bajar diez kilos comiendo Krispy Kremes y llegar al orgasmo. ¿No tienes tareas?

—Maldición, Lydia, esta noche eres la madre de todos —dijo Dill. Travis lo miró, de manera inquisidora, con las cejas hacia arriba.

Lydia levantó las manos, como rindiéndose, sin sacar la vista de la pantalla.

—Nop. Nop. Hasta acá llegué. Ustedes hagan lo suyo. Así me pagan por tratar de ayudar. *Así me pagas por tratar de evitar ver tu vida marchitarse y morir en la enredadera de esta estúpida ciudad pequeña.*

Su teléfono vibró.

Dios mío, acabo de dar un vistazo a la pretemporada de otoño de Vivienne Westwood. Te vuela la cabeza. —Escribió Dahlia por mensaje.

TE ENVIDIO.

Cosas geniales que están pasando con las ideas tradicionales de femineidad trastocadas, etc.

YA DIJE QUE TE ENVIDIO.

Pronto, linda. A propósito, hablé con Chloe esta mañana. Demostró interés en compartir habitación con nosotras en NYC.

Chloe Savignon era una joven actriz y diseñadora de modas. Lydia nunca la había conocido en persona, pero se había escrito con ella *online* y había visto sus películas. Ella era fanática de *Dollywould*.

Estoy deprimida —escribió Lydia.

Ella apenas podía procesar lo diferente que sería su vida en un año. Un cambio que ella había originado mediante su propia fuerza de voluntad y ambición. De ser nadie en una ciudad de la nada en el borde de la Meseta de Cumberland a compartir habitación con actrices y descendientes de la industria de la moda en la ciudad más glamorosa del mundo, y asistir a una de las mejores universidades del planeta. Las posibilidades eran tan infinitas. Sus nuevos amigos se vestirían y hablarían de manera diferente. Serían de ciudades grandes y colegios privados de elite. Tendrían casas en la playa donde pasarían los fines de semana. Tendrían conversaciones hasta tarde en la noche sobre Chomsky y Sartre y Kraftwerk y Kurosawa y la línea primaveral de

Givenchy. Amigos que la harían conocer cosas nuevas en lugar de ser siempre a la inversa. Eso sería lo que reemplazaría esto. No era que esto no fuera divertido. No era que Dill y Travis no fueran buenos amigos con ella. Tampoco que no los extrañaría, ni que no sentiría culpa por hacerlos a un lado. Pero...

En un año a partir de ahora, no estaría sentada en una cafetería cristiana frente a amigos que se sentían molestos por su ambición, de eso no había dudas.

Este era un buen estado de la mente para que ella comenzara a hacer un borrador del ensayo de admisión para la universidad.

Nací y me crie en Forrestville, Tennessee, que tiene una población de 4.237 habitantes, según el último censo. No es de extrañar que las empresas emergentes de tecnología, compañías de software, corporaciones de medios de comunicación y demás, sean reacias a instalar tiendas en una ciudad que lleva el nombre de Nathan Bedford Forrest, general confederado y fundador del Ku Klux Klan. Las posibilidades y oportunidades no llaman a tu puerta en Forrestville. Tienes que generarlas tú mismo.

La cafetería miraba hacia la plaza de la ciudad. Sus compañeros de clase se reunían en la glorieta que estaba en el centro y usaban la plaza para girar en U cuando se pasaban la calle principal, que terminaba en el estacionamiento del Walmart. Veía que comenzaban a reunirse.

Llegó otro mensaje de Dahlia:

Me encuentro con mamá para cenar en una hora. Deséame suerte.

Hablando de eso, ¿hay alguna posibilidad de que tu mamá me escriba una carta de recomendación para la universidad? Necesitaré algunas —escribió Lydia.

¿Qué estoy haciendo? —pensó Lydia—. *Como quien no quiere la cosa, acabo de pedir una carta de recomendación de una de las mujeres más poderosas de los medios de comunicación.* Lydia había visto a Vivian Winter solo una vez, en la Semana de la Moda (el padre corredor de bolsa de Dahlia las había acompañado en Nantucket). Por suerte, Dahlia amaba las oportunidades para jactarse de la influencia que tenía.

Ay, mamá te adora. Lo lograremos.

Con esa pequeña victoria, Lydia retomó el trabajo en su ensayo de admisión.

Cuando tenía trece años, decidí que no había razón por la que solo los adultos de las grandes ciudades podían tener opinión en la conversación nacional sobre la moda, cultura pop y el arte: las tres cosas que más amo. Así que comencé con un blog llamado Dollywould. *Me inspiré en una frase de una de mis ídolas, una colega de Tennesse y una mujer fuerte: Dolly Parton. Ella dijo: "Si no te gusta el camino por el que estás yendo, comienza a abrir uno nuevo". Así que eso hice. Abrí un camino nuevo. Escribí, desde el corazón, sobre las cosas que amaba y la gente comenzó a prestar atención.*

Tengo decenas, a veces cientos de miles de visitantes al mes. Tengo más de cien mil seguidores tanto en Twitter *como en* Instagram. Dollywould *fue distinguido en* Teen Chic, Cosmopolitan, Elle, Seventeen *y* Garden & Gun. *Me han invitado a la Semana de la Moda en Nueva York en los últimos dos años y he dado una entrevista para el* New York Times. *Fui jurado invitado en* Project Design *en la* Red Bravo. *Semanalmente, recibo paquetes de diseñadores que me envían muestras de sus productos para que los promocione en el blog.*

Mi objetivo con Dollywould *fue crear un espacio que resultara inspirador para los jóvenes, en especial para las mujeres, que tuvieran gustos fuera de lo convencional y que se sintieran solas, como si nadie las comprendiera. Yo puedo empatizar. En el colegio secundario, tengo dos amigos exactamente. Uno es el hijo de un pastor manipulador de serpientes expulsado que, actualmente, está cumpliendo la sentencia en prisión. El otro trabaja en una maderera para ganar dinero para comprar libros.*

Un poco de fetichismo del sur nunca mató a nadie. Dill y Travis podían no estar a la moda para su blog, pero servían rotundamente para dar impulso a la narrativa de su ensayo de admisión.

11

DILL

DILL ESTABA de buen humor cuando marcó tarjeta al salir del trabajo, se sacó el delantal verde, lo dobló y lo puso en la mochila. Todos los años, desde que había conocido a Lydia, el Dr. Blankenship les preparaba una cena de vuelta al colegio el primer viernes siguiente al comienzo de clases, antes de la noche de películas de los viernes. Siempre hacía lo mismo, bondiola de cerdo ahumada, pan de maíz, acelga, macarrones gratinados, té dulce y la tarta de vainilla de la Sra. Blankenship de postre. Por lo general, era la mejor comida que tenía Dill en todo el año. A fin de disfrutarla al máximo, incluso decidió permitirse el lujo de olvidarse de que sería la última cena que tendría de ese tipo.

Tarareó una nueva canción en la que estaba trabajando mientras caminaba desde Floyd's a la casa de Lydia. Podía sentir el olor a líquido inflamable y fuego a carbón de una de las casas cerca del centro.

Pasó frente a la tienda de reparación de electrodomésticos, que estaba a punto de cerrar. La puerta se abrió y una mujer con un vestido liso, que parecía hecho a mano, salió con dos niños, un varón y una nena.

Dill se detuvo de golpe.

—¿Hermana McKinnon? —Él no se encontraba con miembros de la antigua iglesia muy a menudo. La mayoría vivía en las afueras de Forrestville. No iban mucho a la ciudad.

La mujer se sobresaltó al escuchar su nombre y miró fijo a Dill por un momento hasta que un gesto de reconocimiento le atravesó el rostro.

—¿Hermano Early? Dios mío, casi no te reconozco. Estás mucho más alto ahora que la última vez que te vi. ¿Cuándo fue?

—Habrá sido justo después de que mi padre... así que supongo que hace unos tres años.

—¿Y cómo está tu papá?

—Parece que bien. Lo vi hace, más o menos, una semana o algo así.

—Qué hombre piadoso. Rezo por su protección y su salud todos los días.

—Yo también —mintió Dill.

—Siempre fui creyente, pero ver cómo las señales se manifestaban en él... si alguna vez tuve una duda, él la hizo a un lado.

—Vamos, mamá —dijo el niño, mientras tiraba del brazo de su madre.

—¿Jacob? Cállate. Papá está pagando al hombre que arregló la lavadora y luego tenemos que cargarla en la camioneta.

Dill se arrodilló para chocar los cinco con Jacob.

—¿Este es Jacob? Guau. La última vez que lo vi, tenía la mitad de este tamaño.

—Crecen demasiado rápido. ¿Entonces, tú y tu madre están yendo a alguna otra iglesia ahora?

—Los dos trabajamos mucho, pero vamos a la Iglesia Original de Dios cuando podemos.

La Hermana McKinnon asintió amablemente.

—Ah, claro. ¿Ellos practican las señales del evangelio allí?

—No, en realidad no. Solo curaciones y hablan en lenguas.

Ella volvió a asentir amablemente.

—Ah, bien. La palabra de Dios es la palabra de Dios, donde sea que la oigas.

—Mamaaaa. —Jacob tiró del brazo de su madre.

—Entra y habla con papá. Ve. Lleva a tu hermana.

Los dos niños entraron corriendo. La Hermana McKinnon volvió a mirar a Dill.

—Nosotros vamos a la iglesia de señales en Flat Rock, Alabama.

—Guau, eso debe llevarles...

—Dos horas cada trayecto. Alrededor de ciento sesenta kilómetros. —Hizo un gesto hacia una camioneta, para quince pasajeros, blanca y maltratada—. Compramos esto y llevamos a los Harwell y los Breeding. Ayudan a pagar la gasolina. ¿Aún te juntas con Joshua Harwell?

—No. Nos alejamos, supongo. —Silencio incómodo—. ¿Eres la líder del grupo de jóvenes como eras en nuestra iglesia? —preguntó Dill—. Tú eras mi líder del grupo favorita.

Ella sonrió con melancolía.

—No. No tomamos tareas porque vivimos tan lejos. ¿Qué hay de ti? ¿Tocas en la banda de oración en tu nueva iglesia?

—No.

—Es una lástima. Tenías un espíritu poderoso para la música.

La puerta de la tienda se abrió con un tintineo y el Hermano McKinnon y su hijo e hija salieron dando algunos golpes con la lavadora sobre una plataforma móvil. Dill se apuró y sostuvo la puerta. El Hermano McKinnon le agradeció sin levantar la mirada, empujó la lavadora hacia la parte trasera de la camioneta y se detuvo, jadeando mientras se limpiaba la frente con un pañuelo. Cuando hizo contacto visual con Dill, su expresión se endureció.

—Hola, Hermano McKinnon —dijo Dill, extendiendo la mano, con la esperanza de romper el hielo. Para ser honesto, esta era la reacción que él esperaba de sus antiguos compañeros feligreses.

El Hermano McKinnon no quiso saber nada con darle la mano.

—Bueno, qué tal esto. Había pensado que estarías demasiado ocupado gastando tus treinta piezas de plata como para encontrarte con nosotros.

Dill se sonrojó e intentó formular una respuesta, pero las palabras no aparecieron.

La Hermana McKinnon tocó el brazo de su esposo.

—Dan, por favor...

Él levantó la mano.

—No, no, estoy dispuesto a decirle a Junior lo que pienso. Quise hacerlo por mucho tiempo.

Carajo. Esto será divertido. Dill comenzó a girar para irse.

—Hermana McKinnon, fue lindo verla. Yo...

El Hermano McKinnon tomó el brazo de Dill y lo apretó fuerte, levantando la voz y salpicando gotas de saliva.

—No la llames "hermana". Sabes muy bien lo que hiciste. Y si no te importa escuchar más sobre eso, bueno, tal vez sea tu conciencia. Pero le complicaste las cosas a mi familia. Los domingos, paso casi cada hora del día solo manejando hacia la iglesia. Cientos de dólares en gasolina. Espero que estés feliz.

Dill se soltó violentamente y miró fijo al suelo.

—No estoy feliz. Lo lamento.

Un peatón del otro lado de la calle se había detenido para mirar boquiabierto la violencia que se estaba desarrollando entre los manipuladores de serpientes.

El Hermano McKinnon soltó una risa sarcástica.

—Ay, *lo lamentas*. Bueno, con tu lamento y cuatrocientos por mes, puedo pagar la gasolina y así criar a mis hijos en la fe verdadera. Lo lamentas. —Escupió en los pies de Dill.

Dill se encontró con la mirada hiriente del Hermano McKinnon; la vergüenza que sentía iba convirtiéndose en furia.

—Sí. Lamento que las cosas vayan mal para ustedes. Pero lo que hizo mi padre no fue mi culpa. Él se metió en problemas solo.

El Hermano McKinnon adoptó un silencio peligroso y clavó el dedo índice en el pecho de Dill al enfatizar las palabras:

—Sigue autoconvenciéndote de eso, Judas. Pero hazlo en otra parte, porque verte me está dando ganas de hacer algo de lo que me arrepentiré.

Dill no dijo nada, solo giró y se alejó rápidamente; la adrenalina fluía por su cuerpo, haciendo que se le aflojaran las piernas, y le dieran náuseas. Se escabulló calle arriba, con la sensación de ser una cucaracha que alguien espantó de su escondite. Mientras caminaba, decidió, sin mucha consideración, que incumpliría su promesa de permitirse olvidar que esta sería su última cena de vuelta al colegio. *Esto es lo que habré dejado cuando ella se haya ido. Discusiones frente a tiendas de reparación de electrodomésticos con antiguos miembros de la iglesia de mi padre que piensan que vendí a mi padre a los romanos.* Mantuvo la cabeza hacia abajo y lanzó miradas furtivas de un lado a otro, pero, para entonces, las calles estaban mayormente vacías bajo la luz de color herrumbre.

* * *

La cena fue excelente como siempre. La buena comida y la amistad borraron la discusión con los McKinnon. Pero, incluso luego de que lo amargo del encuentro había desaparecido, la desolación emergía a su alrededor. Por supuesto, él siempre experimentaba cierta angustia cuando se juntaba con la familia de Lydia en su casa, debido al contraste con su propia familia y su propia casa. La casa de ellos, iluminada, ventilada, espaciosa, llena de cosas hermosas y electrodomésticos modernos, siempre perfumada con el aroma vivo y limpio de flores blancas y cítricos, comparada con su casa oscura y apretada, llena de decadencia, con olor a moho, a alfombra vieja y al pegamento que mantenía todo junto. La familia de Lydia, cercana y cariñosa, metida en una conversación cálida —Lydia, hija única por elección en comparación con su familia fracturada; su madre que lo trataba como si fuese un niño, aunque ella tenía solo dieciocho años más que él— Dill, hijo único porque Dios así lo quiso (palabras textuales de sus padres).

Ese tiempo que estaba allí era como estar sentado en la playa disfrutando del sol mientras la marea se elevaba alrededor de sus tobillos. *Esto ya no existirá para esta altura del año que viene.*

También era como estar sentado al lado de alguien en una cama del hospital que estaba pasando un buen día, pero que se esperaba que muriera. Lo sabía porque lo había hecho antes.

12

TRAVIS

LA COSECHA fue buena ese año en las tierras de Raynar North-brook, y, a menudo, se daban un banquete en la pesada mesa de roble ubicada en la inmensa galería. Él pidió pan y carne hasta que estuvo satisfecho y tiró las sobras a los perros que dormían junto al fuego que crujía en la chimenea. Estaba de buen humor.

—Me olvidé de decirle, Dr. Blankenship, que me encanta su mesa. —Travis pasó la mano sobre la superficie de madera de granero restaurada que él estaba ayudando a aclarar al Dr. Blankenship.

—Gracias, Travis. Eres un hombre con un gusto excelente.

Travis sonrió. No solía recibir halagos sobre su gusto, uno de los riesgos implícitos de usar un collar con un dragón.

Mientras Travis ayudaba al Dr. Blankenship a ordenar, su teléfono sonó.

Estoy aburrida. Aquí sentada jugando con mi perro. ¿Qué estás haciendo? —escribió Amelia.

Travis puso un plato en el lavavajillas.

Acabo de terminar de cenar en la casa de una amiga. Ayudando a limpiar. ¿Cómo es el nombre de tu perro?

¡Suena divertido! Se llama Pickles.

¡No me digas! ¡Mi mejor amigo se llama Dill! [1]

JAJA. ¿¿¿QUÉ??? Algún día deberíamos juntar a Dill y a Pickles.

Totalmente.

—Últimamente, me ha entrado un furor por Werner Herzog —declaró Lydia—. Y me toca elegir. Así que la película de la noche de viernes de esta semana es *La cueva de los sueños olvidados.*

Los padres de Lydia se dirigieron hacia las mecedoras de la galería del frente con copas de vino y libros, mientras Travis siguió a Lydia y a Dill a la sala de televisión.

Mientras miraban el documental sobre las pinturas rupestres de 32 mil años en la cueva de Chauvet en Francia, vinculado con las reflexiones existenciales considerablemente acentuadas de Herzog, Travis no pudo evitar preguntarse qué diría su padre si estuviera allí. *¿De qué está hablando este marica? No entiendo ni una palabra de lo que dice.* Por su parte, a Travis le gustaba, como todo lo que tuviera olor a iluminado por el fuego, antiguo y misterioso.

—Así que, últimamente, he estado pensando en la permanencia, y en cómo vivimos nuestras vidas sin que el mundo registre siquiera que llegamos y nos vamos —dijo Lydia mientras pasaban los créditos del final.

—Muchos cristianos piensan que el mundo solo tiene seis mil años —dijo Dill—. Así que piensa en eso. Esas pinturas han estado allí por casi cinco veces más tiempo que eso.

—Como que te hace preguntarte qué dejaremos atrás —dijo Travis—. Yo quiero dejar algo por lo que la gente

---

1 Dill pickle: pepino en escabeche al eneldo. (N. del T.)

me recuerde. Como lo hacen los reyes. O los que pintaron la cueva. —Él aprendió eso sobre sí mismo mientras las palabras salían de su boca.

Se quedaron sentados por un momento, pensando.

—Deberíamos dejar algo —dijo Travis—. Para que la gente nos recuerde. Nuestra propia versión de las pinturas rupestres.

Lydia no tenía ninguna broma preparada, lo que significaba que le gustó la idea.

—Pero no en una cueva. No quiero andar arrastrándome en cuevas.

—La Columna —dijo Travis, luego de pensar por unos segundos—. Ninguno de nosotros sabe dibujar, pero podemos escribir cosas en ella que son importantes para nosotros.

—Me gusta. Huelo a una publicación en el blog —dijo Lydia—. Primero lo primero. ¿Todos tenemos algo que podamos escribir? ¿Dill?

—Puedo escribir algunas de mis letras.

—¿Trav?

—Sé de memoria lo que Raynar Northbrook había grabado en la lápida de la tumba de su mejor amigo. Es mi frase favorita.

—Bueno. Entonces, soy la única que necesita algo. Déjenme pensar mientras me cambio. —Lydia subió corriendo las escaleras y regresó unos minutos más tarde con un atuendo más apropiado para caminar por el bosque.

—Bueno —dijo ella—. Marcadores indelebles. Grandes.

—Walmart —dijo Travis. Rara vez él era el impulsor de las actividades que realizaban, y estaba orgulloso.

—¿Walmart un viernes a la noche? Nos cruzaremos con todos nuestros amigos del colegio —dijo Dill.

—Ahhhhhh, sí —dijo Lydia—. Nos *hemos* perdido las travesuras en el Walmart del viernes por la noche por mirar los documentales de Herzog. Reafirmemos nuestro estatus social.

La luz de las estrellas se filtraba a través de las copas de los robles imponentes y las magnolias en la calle de Lydia. La transpiración corrió por la espalda de Travis apenas él se encontró con el aire húmedo. Pero no le importó. No se podía pedir más en la noche de un viernes.

* * *

Se detuvieron en el estacionamiento del Walmart mientras la luna se levantaba brillante y plateada en el cielo azul zafiro. Gritos, risas y música provenían de un grupo de autos estacionados en una esquina del predio cuando ellos estacionaron y caminaron. Travis dejó el bastón en el auto.

—Dilllllllldoooooooooo. Clamidiaaaaaaaaa —alguien gritó.

Lydia movió la cabeza.

—Esta es mi vida. Recibo gritos en el estacionamiento de un Walmart un viernes a la noche de alguien que hace una mala imitación de un comediante de una película con bromas de pedos que sugiere la compañía de un adulto para menores de 13 años.

—Acabamos de ver un documental inteligente, así que esto no es tu vida en realidad —dijo Travis.

—Estoy comenzando a pensar que no nos perdimos de mucho con la escena del estacionamiento del Walmart —dijo Dill.

—¿Tienes algunas galletas, niña exploradora? —gritó alguien más.

Lydia nunca iba a algún lado sin el atuendo perfecto. Llevaba puesto una remera *vintage* de campamento de verano, unos shorts de senderismo color caqui y botas de los años 70.

—Supongo que me merecía eso —dijo Lydia.

¿Los fracasados de tu colegio se juntan en el Walmart un viernes a la noche? —Travis le escribió a Amelia.

Claro que sí —escribió ella—. Es como si viviéramos en la misma ciudad.

Eso quisiera. Amo a mis amigos, pero sería tan genial poder hablar sobre *Bloodfall* contigo en persona.

Compraron los marcadores y manejaron hacia el camino de ripio sin nombre que terminaba en una plataforma de árboles junto al río Steerkiller, que dividía en dos a Forrestville. El aire olía a vid kudzu, barro, ripio fresco y pescado muerto.

* * *

Ese olor. De repente, Travis tiene catorce años. Está con su madre en el ritual del sábado por la noche en la Iglesia Original de Dios de Forrestville. Una nueva familia ha estado asistiendo a su pequeña congregación. Crystal y Dillard Early hijo, la esposa e hijo de Dillard Early padre, el pastor pervertido manipulador de serpientes. La precaria congregación de los Early se ha desmoronado en ausencia del pastor y la Iglesia Original es lo mejor que pueden encontrar en Forrestville para reemplazarla. Recibirán el don de lenguas, el Espíritu Santo y la imposición de manos para curar al enfermo. Tendrán que manipular serpientes y beber veneno en su casa si es lo que tanto les interesa.

Se sentaron en la parte de atrás junto a Travis y su madre. Ninguno parece haber dormido en meses y, probablemente, no lo hicieron. Dillard no mira a los ojos a nadie. No parece estar muy cómodo en la casa de Dios. Se ve abandonado y sin amigos. Travis ha pasado por eso. Él mismo recibe muchas miradas sospechosas por la ropa que usa y su demostrada afición por leer libros no cristianos.

Él también sabe algo sobre la pérdida y las noches de insomnio. Su hermano mayor, Matt, había muerto en la explosión de una bomba al costado de la ruta en Afganistán el año anterior. El padre de ellos nunca había sido particularmente agradable, pero su peor momento era cuando bebía. Comenzó a beber más cuando Matt murió. Mucho más. Y Travis también cambió. Solía amar los libros y videojuegos sobre soldados actuales, pero ahora solo le recuerdan a Matt. Le recuerdan cómo Matt le enviaba, por correo electrónico, fotos de él y sus compañeros sentados en el jeep Humvee, sosteniendo las armas contra el pecho. Lo que significa que sus antiguos libros y videojuegos le recuerdan el dolor y la pérdida, y que no está a la altura del legado de Matt. Así que obtiene su dosis de heroísmo y combate de libros de fantasía. De esa manera se las arregla para escapar de un mundo en el que los hermanos mayores mueren en lugares lejanos. Apenas su madre se da cuenta de cómo encuentra consuelo, le trae a casa el primer libro de la serie *Bloodfall* de un viaje de compras a Nashville, por recomendación de un empleado de una librería.

Travis capta la mirada de Dillard, sonríe y lo saluda con la mano. Dillard, inmutable, le devuelve el saludo. Algo le dice a Travis que hable con él. A Travis siempre le han enseñado que la necesidad de hacer el bien es la voz del Espíritu Santo que habla, y cuando sientes su llamado, es mejor que respondas. Además, ha estado sintiéndose un poco solo él también. Una de las consecuencias de su salida repentina al mundo de la fantasía fue dejar a un lado a su pequeño grupo de amigos, en su mayoría de la iglesia.

Se desliza hacia Dillard y le pasa la mano. Dillard le da un apretón.

La vez siguiente que ambos están en el grupo de jóvenes, Travis le pregunta a Dillard si quiere ir a ver ese lugar genial que su hermano le mostró antes de partir al campo de entrenamiento del Cuerpo de Marines. Es un buen lugar para sentarte y estar solo con tus pensamientos. Y Travis no menciona esto, pero es un buen lugar para escapar de tu padre cuando bebe y mira fútbol y rememora qué buen jugador era tu hermano muerto, y te pregunta cuánto te gustaría el trabajo de entrenar a un grupo de millonarios afroamericanos (pero él usa otra palabra) y no lo dejará pasar hasta que, para tranquilizarlo porque es sabido que su cinto puede escaparse, mientes y le dices que crees que no querrías ese trabajo. Y luego te odias a ti mismo por ser un cobarde y no decir lo que piensas realmente. Te odias por no ser bueno para el deporte como tu hermano muerto. Te odias por no ser tan valiente como las personas sobre las que te encanta leer. Y solo quieres estar en algún lugar donde nadie te haga sentir de esa manera.

* * *

—Travis, esta vez puedes traer el bastón —dijo Lydia, trayéndolo de nuevo al presente—. Este lugar siempre me da un poco de cosa de noche.

—¿Y qué tal si una comadreja o un mapache te ven conmigo? ¿No sería vergonzoso?

—Trae el bastón antes de que cambie de opinión.

13

DILL

—Tengo mi pistola de descarga eléctrica y gas pimienta también —dijo Lydia—. Mi mamá me armó bien.

—¿Cuál es tu idea? —preguntó Dill—. ¿Planeas encontrarte con unos veinte asesinos?

—Soy una mujer de voz fuerte conocida por todos. Tomo precauciones.

—Tal vez Trav y yo debamos comenzar a usar trajes y lentes de sol cuando salimos contigo.

—¿Terminaste?

—Sí.

Se abrieron paso a través de los arbustos en la base del puente del ferrocarril. Junto al río, un coro de ranas silbadoras se unía al clamor de los insectos. Dill guiaba el camino con una linterna del auto de Lydia.

Lydia inspeccionaba el suelo con el LED de su teléfono.

—Le tengo miedo a las serpientes.

—Si tenemos algún problema con serpientes, Dill lo puede manejar —dijo Travis—. ¿Entendiste?

Dill aplastó un mosquito.

—Sí, entendí.

El terreno se volvía pantanoso debajo de sus pies. Lydia trató de sacar algunas fotos con su flash.

—Está un poco fresco —dijo ella—. Se parece un poco al ambiente de Ryan McGinley. ¿Alguno de ustedes quiere desvestirse y correr desnudo en la oscuridad mientras le saco fotos?

Dill se paró detrás de Lydia y miró de cerca las fotos.

—No precisamente.

—Yo rajaría los lentes de tu cámara —dijo Travis.

—Ay, vamos Travis. Tienes un cuerpo hermoso. Dill, dile a Travis que tiene un cuerpo hermoso.

Esa línea de *Jóvenes y Rebeldes*, una de las obsesiones de Lydia, había sido una broma recurrente entre ellos desde que Lydia había hecho que Travis y Dill miraran todos los episodios en un solo día. La broma siempre los hacía matar de risa.

Llegaron a la gran columna de hormigón del puente que se elevaba en el suelo antes del río. Se dirigieron hacia un costado, mientras el barro les chupaba las botas, donde colgaba una pequeña escalera de metal cubierta de pintura verde descascarada. Para llegar a la Columna, situada en el medio del río, tenían que subir la escalera que estaba en la columna sobre la orilla del río, cruzar el río caminando sobre la plataforma debajo del puente y bajar otra escalera.

—Me pregunto si debo apelar al privilegio de las damas primero para evitar tener que trepar después de ustedes peldaños embarrados y asquerosos, o si quiero que uno de ustedes vaya primero para asegurarme de que una araña gigante no haya tejido su nido allí arriba.

—Una araña gigante como Sha'alar, la Reina Araña —murmuró Travis, lo suficientemente fuerte como para que cualquier interesado en saber quién era Sha'alar preguntara. Nadie preguntó.

—Aquí. —Dill agarró la escalera, levantó un pie y raspó la bota en la columna antes de pararse en el peldaño de abajo. Hizo lo mismo con la otra bota—. Lo mejor de ambos mundos. Ahora no te embarrarás las manos con lo que quede de mi cuerpo cuando Shalimar, o como sea, me mate.

Treparon la escalera y se deslizaron a través de un agujero estrecho en la cima hacia la plataforma. Travis tuvo que contener la respiración.

—Tenemos que acordarnos de traer algo de manteca la próxima vez así podemos engrasar a Travis —dijo Dill.

Travis rio mientras intentaba meter panza.

—Vamos, chicos, denme un estirón.

—No antes de que pagues la cena —dijo Lydia con su mejor voz sexy de los años 40, tirando las cenizas de un cigarro imaginario.

—Si tan solo atravesaras agujeros tan fácilmente como te tropiezas con ellos —dijo Dill.

Al final, sacaron a Travis y continuaron por la plataforma angosta hacia la Columna. Travis tuvo que caminar encorvado para evitar golpearse la cabeza. Llegaron a otro agujero con una escalera y se deslizaron hacia abajo.

—Lo paso mejor bajando por los agujeros que subiendo —dijo Travis.

—Ni siquiera tocaste ese —dijo Lydia con la voz de los años 40.

—Estamos violando, por completo, a este pobre puente —dijo Dill.

—No lo dije con ese sentido. Maldita sea con ustedes.

Finalmente, llegaron a la Columna, donde había lugar para dispersarse. Con discreción, Dill pateó el envoltorio de un condón hacia el agua.

—Cada vez que venimos aquí, intento descifrar por qué existe esta escalera —dijo Dill.

Lydia revolvió el bolso en busca de su cuaderno y los marcadores.

—¿De verdad? Es como decir: "Ey, hombre, ¿por qué no bajas y ves si la Columna sigue ahí?". "Claro, jefe. ¡Todo perfecto! ¡La columna sigue aquí!"

—No, pero tienes que bajar para limpiar y pintar las partes de metal y asegurarte de que los remaches, soldaduras y esas cosas estén en buen estado —dijo Travis y dio una palmada a la Columna. Hizo un sonido metálico hueco.

Lydia examinó un espacio plano y amplio, y sacudió la tierra que había sobre él.

—¿Cómo es que cada vez que estamos hablando del mundo real, te las arreglas para meter fantasía, y cada vez que estamos hablando de fantasía, te las arreglas para meter el mundo real?

Travis se encogió de hombros.

—Mis fantasías son más interesantes que el mundo real, y las máquinas y herramientas son más interesantes que las fantasías de ustedes, chicos.

Lydia tomó una fotografía de un lugar vacío.

—Seguro. Iremos con eso. Pásenme un marcador.

Lydia se puso a trabajar en ese espacio, usando la luz de su teléfono. Dill y Travis fueron por el otro lado con la linterna y se turnaron.

El marcador de Travis rechinaba.

—Tengan mucho, mucho, cuidado de no caerse, chicos. Primero, la seguridad.

—Probablemente, hay peores maneras de morir que cayendo a un río, mientras lo pasas genial con tus amigos hasta justo antes del final —dijo Dill.

—¿Cuál sería la manera de morir ideal para ustedes? ¿Si pudieran elegir? —preguntó Travis.

—Dios, Trav, te estás poniendo oscuro —dijo Lydia—. Pero bueno, huelo a más alimento para una publicación en el blog. ¿Dill? Parece que tú has pensado en eso. Da la patada inicial. Para la conversación, quiero decir. No nos patees literalmente para tirarnos de la Columna.

Dill pensó por un segundo. Miró el río, sus remolinos y ondulaciones, los diseños que se formaban en la superficie y desaparecían. Escuchó el caos ordenado de sus sonidos. La luna en lo alto, Venus junto a ella. En el horizonte de abajo, una torre de radio se elevaba en el cielo azul índigo, con luces rojas parpadeando lentamente. Una brisa de noche cálida trajo un soplo de madreselva y tilo de la orilla. Un tren silbaba a la distancia; pronto pasaría sobre ellos con un sonido similar al del comienzo de una tormenta eléctrica. Era un diapasón, hecho para resonar en la misma frecuencia de este lugar, en este momento.

—Aquí —dijo Dill—. Este lugar estaría bien. ¿Lydia?

—Rodeada de sirvientes rasgándose las ropas y lamentándose, mientras ruegan estar conmigo en el más allá, así pueden continuar sirviéndome.

—Ni siquiera sé si estás bromeando en este momento —dijo Dill.

—Bueno, está bien. —Ella pensó por unos minutos—. Estoy fascinada con la vida y muerte de Martha Gellhorn. Era periodista y mi heroína. Hizo todo tipo de cosas increíbles. Ella decía que quería morir cuando llegara a estar demasiado vieja como para pensar bien o resultar interesante. Así que reventó una cápsula de cianuro cuando tenía noventa y algo. Si hubiera alguna manera de que yo pudiera explotar con una luz hermosa, como un petardo, eso es lo que querría. Quiero que la gente hable de mí y me recuerde cuando ya no esté. Quiero dejar mi nombre tallado en el mundo.

Oyeron que se acercaba el tren.

—Yo sigo después del tren —gritó Travis, mientras el este retumbaba por encima.

Cuando pasó, habló con calma, mirando el río.

—Yo quisiera morir con gloria. Sobre un campo de batalla verde como un antiguo guerrero, con mis amigos rodeándome. —Hizo una pausa, mientras ordenaba los pensamientos—. Podría unirme al Cuerpo de Marines como Matt si tan solo quisiera morir en la guerra como lo hizo él. Pero no es eso lo que quiero. No quiero morir en Afganistán o algún otro país extranjero. Yo quiero morir luchando por mi hogar. Por una causa que signifique algo para mí. Es por eso que escribí lo que escribí.

Dill le pasó la linterna.

—Veámoslo.

Travis alumbró con la linterna lo que había escrito.

Descansa, oh, Caballero, orgulloso en la victoria, orgulloso en la muerte.
Que tu nombre ilumine para siempre a aquellos que te amaron.
Que flores blancas crezcan en este lugar en el que descansas.
La tuya fue una vida bien vivida, y ahora cenas en el Salón de los Ancianos en su banquete eterno.

—No tenía idea de que esos libros significaban tanto para ti, Travis —murmuró Lydia—. Ahora me siento mal por hacer todas esas bromas sobre *Bloodfall*.

—¿Eso significa que los leerás?

—No.

—Son increíbles. Yo me olvido de todo aquello en lo que no soy bueno, y de todo lo que no soy cuando los leo. Me hacen sentir valiente.

—¿Sabemos cómo salir de fiesta un viernes a la noche o qué? —dijo Lydia.

—Ey, Lydia, quizás después de que te mudes, cuando vengas de visita, podamos volver aquí y agregar cosas a la Columna —dijo Dill—. Si no es demasiado aburrido.

—Totalmente. Eso no suena aburrido en absoluto. —Lydia sacó una foto a lo que escribió Travis—. Bueno, Dill. Muéstranos lo tuyo.

Giraron hacia el otro lado de la Columna.

Dill alumbró con la linterna lo que había escrito.

—Dije que escribiría la letra de alguna de mis canciones, pero cambié de opinión y escribí algunas de mis cosas preferidas.

Luz de luna. Calma luego de la tormenta. Espantapájaros. Biblias con polvo. Casas abandonadas. Luciérnagas. Luz del sol a través del polvo. Hojas caídas. Cementerio de la iglesia. Cielo gris de otoño. Dique del río. Camino de ripio. Campanadas por el viento. Humo de madera. Silbido del tren en la noche de invierno. Vid kudzu en poste de teléfono. Libro de himnos de la iglesia haciéndose pedazos. Cruces blancas al costado del camino. Zumbido de chicharras. Sombras. Gorriones. Óxido. Luces de cruce del ferrocarril a través de la niebla. Grillos. Danza de las hojas en el viento. Granero en decadencia. Campo después de la cosecha. Nubes cubriendo la luna. Anochecer tranquilo. Luces. Latidos del corazón.

Lydia tomó una fotografía.

—Me encantan estas cosas también, y no tenía idea hasta que vi esto.

—No creo que lo que escribimos dure treinta y dos mil años —dijo Travis—, pero tal vez nos sobreviva, ¿verdad?

Lydia les mostró las citas de Dolly Parton que había escrito en la Columna.

Descubre quién eres y hazlo a propósito.
No podemos dirigir el viento, pero podemos ajustar las velas.
Si no te gusta el camino por el que estás yendo, comienza a
abrir uno nuevo.

—Las generaciones futuras necesitan del consejo de esta profetisa —explicó ella.

Luego se recostaron de espaldas por un momento y contemplaron la amplitud llena de estrellas a través de las vías del ferrocarril, mientras escuchaban el río oscuro que estaba debajo. *Esto podría ser* —pensó Dill—. *Esto podría ser lo mejor que puede llegar a ser tu vida. Este momento. Justo ahora.*

—Leí en alguna parte que muchas de las estrellas que vemos ya no existen. Ya han muerto y ha llevado millones de años que su luz alcance la Tierra —dijo Dill.

—Esa no sería una mala manera de morir —dijo Lydia—. Emitiendo luz por millones de años luego de haberte ido.

14

LYDIA

SU MADRE se había ido a la cama cuando ella llegó a casa. Su padre tenía puesta la bata de baño y estaba sentado en el sofá comiendo un gran bol de palomitas de maíz y mirando televisión.

—Hola, princesa —dijo él cuando Lydia entró en la sala, luego de lavarse las manos en el baño del pasillo—. ¿Te divertiste esta noche?

—Diversión un viernes en Forrestville. Es una aliteración.

Se sacó las botas de senderismo, se sentó en el sofá y se acurrucó junto a su padre, apoyando la cabeza sobre su hombro.

Él puso la cabeza sobre la de ella.

—Hueles a noche de verano.

Lydia se llevó un mechón de cabello a la nariz.

—Las velas perfumadas que se supone deben oler a noche de verano nunca tienen este aroma. Siempre huelen a colonia de chico que da miedo. —Extendió el brazo dentro del bol y tomó un puñado.

—Me gustan tus amigos. Son buenos chicos. Elegiste de manera inteligente.

—Lo son. Y no suenes tan sorprendido porque elija de manera inteligente.

—Tienes suerte de tenerlos. Los buenos amigos en el colegio secundario no es algo que se dé por sentado.

—Sí, sobre todo en estos lados.

—En todos lados. Este no ha sido un lugar tan malo para crecer, ¿o sí?

Lydia levantó la cabeza del hombro de su padre y lo miró con seriedad.

—En serio, esa pregunta no fue de buena fe.

—¿Qué? Claro que sí. Este es un buen lugar. Es tranquilo, seguro. La zona es hermosa. Yo crecí aquí y tu madre a un par de condados de aquí. Hacerme cargo del consultorio del abuelo redujo el estrés por el que habría pasado nuestra familia si yo hubiera tenido que comenzar por mi cuenta desde cero.

—Este lugar apesta. La gente es tonta, racista y homofóbica. No he tenido ninguna amiga mujer en el colegio desde que Heidi se fue.

Su padre tomó el control remoto y puso en silencio el televisor.

—Espera. Nunca te habrías hecho amiga de Dill y Travis si no viviéramos aquí. Déjame preguntarte: ¿te gusta quién eres?

—Sí.

—¿Realmente piensas que vivir aquí no tuvo nada que ver en quién te has convertido? ¿Crees que habrías tenido la misma motivación para crear *Dollywould* si hubiésemos puesto el mundo a tus pies?

—¿De verdad estás diciendo que vivir en esta ciudad de mierda fue parte de una gran estrategia para hacer que triunfe?

—En parte, sí.

Lydia extendió el brazo y le dio una palmada en la frente a su padre, como para aplastar un mosquito.

Él hizo un gesto de dolor y se apartó.

—Mira, ¿crees que hay algún lugar, alguna ciudad, algún colegio, donde alguien tan inteligente y talentosa como tú pueda moverse de manera campante y hacer lo suyo sin que nadie intente tirarla abajo porque se siente inferior?

—No lo sé. —Ella volvió a apoyar la cabeza en el hombro de su padre.

—Yo pasé por lo mismo que tú en el colegio secundario.

—Ay, por favor. Mamá me dijo que fuiste presidente de la clase en Forrestville High.

—Eso no significa que tenía muchos amigos cercanos o que encajaba. Significa que yo era bueno con todos y me recompensaron por eso. Aun así, me sentía solo.

—Entonces, ¿por qué volviste aquí para criar a tu hija? Mírame a los ojos y dime que no fue porque tuviste miedo de vivir en una ciudad más grande.

—Creo que no fue tanto el miedo sino la inercia de vivir en un lugar familiar con el que nos sintiéramos conectados. Ningún lugar es perfecto.

—Y sobre eso, he estado pensando que Forrestville no podría mejorar.

Su padre tomó un puñado de las, cada vez menos, palomitas de maíz.

—Ey, para mí está bien, y cuando yo estaba en el secundario no tenía dos amigos tan cercanos y leales como Dill y Travis. Puedo verlo en la cara de esos chicos. Ellos se interpondrían entre tú y una jauría de leones.

—*Manada* de leones. —Ella tomó un puñado de palomitas.

—Como sea. No dejarían que los leones te comieran. No creas que no los vas a extrañar cuando te hayas ido para vivir cosas más grandes y mejores. Una parte de ti extrañará esta vida.

—Estaré demasiado ocupada como para extrañar cosas.

—No, no lo estarás. Escucha, cariño, estos son los verdaderos amigos que tienes. Amigos *genuinos*. Tienes dos. Eso es mucho más de lo que tiene mucha gente que vive en ciudades más grandes y hace cosas más sofisticadas.

Su voz se volvió suave, como cuando ella sabía que tenía que admitir algo, pero creía que podía evitar que el universo la escuchara.

—Lo sé.

—Entonces, deja de odiar a tus padres por tomar la decisión que tomamos acerca de dónde criarte. Si te hubiésemos criado en la gran ciudad, te podría haber alcanzado alguna bala perdida en un tiroteo desde un auto en movimiento o algo por el estilo.

Ella levantó la cabeza del hombro de su padre y giró los ojos luego de asegurarse de que él la estaba mirando.

—Estoy *tan* arrepentida de haber hecho que mires *Bajo Escucha*. Debí haber imaginado que quedarías totalmente trastornado con eso.

—¿Cuáles son los planes de Dill y Travis para después de graduarse?

Ella suspiró.

—A ver, supongo que Dill trabajará tiempo completo en Floyd's y Travis tiempo completo en la maderera. Y vivirán sus vidas e irán a Waffle House o lo que sea, llegarán a viejos y morirán.

—Ey —dijo su padre, de manera más brusca que siempre—. No.

Lydia le dio una mirada herida y recriminatoria, frunciendo el ceño.

—Perdón. Dios, no seas odioso.

—No, cariño. No soy odioso. Tú estás siendo muy altanera y desagradable con respecto a sus vidas. La gente vive una vida tranquila y está bien. Hay dignidad en eso, sin importar lo que tú pienses.

—Desearía que ellos quisieran más de la vida porque me importan. Odio pensar en Dill y Travis atascados aquí, viviendo vidas patéticas. Me deprime. Quiero que Dill, sobre todo, vaya a la universidad y haga algo con su vida.

—No creo que ellos estén intentando molestarte a ti en particular. Sus circunstancias son realmente diferentes a las tuyas.

—Claro que lo sé.

—¿Ah sí? ¿Puedes guardar un secreto?

Ella lo miró como diciendo "claro que puedo, cómo te atreves a preguntarme".

—De verdad no puedes contarlo porque yo podría tener problemas por revelar información de un paciente. Pero creo que debes saberlo. Hace algunos años, reemplacé los dos dientes de adelante de Travis. Dijeron que fue un accidente en la maderera, que él estaba apilando unas maderas y un montacargas golpeó la pila y empujó un pedazo de madera hacia la cara de Travis. Pero, esto es lo raro de eso. Me llamaron a la mañana siguiente. La maderera cierra a las cinco, como mi oficina. Así que, ¿por qué no llamarme antes? ¿El accidente ocurrió a las 4:59? Lo dudo. ¿No llamarías al dentista de inmediato?

—Ay, mi Dios —murmuró Lydia—. Tuvo que haber ocurrido esa noche...

—En casa. Y, por supuesto, no tengo ninguna prueba de nada y Travis insistió con que pasó en la maderera. Pero primero, dijo que estaba sacando unas maderas de un estante que se cayó y lo golpeó; luego, dijo que un montacargas lo golpeó.

—El padre de Trav parece ser, por completo, de ese tipo.

—Ah, Clint Bohannon *es* de ese tipo. Él iba dos años más adelante que yo en el secundario. El hijo de perra más miserable que hayas conocido. Pendenciero. Se pavoneaba por el colegio como si nadie pudiera tocarlo. El mariscal de campo estrella. ¿Realmente no sabías por lo que Travis pasa en la casa?

Lydia se sintió herida y ajena, sentimientos de los que no disfrutaba.

—No. Él... él no habla de lo que pasa en su casa. Yo sabía que su padre era un idiota, pero no tanto. ¿Cómo Travis viene de ahí? Él es tan dulce.

—Anne Marie, su madre, estaba en mi curso. Dulce, bella. Porrista. Buena con todos. Todos pensamos que ella haría que Clint fuera un poco más agradable cuando se casaron. Creo que no ocurrió.

Lydia lo asimilaba en silencio.

Su padre la abrazó más de cerca.

—Y no necesito contarte sobre los problemas de Dill. El punto es que tú has tenido una vida muy diferente y es importante que seas comprensiva.

—Está bien —dijo Lydia, conmovida. *¿Cómo yo no sabía eso sobre Travis? ¿Cómo estuve tan ciega? Soy una amiga horrible. Debería haberlo visto. Debería haber hecho que Travis sintiera que podía contármelo.*

—Tú estás destinada a grandes cosas, Lydia. Eso tiene un precio. Todos quieren estar cerca de la grandeza y sacar una tajada para ellos. Llegará el día en que será necesario poder discernir cuando alguien te ama por lo que eres y cuando alguien solo quiere estar cerca de tu brillo. Justo ahora tienes dos amigos que pueden no ser glamorosos, pero que te aman por lo que eres.

—Tienes razón —murmuró ella.

Su padre se acomodó con asombro fingido, mientras buscaba su teléfono de manera torpe.

—¡Espera, espera! ¿Puedes repetir eso así puedo grabarlo?

—Eres tan cretino, ni siquiera te puedo responder. Tengo que ir a trabajar en mi blog. —Ella se puso de pie.

—No te quedes hasta tan tarde.

—Te quiero, papá. —Le dio un beso en la mejilla.

—Ah, ya que estamos, hoy llegaron algunas cosas para ti. Sobre la mesada de la cocina.

Lydia fue a la cocina. Un paquete de Owl, una prometedora tienda de moda minorista económica de venta online. Un vestido sin mangas y unas plataformas. Nada mal. Servirían para el blog. Un paquete pequeño de Miu Miu. Un obsequio por la vuelta al colegio: un collar. Definitivamente digno de estar en el blog.

Y un sobre. Lo abrió. Una carta, en el papel de carta más costoso que ella había tenido en la mano alguna vez. Olía como si científicos del perfume lo hubieran manipulado para que emanara el aroma de haber pasado por la tienda lujosa y rara de un comerciante de libros en París o Londres. Escrita en una letra imponente, amplia y femenina:

Amo el blog. Claro que te daré una carta de recomendación. Escribe una carta para que firme y pídele a Dahlia que se la entregue a mi asistente. Revisa que la gramática y la ortografía estén impecables. Sobre todo, sé generosa contigo misma. Haz que mi firma valga la pena.

Hasta pronto,
Vivian Winter

La emoción hizo desaparecer algo de la melancolía por la conversación sobre Dill y Travis.

Acabo de recibir la carta de tu mamá, ¡dice que me va a escribir la carta de recomendación! GRACIAS —le escribió Lydia a Dahlia.

Su teléfono vibró.

Te dije que lo haría —respondió Dahlia—. Recompénsame presentándome en Dollywould.

Claro. Haremos un perfil y entrevista. De verdad, gracias.

No es nada. Chloe está adentro, ya que estamos. Tres maravillosas seguidoras de la moda en NYC. Mejor que encontremos un lugar con un montón de espacio en el placar.

Ahora tengo que entrar a la UNY —escribió Lydia.

No tendrás problemas gracias a mamá y a tu excelencia.

Lydia comenzó a redactar la publicación para el blog mientras miraba las fotos de las cosas que ella y sus dos amigos querían dejar como mensajes para el mundo por miles de años después de muertos, e intentó pensar en qué podía decir ella que los favoreciera.

15

DILL

El Sr. Burson, dueño y propietario de Libros Riverbank, siempre le había recordado a Dill a un zorrino humanoide torpe. Usaba lentes pequeños, de marco metálico, en la punta de la nariz, y sobre todo, menos los meses más calurosos del verano, chaquetas cubiertas de pelos de gato, con botones cruzados sobre la barriga redonda, por lo general sobre una remera de un concierto de Merle Haggard o Waylon Jennings. A Dill siempre le cayó bien el Sr. Burson. Como un solterón de toda la vida que amaba a los gatos y los libros, él ya era objeto de muchos rumores y críticas, así que no podía afectar a Dill.

Dill, Lydia y Travis entraron alrededor de media hora antes del cierre (o lo más cercano a eso... ya que el Sr. Burson mantenía abierto el tiempo, mucho o poco, que consideraba conveniente), tres o cuatro gatos de la tienda se dispersaron frente a ellos. El Sr. Burson levantó la vista desde la banqueta detrás del mostrador, donde estaba leyendo alguna novela de ciencia ficción barata de los años 60, mientras acariciaba otro gato, sin prestar atención. Varias guitarras colgaban de la pared de atrás del mostrador. Una montaña compuesta de un montón de libros usados se alzaba a su alrededor, el olor de siempre a vainilla especiado del tabaco de pipa y libros viejos de bolsillo flotaba en el aire. El rostro de cachetes caídos del Sr. Burson se iluminó cuando vio a Travis, uno de sus clientes más leales.

—¡Joven maestro Bohannon! —dijo con la voz jadeante, ajustándose los lentes—. ¿A qué tierras misteriosas y fantásticas puedo ofrecerle entrar hoy?

Travis se inclinó sobre el mostrador de vidrio que albergaba el pequeño museo de primeras ediciones de Faulkner, O'Connor, Welty y McCarthy del Sr. Burson.

—En realidad, estamos aquí para ver un regalo para la madre de Dill que cumple años, pero ya que estoy aquí, ¿puedo dejar una seña para *Deathstorm*?

El stock de Libros Riverbank era, en su gran mayoría, usado. El Sr. Burson viajaba por los alrededores en su Toyota pickup maltratada y oxidada de los años 80 cubierta de calcomanías para el paragolpes con bromas nerd (MI OTRO AUTO ES EL FALCON MILENIUM), pro lectura (PREFERIRÍA ESTAR LEYENDO) y algo de política (CONVIVIR), aprovechando las cajas de libros en tiendas de segunda mano y liquidaciones estatales y de bibliotecas. Pero tenía un pequeño stock de libros nuevos y hacía pedidos especiales para gente que no usaba Amazon y/o prefería apoyar la librería local.

—Ah, sí, *Deathstorm*. La nueva obra del Sr. G. M. Pennington. ¿Acaso no tienes suerte de que yo no venda libros por peso? —Él rio entre dientes, sacó un libro de ventas deshilachado y garabateó una nota para sí mismo—. Entonces, Travis, ¿qué pensamos que va a ocurrir con la Casa Northbrook en la batalla final contra las fuerzas oscuras de la Casa Allastair y sus Malditos? ¿La reina de Autumnlands intervendrá con su Ejército de Cuervos? ¿El bastardo de Rand Allastair pondrá un palo en la rueda de los planes de los Allastair, al liderar a los Jinetes del Este en una maniobra para tomar el Trono de Oro?

Los ojos de Travis brillaron. No muy a menudo él entablaba una conversación sobre *Bloodfall* con seres humanos de carne y hueso en la vida real. Abrió la boca para responder. Lydia los interrumpió haciendo un gesto de pausa.

—Ey, basta, esperen, caballeros imparciales del reino. Antes de que caiga la noche, estos humildes sirvientes ruegan que los ayude a encontrar un libro para la mujer a la que nada le gusta.

—A ver, no es que a ella no le guste *nada*. Es solo que tiene que ser cristiano. Realmente cristiano —dijo Dill.

—Porque la Bilblia apenas cumple con los requisitos, ya que Cristo solo aparece en la segunda mitad —dijo Lydia.

El Sr. Burson chasqueó los dedos y bajó de la banqueta con un gruñido involuntario, dejando que el gato diera un salto hacia el suelo. Caminó meciéndose desde atrás del mostrador y les hizo un gesto con la mano para que lo siguieran.

—Por aquí, jóvenes amigos. —Los hizo pasar por estantes de libros que iban desde el suelo hasta el techo, organizados de cualquier modo con pilas de libros en el piso frente a ellos.

Llegaron a la sección catalogada como CRISTIANO/ INSPIRADOR. Él se agachó sobre una rodilla con mucho esfuerzo, gruñendo y resoplando, mientras las costuras del pantalón crujían como el cordaje de un barco. Sacó un libro titulado *El Artilugio Templario*, un libro nuevo que había puesto en un estante con libros usados, su práctica de costumbre.

Se acomodó los lentes y se lo pasó a Dill.

—Esta es una novela cristiana de aventura que fue bastante popular hace unos años. Trata de un arqueólogo que descubre la tumba de uno de los Caballeros Templarios y encuentra parte de una profecía sobre el Anticristo grabada en el escudo. Es lanzado a un mundo de intriga internacional y engaños mientras trata de unir las otras piezas de la profecía. Pero —ahuecó la mano sobre la boca y susurró—: advertencia aguafiestas: el Anticristo está dentro de todos nosotros si no aceptamos a Jesús.

Lydia hizo un gesto de cierre sobre la boca, luego simuló trabarla con una llave.

—No estoy seguro de que la idea de aventura sea cristiana siquiera —dijo Dill mientras hojeaba el libro—. El verdadero creyente tiene fe en que todo estará bien y en que serán salvados e irán al cielo, lo que, en cierto punto, hace que la aventura sea algo menor. Pero me arriesgaré.

Se quedaron y buscaron por un rato. Travis y el Sr. Burson intercambiaban teorías sobre *Deathstorm*. Dill miraba a Lydia mientras ella se movía entre los estantes, rozando suavemente los libros con la mano, tocando cada uno como si estuviera leyendo los títulos con los dedos.

Lydia encontró un ejemplar usado de *Just Kids* de Patti Smith, su libro favorito.

—Hago de cuenta que lo voy a comprar y leer por primera vez. Además, intento apoyar a Riverbank. Básicamente, es lo único semisofis... —ella se detuvo cuando Travis y el Sr. Burson comenzaron a fingir una lucha con espadas. Ella suspiró—. Como sea, quiero apoyar a Riverbank.

Compraron los libros y salieron al anochecer de fines de agosto. Septiembre estaba a la vuelta de la esquina, pero el verano resistía con toda la fuerza.

—Vayamos a ver algunos trenes —dijo Dill.

Travis se encogió de hombros.

—Me anoto.

—¿Lydia?

—Tengo que completar algunas solicitudes de beca y prepararme para la entrevista con Laydee.

—¿Vas a entrevistar a Laydee, la cantante? —preguntó Dill.

—Sip.

—Guau. Eso es genial. Ella tiene más o menos nuestra edad y sus canciones están en todas las radios.

—Sí. Igual. Trenes. —Lydia miró la hora en el teléfono—. Puedo ir por un rato. Si no vemos un tren pronto, tengo que irme.

—Choca esos cinco.

—¿Cuándo fue la última vez que tú y yo chocamos los cinco sin hacerlo de manera totalmente torpe?

* * *

Había varios lugares en Forrestville que eran excelentes para observar los trenes, pero Dill prefería el Parque Bertram. Estaba un poco más arriba del puente con la Columna. Las vías del ferrocarril dividían en dos el parque, quizás no era el mejor diseño. Por suerte, el descuidado parque no era muy atractivo para los niños. Tenía un diamante de béisbol abandonado y unos juegos oxidados. Algunos animales montados sobre resortes para subir y bajar que se asemejaban a imitaciones de los personajes de Disney descoloridas por el sol en una tienda de todo por un dólar salían de la arena.

Se sentaron en una mesa de picnic bastante cerca de las vías del tren, así cuando escuchaban que venía uno, podían acercarse más.

Lydia revisó el teléfono.

—Mirando trenes. La versión de YouTube de Dill. Sabes que hacer esto es muy raro, ¿no?

—Lo dice la chica que, en este momento, lleva puesta ropa de cinco décadas diferentes.

—Buen punto.

—¿Le preguntamos al chico que tiene un collar con un dragón si piensa que es raro? —preguntó Dill.

—Yo no pienso que sea raro —dijo Travis—. Los trenes y las grandes máquinas son geniales.

—¿Por qué te interesa *tanto* esto? —preguntó Lydia.

Dill lo pensó.

—Estoy tratando de encontrar la manera menos extraña de explicarlo.

—Ay, no —dijo Lydia.

—Bien. Entonces, cuando miro los trenes, me hace pensar en todo el movimiento que hay en el mundo. Cómo cada tren tiene decenas de vagones y cada vagón tiene cientos de partes, y todas esas partes y vagones trabajan día tras día. Y luego están todos estos otros movimientos. La gente nace y muere. Las estaciones cambian. Los ríos fluyen hacia el mar. La Tierra da vueltas alrededor del sol y la luna alrededor de la Tierra. Todo zumbando y girando hacia algo. Y yo paso a formar parte de eso por un rato, cuando llego a ver un tren por un minuto o dos y luego se va. *De la misma manera que formo parte de tu vida antes de que te vayas, y me dejes aquí, también mirando los trenes pasar.*

Sus mejillas se sonrojaron y él miro al suelo, preparado para cualquier cosa ingeniosa que Lydia tuviera para decir.

—Da igual. Perdón. Raro. —Él la miro. Ella miraba fijo a las vías.

—No —dijo Lydia, sin ningún tipo de burla en la voz—. No es raro. Quiero decir, obviamente aún eres raro en general, no nos entusiasmemos, pero eso no sonó raro.

Casi en el momento justo, el silbido de un tren sonó a la distancia.

Mientras el tren se acercaba, ellos se levantaron de la mesa de picnic y permanecieron cerca de las vías, lo suficientemente cerca como para sentir el viento del tren. Dill sintió un ataque eufórico de emoción y adrenalina a medida que se acercaba, y comenzó a dejarse llevar por el silbido. El placer aumentaba mientras el clamor y la energía que emanaba se desarrollaban, amenazando con abrumar sus sentidos, hasta que estuvo justo encima de él. Cerró los ojos y escuchó sus diferentes partes. Las ruedas rechinando en las vías. El *chuf-chuf-chuf* de uno de los vagones. Él absorbió su violencia y su fuerza mientras se deslizaba al pasar, una enorme serpiente de acero. Ese estruendo fuerte y palpitante provocaba algo dentro de Dill.

* * *

Él tiene trece años y está parado al frente de la iglesia de su padre con el resto de la banda de oración. Tiene puesta su guitarra eléctrica demasiado grande y toca tan fuerte y rápido como puede mientras la batería y el bajo hacen temblar las paredes endebles y el techo bajo de aglomerado de la pequeña iglesia. Comete errores hacia la izquierda y la derecha, pero nadie se da cuenta porque están envueltos en el Espíritu Santo; y las paredes también vibran con el glorificado y caótico lenguaje del don de lenguas. Zapatos y botas embarrados por el estacionamiento sin pavimentar pisan fuerte y hacen temblar el piso. Varios congregantes, incluyendo a la madre de Dill, golpean panderetas.

El padre de Dill se encuentra al frente de la congregación y levanta un frasco lleno por la mitad de estricnina antes de beber un trago largo, con los ojos dados vuelta. Sacude la cabeza, se limpia la boca y grita:

—¡Aleluya! —Se lo pasa a la madre de Dill que bebe como si fuese limonada, lo pasa a alguien más, y vuelve a golpear la pandereta.

El padre de Dill se arranca la camisa blanca de vestir y queda en camiseta. Permanece con los brazos extendidos. Los suplicantes se acercan a él y ponen las manos en sus brazos llenos de venas y hombros huesudos, buscando curarse de dolencias reales o imaginarias.

Un llamado sale de la congregación y dos de los hermanos hacen una danza, arrastrados en el pasillo central, con una caja de madera que contiene una serpiente en cada una de sus manos. Se detienen y las apoyan en el suelo y el padre de Dill baila hasta ellas, aplaudiendo. Sacan las tapas de alambre desde las bisagras y buscan dentro de las cajas con varas con ganchos en las puntas y sacan dos serpientes de cascabel y dos serpientes cabeza de cobre. Los hermanos comienzan a distribuirlas entre los congregantes como si fueran corbatas. El hermano McKinnon sostiene una cascabel a centímetros de la cara y la rocía con saliva mientras reza, desafiando a la serpiente a atacarlo y probar su fe.

Dill toca más rápido, mientras el corazón le late fuerte y él transpira en la humedad sofocante de tantos cuerpos animados apretados en un lugar. Su padre camina en dirección a él, trayendo una cabeza de cobre acomodada alrededor del cuello. Se para frente a Dill y levanta la serpiente. Dill siente el corazón en los oídos. Deja de tocar. El bajista y el baterista siguen sin él y tocan cada vez más enérgicamente. Él siempre ha temido a las serpientes. Nunca las ha levantado antes y le pide a Dios que purifique su alma y le de fe, si esta será la hora. *Y estas señales seguirán a aquellos que creen. Y estas señales seguirán a aquellos que creen. Ellos levantarán serpientes. Y estas señales seguirán a aquellos que creen. Ellos levantarán serpientes.* Deja de respirar. Su padre lo alcanza con la serpiente cabeza de cobre gruesa y fibrosa y Dill extiende las manos. Él se imagina cómo sentirá a la serpiente cuando la sostenga. Fría. Seca. Lisa. Palpitante, con vitalidad malévola. Mira a los ojos a su padre. Su padre le regala una sonrisa leve y triste y se va, con la serpiente sobre la cabeza, triunfante, antes de dársela a una hermana de edad avanzada. Dill vuelve a respirar. Intenta retomar el ritmo, pero está temblando demasiado. Está aliviado pero decepcionado porque su falta de fe brilla a través de su piel.

Una semana después, los oficiales arrestan a su padre.

16

TRAVIS

—EY, TRAVIS —dijo Dill cuando dejaron el Parque Bertram—. ¿Hay alguna posibilidad de que tu mamá pueda ayudarme haciendo una torta de cumpleaños para mi mamá para mañana? Yo no tengo muchas de las cosas que se necesitan para hacer una torta.

—Sí, no hay problema. En especial para alguien de la iglesia.

—Puedo ir a ayudar después del trabajo.

—Nah. A veces mi papá se pone raro con que venga gente. Ya sabes.

Dill le pasó un paquete maltratado de mezcla para torta sabor vainilla sin marca que, al parecer, había conseguido gratis en el trabajo.

—Gracias. Disculpa el corto aviso.

La madre de Travis estaba feliz de hacerlo. Sin embargo, él no quiso cargarla con el trabajo, así que hicieron un poco de madre e hijo en la noche, y él le dio una mano para colaborar. Fue la noche perfecta, porque su padre estuvo jugando a las cartas en la casa de un amigo.

—Ahora sí, esta cocina es un chiquero absoluto —dijo Travis con un horrible acento británico, imitando al presentador del reality show de cocina preferido de su madre en la Cadena Food.

Ella rio.

—Ay, Trav. Eres tan gracioso.

La risa de su madre era uno de sus sonidos favoritos. Él casi no la escuchaba. No desde que Matt había muerto. Continuó haciéndose el payaso. Se espolvoreó la cara con harina y se puso uno de los delantales con flores de su madre. Estaba tratando de hacer malabares con unas cucharas de madera cuando oyeron al padre de Travis tropezarse en la puerta del frente.

Se callaron de inmediato, con la esperanza de que fuera directamente a la cama o, al menos, se quedara con el televisor y los pasara por alto. Cualquier cosa menos entrar a la cocina y arruinarles la noche. Existía la posibilidad, el padre de Travis consideraba que la cocina era de dominio exclusivo de su madre.

No tuvieron esa suerte. Entró tambaleándose, con olor a whisky. Apenas vio a Travis con el delantal y harina en la cara, rio entre dientes.

—Ah, ¡pero qué hermossso! —dijo él, arrastrando las palabras y ceceando, mientras hacía un gesto con la muñeca floja—. ¡Miren a mis dosss niñitasss passsándolo genial! — Fingió un andar afeminado.

Travis sonrió nervioso, con la esperanza de que este fuera un intento de su padre por ponerle humor. El único problema era que su padre nunca sabía bien cuándo una broma dejaba de ser graciosa (o comenzaba a serlo, para tal caso) cuando estaba borracho.

La madre de Travis juntó con la mano un resto de harina y lo arrojó a la basura.

—¿Te divertiste en el juego, cariño?

—¡Ah, claro que sssí! Pero no tanto como horneando una pequeña torta con mi pequeño delantal. Se tambaleó sobre Travis y tiró fuerte de los cordones del delantal hasta que los desató. Travis se alejó, evitando mirarlo a los ojos. Se sacó el delantal y lo dobló en silencio.

—Clint —dijo la madre de Travis con suavidad. Él la ignoró y se acercó a la cara de Travis.

—Hablé con Kenny Parham esta noche. Él mencionó una fiesta de ex alumnos. Como supongo que no estarás jugando el partido, ¿al menos vas a llevar a una chica al baile? —Todo indicio de diversión había desaparecido de su voz.

Travis miraba al suelo.

—No lo sé.

—No lo sabes. ¿No sabes qué? ¿Si vas a ir al baile o si te gustan las chicas? ¿Vas a llevar a tu novio Dillard Early, el Príncipe Serpiente, al baile?

—No, señor. Me gustan las chicas. Solo que no los bailes.

—¿Eres marica?

La respiración de su padre hizo que sus ojos lagrimearan.

—No, señor. —Tuvo unas ganas repentinas de mostrarle a su padre la foto de Amelia en su teléfono. Pero sabía que su padre haría que se arrepintiera de eso también, si decía algo del cuerpo o la cara de ella. Y Travis sabía que terminaría haciendo algo de lo que se arrepentiría.

—¿Solo disfrutas de espolvorearte la nariz y ponerte delantales y cocinar tortas con mamá y no de ir a bailes?

—No, señor. *Por favor, vete. Por favor, vete.*

Su padre se acercó aún más y habló con tono amenazante.

—Si eres un marica, por Dios que te enseñaré a no serlo. Más te vale que seas hombre. —Dio un empujón a Travis. No fue particularmente fuerte, pero tomó a Travis por sorpresa y se tambaleó hacia atrás un par de pasos. Casi mira a los ojos a su padre, pero lo pensó mejor. Miró hacia el suelo. *Solo evítalo y él se aburrirá y se irá. Hazte pequeño. Eso es lo que él quiere, que seas pequeño.*

—Clint, cielo —dijo la madre de Travis con dulzura, como si estuviera hablándole a un animal peligroso o a un niño reacio (o a una combinación de ambos)—. Travis es cristiano. No te preocupes. Ahora, ¿puedo prepararte algo para comer?

El padre de Travis eructó y caminó tranquilo hacia el bol con la mezcla.

—Nop, estoy bien. —Hundió tres dedos en la mezcla de la torta, y mientras miraba a la madre de Travis directo a los ojos, los chupó hasta que quedaron limpios y luego volvió a clavarlos dentro del bol por una segunda ración.

—Ay, Clint. Desearía que no hubieras hecho eso. Esa torta no es para nosotros.

El padre de Travis caminó hacia ella.

—No Me Importa —dijo él, hincándola en el pecho, enfatizando cada palabra. Ella apartó la mirada. Él se mantuvo sobre ella por un segundo. El miedo de Travis empezó a convertirse en ira. Sentía lo que había sentido con Alex Jimenez. *Por favor vete. Y no vuelvas a tocar a mi madre.*

—No puedo esperar a probar la torta —dijo su padre con una mueca de superioridad. Señaló a Travis—. Más te vale que no seas un maricón. —Se fue ofendido a la sala, donde se desplomó en el sofá y encendió el televisor.

Travis volvió a respirar. *Gracias, Jesús. Gracias.* Igual que su madre. Se miraron. Travis comenzó a hablar. Su madre le puso un dedo sobre los labios como diciendo: *No. Ten cuidado.*

—Voy a seguir y hornear esta torta, y tu padre la puede comer. Y haré otra para Crystal. Tengo otra mezcla para torta sabor vainilla en la despensa. De hecho, es mejor que la mezcla que te dio Dillard.

—¿Quieres ayuda?

Ella le sonrió a medias, con tristeza.

—No, amorcito. Yo me encargo —susurró ella.

—Papá no solía ser siempre así de malo —susurró Travis.

—Lo sé. —Ella tomó un trapo húmedo y limpió suavemente la harina de la cara de Travis. Desde la sala, oyeron que el padre de Travis se reía a carcajadas de algo. La madre de Travis volcó la mezcla del bol en un molde, se agachó y sacó otro molde de abajo de la cocina. Puso el bol para mezclar en la pileta y comenzó a lavarlo con manos temblorosas.

Travis se acercó a ella, le puso los brazos alrededor del cuello y la abrazó desde atrás. Ella apoyó la mano en sus brazos.

—Te quiero, mamá —susurró él.

Él se las arregló para ser más cauteloso de lo habitual y se escabulló sigilosamente de su padre, que estaba concentrado en una comedia repetida. A salvo en su habitación, encendió la laptop destartalada, que volvió a la vida con un chillido. Mientras esperaba que arrancara, recorría escenarios hipotéticos con la mente, en los que hacía frente a su padre. En los que no se escabullía ni se escapaba de él. En los que no dejaba que su padre lo hiciera sentir pequeño e inútil. El odio hacia su padre seguía volviendo como odio a sí mismo. *¿Por qué no eres más valiente? ¿Al menos por el bien de tu madre? No te pareces en nada a Raynar Northbrook. Él haría frente a un matón. Claro, aunque te enfrentaras a él, probablemente solo lo arruinarías y te sentirías aun peor, como lo que te pasó con Alex.*

Quería escribirle a Amelia. Pero a la vez no quería. No quería parecer débil frente a ella. Pero tampoco tenía ganas de estar solo justo en ese momento. No creía que

Lydia entendiera porque la familia de ella era tan genial, y tampoco creía que lo hiciera Dill porque su familia era tan horrible. Travis dio vueltas hasta que, finalmente, solo lo hizo.

Ey —escribió él.

Ey, a usted también señor —respondió Amelia, casi de inmediato—. ¿Cómo estás?

Enojado. Tuve una discusión con mi papá.

Ay, Dios. ¿Estás bien?

Sí. Creo que solo necesitaba levantar el ánimo.

Si estuviese allí, te daría un abrazo enorme y te recordaría que *Deathstorm* sale pronto.

¡Está funcionando!

Su teléfono volvió a sonar. Era una foto de un elefante bebé jugando con una pelota de playa.

¡Sí!

Un meme gracioso de *Bloodfall*. Y luego otro. Y otro. Travis casi se echa a reír a carcajadas, pero se contuvo.

¡Gracias!

—Cuando nos conozcamos en persona, voy a darte un millón de abrazos y a decirte que no es tu culpa que tu papá sea un idiota.

Mientras Amelia se despojaba de palabras de aliento que no paraban de fluir, el cálido aroma de azúcar y manteca de la torta horneándose llenaba la casa.

17

DILL

ÉL ENCENDIÓ las velas apenas oyó que ella frenó. Tenía solo cinco.

—Dillard, ¿estás en casa? —dijo ella cuando entró a la casa a oscuras.

—Aquí, mamá.

Ella entró a la cocina, donde Dill se encontraba detrás de la torta, con la luz de las velas iluminándole la cara.

—¡Feliz cumpleaños!

Ella movió la cabeza y dejó las cosas que traía.

—Dillard Wayne Early, ¿qué has hecho?

Dill sonrió.

—Te hice esta torta. Casi. Yo conseguí las cosas y la mamá de Travis la hizo. Quedó mucho mejor que si la hubiese hecho yo, en serio.

Ella sonrió.

—Yo ni siquiera…

—Bueno. ¿Qué estás esperando? Sopla las velas. Comamos una porción o dos.

Ella se sentó y sopló las velas. Se quedaron sentados en la oscuridad por un segundo mientras Dill buscaba la llave de la luz.

—¿Pediste un deseo?

—Claro que sí. Pedí que…

—No, no, no me lo puedes contar. Si no, no se va a cumplir. Además, creo que lo sé.

—Los deseos no importan, de todas maneras. La oración sí.

Dill se levantó y tomó un cuchillo, dos tenedores y dos platos. Retiró las velas y cortó dos porciones grandes de la torta glaseada sabor vainilla.

—¿En el trabajo hicieron algo especial por tu cumpleaños?

—Las chicas de limpieza juntaron dinero y me dieron una tarjeta de regalo de veinte dólares para gastar en Walgreens. Creo que voy a comprar alguna cosita y ver si me pueden dar el resto en efectivo. Necesitamos estampillas para escribir a tu padre.

—Yo creo que deberías gastarlos en ti misma —dijo Dill.

—No hay nada que quiera.

—Saca algunos de tus caramelos favoritos o una crema o algo.

Ella pensó por un segundo.

—Tal vez vayamos a tomar un helado.

—De verdad quiero que los gastes en ti. Es tu regalo.

—Veremos. —Se quedaron en silencio y comieron la torta. Dill terminó su porción primero. Estaba deliciosa. Y mientras permanecían sentados allí, una idea lo invadió. Parecía ser el mejor momento para hablarlo.

—Y ya que estamos hablando de dinero, ¿qué pasaría si hubiera una manera de que yo ganara mucho más dinero del que ganaría en Floyd's, incluso como gerente? ¿Qué pensarías sobre eso?

Ella soltó una risa triste al dar un bocado.

—Ah, eso sería maravilloso. Siempre y cuando no te estés proponiendo vender drogas.

—No. Pero de lo que estoy hablando implicaría que tengamos que pasar unos años más sin que yo gane tanto como lo haría si trabajara tiempo completo en Floyd's.

Ella dio otro bocado de torta.

—No te estoy siguiendo —dijo ella, pero sus ojos decían *Espero no estar siguiéndote.*

—Hablo de qué pasa si tal vez fuera a la universidad. La gente que...

Ella movió la cabeza y levantó la mano.

—No.

—Pero, mamá, escúchame. No me dejaste terminar.

—No. No necesito. Sé lo que vas a decir y sé cuál será mi respuesta.

—Mamá, hablé con Lydia, y ella me contó acerca de cuánto dinero más hacen los graduados en comparación con los que no van a la universidad y...

—Ay, Lydia, claro. Seguramente, ella dice las cosas que son fáciles de decir para ella, ¿no?

—Pero ella tiene razón. Si nos sacrificamos unos años para que pueda ir a la universidad, podría conseguir un mejor trabajo y ayudarte más. Sería como... —Dill se exprimió el cerebro buscando alguna analogía de la Biblia que abarcara la idea de pérdida a corto plazo en favor de ganancia a largo plazo— dejar pasar la oportunidad de hacer cosas pecaminosas, para poder vivir en el paraíso con Jesús.

—El pecado no es una oportunidad. Seguir a Jesús no es un sacrificio. Él sacrificó todo.

—Traté de encontrar algo con qué compararlo.

—Busca otra cosa.

—Piensa en todo lo que aprendería en la universidad.

—Aprenderías que eres demasiado bueno para Dios. Que venimos de los monos. Aprenderías un montón.

—La universidad me daría más opciones en la vida.

—Tú no necesitas opciones en la vida. Tú necesitas a Jesús. Las opciones están bien si las tienes, pero nosotros no las tenemos. No tenemos dinero.

—Puedo conseguir ayuda económica.

—Ah, grandioso, más deuda. Eso es lo que necesitamos. Lo último que necesito es seguir sumando agujeros a mi vida.

—Siempre dices "nuestra deuda". Yo no acumulé esta deuda. Ustedes lo hicieron. ¿Por qué tiene que caer sobre mí?

—Porque somos una familia. Y las familias atraviesan juntas los tiempos difíciles, por eso. No salen corriendo por su cuenta y dejan a los otros solos para que se arreglen como puedan. Yo dejé el colegio secundario para casarme con tu padre y tenerte. Te bañé y te alimenté. He trabajado seis días a la semana limpiando habitaciones de un hotel sobre la ruta y seis noches a la semana en una estación de servicio para darte la mejor vida que podía. Y no es mucho. Pero nos tenemos uno al otro y tenemos a Jesús.

—Quiero más.

—Esa es la codicia y la soberbia que hablan.

—Estoy cansado de esta ciudad. ¿Sabes cómo es? ¿Tener su nombre? ¿Llevar esa carga sobre los hombros? ¿Las miradas y los rumores? ¿El peso de su sangre?

Los ojos de ella brillaban. Ella pinchó los últimos pedazos de la porción de torta con el tenedor.

—¿Si *yo* sé cómo es? Claro que lo sé. ¿Piensas que la gente no murmura sobre mí? Ellos murmuran sobre mí más que nada... se preguntan dónde me equivoqué. Por qué yo no sabía. Por qué no fui lo suficientemente buena. Qué más debería haber hecho. Dios nos pone pruebas. Este es nuestro lugar para llevarlas adelante. ¿Crees que dejaré que los chismosos nos saquen de nuestro hogar y no pasemos la prueba de Dios? Piensa de nuevo.

La culpa se apoderó de Dill. Sintió que una vez más estaba fallando una prueba de fe. Como si aún tuviera miedo de levantar otra serpiente. Él no había tenido la intención de sacar el tema de la universidad. Sin duda, no en el cumpleaños de su madre. De hecho, ni siquiera se había dado cuenta de que había estado pensando en ello.

—Mamá, yo...

Ella no lo miró.

—Esto es lo último que quiero oír sobre este tema. No he dicho mucho mientras has estado yendo de un lado para el otro con Lydia y Travis todo el tiempo. Pero ¿ahora? Quiero que me respetes.

Dill bajó la cabeza.

—Está bien. Bueno. Perdóname. —Él quería contarle cuánto extrañaría a Lydia cuando ella se fuera; que esa era parte de la razón por la que él quería ir. Así su vida no se terminaría justo cuando la de Lydia comenzara. Pero, con toda certeza, su madre habría sido aún menos comprensiva con ese tema.

Hubo un largo silencio entre ellos. Se quedaron escuchando el traqueteo de la heladera destartalada y el tictac del reloj en la pared.

—¿Arruiné tu cumpleaños? —preguntó Dill.

—Nunca me importaron mucho los cumpleaños —dijo su madre, y se levantó para llevar los platos a la pileta—. Eres un año mayor. Eso es todo. *Pero ella no dijo que no.*

El libro. Su redención, quizás.

—Ey, casi lo olvido. Espera. Tengo algo para ti. —Dill dio un salto y corrió a su habitación. No se había molestado en envolver *El Artilugio Templario.* Ellos no tenían ningún papel de regalo y, de todas maneras, él era malísimo envolviendo regalos.

Regresó a la cocina, con el libro detrás de la espalda.

—Dillard, no deberías haberme... —dijo su madre. Claro que ella no lo dijo en el sentido de *no deberías haberme hecho esperar tanto*, de la manera en que la mayoría de las personas lo hacía. Ella lo pensaba.

Él le pasó el libro.

—El Sr. Burson de Libros Riverbank pensó que te podría gustar este. Feliz cumpleaños.

Ella lo miró.

—¿Es...?

—Claro que es cristiano.

Ella lo hojeó. Como era de esperar. Jesús. Se inclinó hacia adelante y lo besó en la frente.

—Gracias, Dillard. Eres un chico dulce. Entre esto y la llamada que recibí de tu padre más temprano, me siento muy bendecida.

—Yo limpiaré aquí, mamá. Puedes ir a leer el libro o darte un baño caliente o algo así. Le hará bien a tu espalda.

Dill fue a la pileta y lavó los platos. Pronto, la culpa por sacar el tema de la universidad y la emoción de darle a su madre un regalo que ella no odió de inmediato se desvanecieron. Los reemplazó una especie de dolor leve mezclado con enojo. Enojo con Lydia por sobre todas las personas. No era justo dirigir su frustración hacia ella, incluso para los adentros. No era justo culparla por el juego de suma cero ficticio de los éxitos de ella en comparación con los fracasos de él. Y, aun así, él se permitía ese sentimiento. No sería justo enojarse con su madre el día de su cumpleaños.

18

LYDIA

PRIMERO, LO primero. Tengo que agradecer a todos los que leyeron y compartieron y dijeron cosas buenas sobre mi entrevista con Laydee. Que ya se convirtió en el artículo más visto aquí (gracias a todos ustedes que lo retuitearon). Yo estaba tan, tan nerviosa, pero ella fue tan, tan genial y agradable y todos compran su música, complacidos y agradecidos.

Aquí hay una foto mía donde me veo muy feliz, de hecho, pensando en todo el asunto. Tengo puesta una blusa Missoni sobre un vestido que conseguí en Attic, en el Este de Nashville. Mi bolso es de Goodwill. Las plataformas son de Owl y el collar de Miu Miu.

Es fines de septiembre. ¿Y qué? Se preguntarán. Pero si consideramos que el otoño sería el sábado del año, y deberíamos, porque el otoño es la parte más increíble del año, igual que el sábado es la parte más increíble de la semana, entonces eso convierte a septiembre en el viernes de los meses. Lo que quiere decir que también es genial. Lo que quiere decir que estoy oficialmente en la búsqueda de buenas películas de otoño. Porno de otoño, si quieren. Déjenme sugerencias en los comentarios. Amo usar colores de otoño. Me encanta cuando se pone lo suficientemente fresco para mí como para que comience a hacer cosas interesantes con el uso de capas de ropa. Soy adicta a las chaquetas (gran sorpresa, eh, Querido Lector). Básicamente, el otoño me transforma en una mujer de cincuenta años. Voy a

Cracker Barrel y compro mi Vela Yanqui de Cosecha de Otoño (la única cosa con el sello "Yanqui" que pasa la puerta del frente de la mayoría de las casas del sur). Este es solo un componente del hambre insaciable que tengo por lo acogedor. Todo con mezcla de especias dulces molidas es otro componente. Comería huevos revueltos con esta mezcla de especias a mediados de octubre. Comería un bife con esta mezcla. Comería [insertar elección personal de comida que quedaría asquerosa con la mezcla de especias].

Me encanta el día de otoño gris, oscuro, embrujado, cuando llueve desde el momento en que despiertas hasta la hora en que te acuestas. Y puedes escuchar a Leonard Cohen y envolverte en una manta caliente de melancolía exquisita.

Diré esto para Tennessee: hace bien el otoño. Dejamos salir las coronas de flores, los tallos de maíz, los fardos de heno, el humo de madera quemada, y los espantapájaros. Las hojas son increíbles. No puedo creer que, probablemente, este sea mi último otoño en Tennessee por un tiempo. Lo voy a extrañar. Espero que donde sea que termine, el otoño sea al menos la mitad de bueno que aquí.

Estoy en uno de esos momentos en los que cada pizca de mi energía mental va dirigida a otra parte (cuestiones de la universidad y esas cosas), hasta el punto que no siento que tenga algo particularmente importante o profundo para decir. Es ahí cuando, a veces, responderé preguntas frecuentes porque EY, CONTENIDO DE INTERNET GRATIS.

De todos modos, comencemos.

P: ¿Por qué siempre escribes "Forrestville" como "Forestville"?

R: Porque Forrestville se llama así por Nathan Bedford Forrest, el fundador del Ku Klux Klan, lo que hace que el nombre de mi ciudad sea aproximadamente tan genial como si fuera "Hitlerville". ¡Ah! ¡Y de regalo! Está en el Condado de White [Blanco] (que no fue llamado así por la gente blanca, hasta donde sé). El punto es que es lo peor. Y, como siempre digo, los bosques son mucho mejores que los racistas. Así que siempre escribo "Forestville" porque TÚ DEBES SER EL CAMBIO QUE QUIERES VER EN EL MUNDO. Igualmente, la "r" que falta en Forrestville corresponde a "racista".

P: ¿En qué año del colegio estás y a dónde vas a ir a la universidad? ¿Qué quieres estudiar?
R: En el último y está por verse. Aquí está mi lista que comienza con mi primera elección y sigue sin un orden en particular: UNY, Oberlin, Smith, Brown, Sarah Lawrence, Princeton, Harvard, Yale, Columbia, Cornell, Vanderbilt, Vassar, Wellesley. Quiero estudiar periodismo.

P: ¿Quiénes son tus íconos de la moda/modelos a seguir?
R: Tanto reales como ficticios (por favor, siéntanse libres de buscarlos en Google todo lo que quieran): DOLLY PARTON (obvio), Margot Tenenbaum, Zadie Smith, Debbie Harry, Natasha Khan, Angela Chase, Veronica Mars, Jenny Lewis, Patti Smith, Dee Dee Penny, KatieJane Garside, Meg White, Donna Tartt, Florence Welch, PJ Harvey, Beyoncé, Stevie Nicks, Joan Didion, Frida Kahlo, Martha Gellhorn, Anaïs Nin, Flannery O'Connor.

P: ¿Quiénes son tus diseñadores/ marcas preferidas?
R: Rodarte, Rick Owens, Vivienne Westwood, Prada, Billy Reid (todavía soy sureña).

P: ¿Eres lesbiana?
R: La respuesta a esto depende mucho de quién hace la pregunta. Si es alguna de las señoritas que mencioné antes, la

respuesta es un sí rotundo. ¿La era Nick Cave, de *The Birthday Party*? No. ¿El joven Willem de *Kooning*? No. ¿*Laberinto*, era David Bowie? No. ¿*Buscando el Crimen*, era Luke Wilson? No. ¿*Los Excéntricos Tenenbaums*, era Luke Wilson? No, tampoco. Pero si quien pregunta es otro provocador casual de Internet que, en esta época, cree, literalmente, que es un insulto llamar gay a alguien, de manera pasiva-agresiva, por increíble que parezca, entonces la respuesta es lo que sea que te haga sentir más incómodo, amenace el concepto que tienes de ti mismo, y haga entrar en pánico a tu pequeño cerebro. Así que la respuesta es probable que sea sí, soy una lesbiana intensa. Para los otros que preguntan, analizo caso por caso.

Bueno, por hoy es suficiente. Habrá más, luego. Mientras tanto, disfruten estas fotos del botín que conseguí el sábado pasado en la tienda de antigüedades que se encuentra calle arriba de mi casa. Esa es otra cosa que tiene de bueno el sur, por cierto. Tiendas de antigüedades.

* * *

Mientras ella subía la publicación, miró hacia el otro lado de la mesa de la biblioteca, a Travis. Él estaba escribiendo un mensaje enérgicamente, con una expresión de ausencia en el rostro. De por sí, no parecía despreocupado. Pero esto era lo más cercano a eso que ella había visto en él alguna vez. Travis leyó un mensaje y comenzó a reír por lo bajo. Apoyó la frente en la mesa y se sacudió por las carcajadas silenciosas.

Su risa era tan contagiosa y exultante que ella no pudo evitar interesarse.

—Bueno, amigo. ¿Qué? ¿A quién escribes?

Él se secó los ojos.

—A nadie. Nada.

Ella lo observó con desconfianza amigable.

—Eres el peor mentiroso del mundo.

19

DILL

DILL TERMINÓ de cargar las compras de la Sra. Relliford en el auto.

Ella extendió la mano temblorosa con un dólar.

—Aquí tienes, joven. Muchas gracias por tu ayuda. Que tengas un feliz día.

Dill aceptó el dólar y lo metió en el bolsillo de la camisa.

—Sí, señora, gracias. Que tenga un feliz día.

Se tomó ese tiempo agradable, mientras regresaba el carrito de compras a la tienda, para disfrutar el rato que podía estar afuera antes de regresar al frío del aire acondicionado y el leve olor a carne en descomposición y verdura podrida de Floyd's.

A Dill le encantaba tener la tarea de embolsar en estos atardeceres tempranos de fines de septiembre. El sol aún era fuerte, pero carecía de la vitalidad del sol de verano. Se sentía desvanecido. Atrapó un pequeño recorte de pasto arrastrado por el viento desde algún lugar. *¿Cómo era posible que el amor y el odio hacia un lugar existieran tan tranquilamente uno al lado del otro?*

Cuando se acercó a la tienda, luchando con el carrito (*¿por qué los carritos de compras siempre tienen al menos una rueda rota?*), una niña pequeña montaba el poni de plástico descascarado, que funcionaba con monedas, y resistía en el frente.

Dill le sonrió.

Ella soltó una risita.

—¡Estoy montando el poni!

—¡Claro! Buen trabajo, ¡pequeña vaquera!

La vuelta terminó y la niña movió la pierna sobre el poni para bajarse. En el apuro, enganchó la sandalia en un rulo de la melena del poni y se cayó de cara contra el cemento duro. Se raspó el mentón. Miró a Dill por un segundo con los enormes ojos azules llenándose de lágrimas.

Ay, no.

Comenzó a llorar. Como la sirena de un tornado.

Dill corrió y se arrodilló junto a ella, y le frotó la espalda.

—¡Ay, no! ¡Linda! Ey, no llores. Ya pasó. Ya pasó. Shhh. ¿Dónde está tu mamá?

Estaba desconsolada.

Dill la levantó suavemente y le murmuró al oído:

—Oye, ahora vayamos a buscar a tu mamá, ¿está bien? Vamos a buscar a tu mamá.

Entonces, desde el fondo del estacionamiento, se oyó un grito frenético:

—*¡Ey! ¡Oye! ¿Qué estás haciendo? ¡Bájala!*

Dill levantó la vista y vio a una mujer con los ojos desorbitados que corría a toda velocidad hacia él. Bajó a la niña, que aún estaba gritando.

—Señora, ¿esta es su...?

—*¿Qué le hiciste? ¿Por qué está llorando?* —preguntó la mujer a los gritos. Se arrodilló y sacudió a su hija de los hombros—. Daisy. Daisy, cariño, ¿qué pasa?

Una multitud había comenzado a juntarse.

—Vayan a buscar al gerente de la tienda —dijo alguien.

—Allison, ¿está todo bien? —alguien más preguntó.

La cara de Dill ardía.

—Señora, yo solo pasaba y ella estaba montando el poni y se...

La mujer se puso de pie y se acercó a la cara de Dill, irradiando una furia salvaje.

—Tú aléjate de ella. Aléjate. Yo sé quién eres. Eres el hijo de Dillard Early. No toques a mi hija. ¿Entendiste?

—Allison, creo que Daisy... —dijo alguien.

—¡No me importa! ¡No me importa! Él no toca ni se acerca a mi hija.

El Sr. McGowan, gerente de la tienda, apareció entre la multitud.

—Está bien, está bien, ¿todo bien por aquí? ¿Señora?

Su voz aún sonaba como a punto de quebrarse.

—Voy a poner las compras en el auto. Dejo a Daisy en el juego. Doy la vuelta y él —apuntó a Dill con una mirada despectiva— está justo allí y Daisy está llorando. —Daisy continuaba gritando, como si hubiera alguna duda de que su madre estaba diciendo la verdad.

—Ella se cayó —dijo Dill—. Yo estaba tratando de...

El Sr. McGowan levantó la mano, interrumpiendo a Dill.

—Dill, por qué no vuelves adentro. Señora, lamento mucho que haya pasado esto. Estoy seguro de que Dill no le hizo daño.

Suficiente. Esto es suficiente. La voz de Dill se elevaba junto con su temperatura.

—Esperen. Yo no hice nada malo. Creo que ella solo siente culpable porque se fue y dejó que su hija se lastimara.

—¿Cómo te atreves? No puedes hablarme así. No tienes derecho. Soy una buena madre.

—¿Dill? —dijo el Sr. McGowan bruscamente—. Yo me ocuparé de esto. Por favor entra.

Dill y la mujer intercambiaron las últimas miradas recriminatorias y él giró y caminó hacia dentro. Fue directo al salón de descanso de los empleados, tenuemente iluminado, donde estaban repitiendo una comedia en el televisor decrépito. Se desplomó en la mesa y se pasó las manos por el cabello.

Luego de unos minutos, el Sr. McGowan entró. Dill comenzó a hablar. El Sr. McGowan lo interrumpió.

—¡Dios mío, Dill! ¿En qué piensas, hijo? No puedes hablarle de esa manera a los clientes.

Qué manera de apoyar a tus empleados, Floyd.

—Sr. McGowan, yo no hice nada malo. Estaba ayudando a esa niña. ¿Qué se suponía que hiciera? ¿Dejarla llorar?

—Bueno, podrías haber venido a buscarme

—Usted sabe por qué esa mujer reaccionó de esa manera.

—Sí —dijo con suavidad—. Lo sé. El esposo de Allison, Chip, es pastor de la Iglesia de Cristo. Así que probablemente ella no era fanática de tu padre, incluso antes de todo ese lío. A las personas no les gusta cuando otras personas dicen que tienen que andar dando vueltas con serpientes para estar bien con Dios.

—Sí. —Dill no dijo nada más. Solo se quedó mirando hacia delante—. Bueno, mejor vuelvo al trabajo.

—¿Te quedan... cuánto... quince minutos del turno? Puedes irte. Marcaré tu horario de siempre. —El Sr. McGowan sonó comprensivo.

—Bueno. —Dill se levantó de la mesa sin mirar a los ojos al Sr. McGowan, se sacó el delantal verde, y caminó lentamente hacia la biblioteca, donde iba a encontrarse con Lydia y Travis. Se sentía completamente aturdido.

＊ ＊ ＊

Cuando Dill llegó a la biblioteca, vio a Lydia y a Travis sentados en la mesa más alejada del ojo siempre vigilante de la bibliotecaria, la Sra. White, que era rápida para hacerte callar. Lydia intentó agarrar el teléfono de Travis. Él rio y lo mantuvo fuera de alcance. Ella se puso de pie, se inclinó hacia delante, e hizo otro intento por agarrarlo, casi cayéndose sobre la mesa, cuando Travis se inclinó hacia atrás en la silla y sostuvo el teléfono aún más lejos. Ella dio vuelta alrededor de la mesa, se sentó junto a Travis y comenzó a hacerle cosquillas. Él cerró los ojos, riendo, cuando ella manoteó el teléfono. La Sra. White dio una mirada fulminante en dirección a ellos y los hizo callar.

—Dill, ayúdame —dijo Lydia en un susurro fuerte cuando Dill se acercó y apoyó la mochila sobre la mesa.

—No, Dill, ayúdame a *mí* —susurró Travis—. Hemos sido amigos por más tiempo.

—Sí, pero yo me ocupo de que Dill no se vea como un tonto. Vamos, Dill. Sospecho que Travis se está escribiendo con una novia secreta. Tenemos que saberlo.

Dill intentó parecer feliz y seguirles el juego, pero no lo estaba logrando. Y ver a Lydia y a Travis sin ninguna preocupación aparente en el mundo, haciendo tonterías, mientras él había sido acusado básicamente de acosador sexual de niños, era más de lo que él podía soportar.

—No, estoy bien. Necesito usar Internet mientras pueda.

Le dio su tarjeta de la biblioteca a la Sra. White y tomó una computadora. En realidad, no *necesitaba* usar Internet tanto como necesitaba no estar cerca de la gente feliz.

Se dijo a sí mismo que no estaba buscando conscientemente una excusa para arruinar el buen humor de Lydia. Se dijo a sí mismo que era una mala idea que leyera el blog de Lydia en ese momento. Así que eso fue, exactamente, lo que hizo.

El resentimiento aumentó en él mientras leyó una publicación tras otra.

Estoy tan emocionada con la universidad. Estoy tan emocionada por dejar todo esto detrás. No tengo amigos, así que paso todo el tiempo sola escribiendo publicaciones con onda para el blog, haciendo compras vintage y tomando lindas fotografías. Nop, no tengo un solo amigo. Al menos, ninguno que valga la pena mencionar. Ninguno que no me de vergüenza nombrar.

Para cuando él se desconectó y volvió a donde estaban sentados Lydia y Travis, Lydia había vuelto a su computadora y Travis a escribir mensajes.

—¡Dill! Conseguí su teléfono. Ha estado enviándose mensajes con una tal Amelia. Travis tiene novia, amigo.

Travis se sonrojó y él sonrió con el ceño fruncido.

—No, no tengo. Es solo una amiga de los foros de *Bloodfall*.

Lydia giró hacia Dill.

—Creo que Travis se ha enamorado a lo *Bloodfall* de esa chica. ¿Te diste cuenta?

Travis comenzó a quejarse. Dill trató de reír, pero la cúpula oscura de rabia en aumento que le presionaba el pecho y los pulmones no le permitió seguir.

—Sí.

Lydia se sentó por un segundo, boquiabierta, con las manos extendidas frente a ella.

—*Amigo. Vamos.* Tenemos la oportunidad de molestar a Travis por una chica y tú solo estás dejándola escapar como a una paloma.

Y entonces, la cúpula oscura de rabia explotó y lava caliente corrió en su interior.

—Déjame hacerte una pregunta.

—Bien.

—Solo por curiosidad. ¿Cómo es posible que nunca nos hayas mencionado, *ni una vez* en tu blog, ni a Travis ni a mí? ¿Tanta vergüenza te damos?

La alegría de Lydia se desmoronó en un segundo. Ella miró fijo a Dill con una expresión ácida.

—Perdón, ¿te debo una explicación por lo que digo o no digo en *mi* blog?

Dill intentó fingir un tono casual, de a quién le importa, con poco éxito.

—No, solo creo que es triste que tengas amigos de los que sientes vergüenza. Eso es todo.

Travis, que claramente había estado simulando estar concentrado en sus mensajes, se movió incómodo en la silla.

—Dill, vamos. Déjame fuera de esto. No me importa.

Dill miró a Travis.

—Claro, amigo. Ponte de su lado después de que hace treinta segundos estaba tratando de avergonzarte.

—Solo pienso que estás siendo grosero. Yo...

Lydia interrumpió la respuesta de Travis.

—¿De qué se trata esto, Dill? ¿Por qué has elegido este preciso momento para sacar este tema? Luego de años de ser amigos.

—Ah, ¿somos amigos? Discúlpame, solo que leí tu blog y pensé que no tenías ningún amigo. Ya te dije. Solo por curiosidad.

—Qué estupidez. —Ella ya no estaba susurrando.

—Muy bien, ustedes tres —los llamó la Sra. White—. Les advierto una vez. Tendrán que seguir la discusión afuera.

Lydia giró los ojos, cerró la laptop de un golpe, tiró del enchufe en la pared, y comenzó a meter sus cosas en el bolso.

—Gracias, Dill.

—De nada.

Se fueron, con la cabeza hacia abajo, sin mirar a nadie. Llegaron al estacionamiento y formaron un círculo detrás del auto de Lydia.

—Aún no respondiste mi pregunta —dijo Dill—. ¿Cómo es posible que no nos hayas mencionado ni una vez?

—Respondí tu pregunta con una pregunta. ¿Qué te hace pensar que tienes derecho a ser mencionado?

—Yo no pienso que tengo derecho a ser mencionado. Solo pienso que tengo derecho a ser tratado como un amigo de verdad del que no sientes vergüenza.

Ella abrió de repente la puerta trasera del auto y puso el bolso dentro. Se quedó allí con la mano en la cadera e hizo un gesto a Dill para que él metiera el suyo también.

—Sube así puedo terminar de reprenderte.

—Yo estacioné por aquí. Ustedes, por favor dejen de pelear —dijo Travis—. No vale la pena.

Dill y Lydia, ambos, fulminaron con la mirada a Travis.

El tono de voz de Travis sonó más enojado de lo que Dill había oído alguna vez.

—Ustedes dos están arruinando el buen día que tengo. Ya tengo alrededor suficientes personas que arruinan mis días buenos; no necesito que ustedes también lo hagan. Solo *paren.*

Lydia puso en guardia su metro cincuenta y siete frente al metro noventa y ocho de Travis.

—Mira, Travis, vamos a resolver esto. Hasta entonces, no te metas, ¿está bien?

Travis se dio por vencido.

—Está bien. Como quieran. —Se marchó.

Dill y Lydia subieron al auto. Se quedaron sentados allí por un momento, sin moverse. Sin decir nada.

—A ver, ¿qué quieres exactamente? —preguntó Lydia por fin—. Sé que no te importa mucho la moda. ¿Quieres que ponga varias fotos tuyas o algo así?

—No.

Lydia se tironeó el cabello con ambas manos.

—*Ahhhjjj*. Entonces, ¿*qué* quieres?

—Quiero que entiendas que usas el hecho de que vivimos en una ciudad pequeña y no tenemos muchos amigos como si fuera algún accesorio de moda. Puedes ponértelo y sacártelo cuando se te antoja. Pero es la realidad de mierda que tengo.

Lydia levantó la voz.

—¿Un accesorio de moda? Ah, bueno. Aquí vamos. —Ella encendió el auto, lo puso en marcha y salió del estacionamiento de la biblioteca.

—Sí. Leí tu blog. Te encanta hacer el papel de la inadaptada incomprendida sin amigos en una ciudad sin futuro del sur. Muy romántico. Pero tú tienes un boleto para salir de aquí. En realidad, estás completamente bien. En cambio, tus amigos, que los tienes, pero nunca los mencionas por cierto, están estancados.

—Bien, guau, supongo que cambiaremos de tema. Pero seguiré por ahí. Tú no estás estancado. Tú estás tomando la decisión de quedarte. Intenté convencerte de salir de aquí. He respondido todos tus argumentos. Pero crees que debes quedarte. Como sea. Es tu vida y yo puedo pasar por alto tus celos tontos que derivan del odio que sientes por tus elecciones.

Dill levantó la voz para igualarse a la de ella.

—¿Mis elecciones? No fue mi elección que mi padre fuera a prisión y dejara a mi familia con una montaña de deudas. Te encanta hablar de elecciones, ¿no? Es bastante fácil cuando llegan servidas en bandeja.

—Antes que nada, no hagas de cuenta que sabes todo sobre mi vida o que mi vida es color de rosa. *Ahora*, mira quién se pone en el papel del "chico del lado equivocado que no es comprendido por la chica rica despreocupada".

—No me importa que tu familia tenga más dinero que la mía. Estoy tratando de hacerte entender que de verdad hiere mis sentimientos que no solo hagas de cuenta que no existo, sino que no veas la hora de deshacerte de mí. Me hace sentir que no valgo nada. Ya recibo eso de bastante gente, no necesito recibirlo de ti.

—¿Qué quieres conseguir al ver todo lo que hago de la manera más injusta posible? ¿Como si yo tuviese la intención de lastimarte de alguna forma? ¿Como si tuviera el blog para lastimarte? ¿Como si estuviese por ir a la universidad para lastimarte?

—No hago eso.

—Sí, lo haces.

—No, no lo hago.

—Tal vez, en lugar de afligirte por todo lo que *no* hago por ti, deberías pensar en lo que *sí* hago por ti. Si no fuese por mí, te habrías quedado con el trasero aplastado en tu casa un montón de noches, tocando la guitarra.

Dill fingió un movimiento de veneración.

—Ah, gracias, salvadora. Gracias por salvarme. Aplastar mi trasero y tocar la guitarra es mejor que pasar el rato con alguien que siente vergüenza de mí y hace de cuenta que no existo.

Se detuvieron frente a la casa de Dill.

—Definitivamente, podemos arreglar que hagas eso más a menudo —dijo Lydia en un tono de voz frío.

Dill de repente sintió como si intentara tragar un enorme cubo de hielo y se le hubiera quedado atorado en la garganta. Él conocía el olor a la pérdida inminente, cómo se sentía que partes de su vida se deterioraran y fueran borradas del mapa. El pánico se apoderó de él. Como si debiera tomar una fotografía mental de Lydia y de todo lo que la rodeaba, por si no volvía a verla.

La manera en que estaba sentada demasiado cerca del volante, mirando fijo hacia delante, un brazo sobre la ventanilla, la cabeza apoyada en esa mano. La otra mano, con esmalte de uñas azul descascarado, el color de un auto antiguo, sobre el volante. La línea del cuello al juntarse con el hombro. El pedazo de cinta negra que cubría la luz de "revisar motor" permanentemente iluminada que comenzaba a despegarse. Los cinco o seis desodorantes de ambiente gastados de vainilla que colgaban del espejo retrovisor. Los accesorios que decoraban sus dedos y muñecas.

Por favor Dios. Agiliza mis palabras. Dame fuerzas para hablar. Por favor, no dejes que sea orgulloso en este momento. Déjame decir lo que debo decir exactamente para evitar perder una parte más de mí.

—Bien —dijo Dill. *No es lo que tenía en mente, Dios. Supongo que te has ido a la cama y dejaste de guardia a uno de tus peores ángeles.*

Entonces, él recordó el letrero de la iglesia. Una última oportunidad para que Dios le hable. Miró la calle hacia arriba. SI DIOS PARECE ESTAR LEJOS, ADIVINA QUIÉN SE MOVIÓ.

Una buena, Dios. Un mensaje sobre apartarse. Eso es de ayuda justo en este momento. Él se bajó. Ni una mirada de costado por parte de Lydia. Ni un adiós. Él apenas llegó a cerrar la puerta antes de que ella acelerara con un chillido de los neumáticos.

Las luces traseras se desvanecieron en la oscuridad y desaparecieron.

20

TRAVIS

RAYNAR NORTHBROOK *se sentó a la mesa, con la última carta de Lady Amelia de las Tierras del Sur en sus manos impacientes. Leyó detenidamente la letra florida de ella mientras relataba los sucesos de su vida. El corazón de él cantaba de alegría cada vez que recibía noticias suyas.*

Entonces, ¿en qué andas hoy? —escribió Travis.

Voy a sacar a Pickles y visitar a mis abuelos. ¿Te juntas con tus amigos hoy? —respondió Amelia.

No lo sé. Lydia está en Nueva York visitando universidades. No he sabido nada de Dill. Andan un poco raros.

Ah.

Sí. Amo a mis amigos y no quiero hablar mal de ellos, pero siento que no me tienen en cuenta a veces.

Yo te tengo en cuenta.

Lo sé. Por eso me gustas.

Tienes suerte de tener al menos dos buenos amigos en el colegio. Yo realmente no tengo ninguno.

Claro, lo sé, yo solo quisiera...

El teléfono de Travis sonó justo cuando estaba escribiendo su respuesta a Amelia.

Hablando de Roma.

—Hola, Dill, ¿cómo estás?

—Hola, Travis, ¿tienes que trabajar hoy?

—Nop, el depósito cierra los domingos. ¿Por?

—Necesito tu ayuda. El auto de mi mamá no arranca y necesitamos arreglarlo antes del lunes, así puede ir a sus trabajos. Pero yo no sé nada de autos y no podemos pagar el mecánico. ¿Crees que puedes ayudarme a intentar solucionarlo?

—Sí, claro, no hay problema. Déjame desayunar algo rápido y mojarme el cabello y voy para allá.

—Oye, Travis. Perdóname por lo del otro día. Me porté como un tarado.

Travis rio.

—No te preocupes, hombre. Enseguida voy.

La mayoría de las personas no se emocionarían al recibir una llamada una mañana tranquila de domingo para pedirles ayuda para arreglar un auto. Pero a Travis le encantaba ayudar a la gente a hacer cosas; estar con sus amigos; estar lejos de su padre; y sacar una parte descompuesta de un auto, tenerla en sus manos, y luego reemplazarla con una nueva resplandeciente que resucitara el auto. Dill le ofreció la oportunidad de hacer las cuatro cosas. Además, él estaba de humor para hablar con Dill. Sentía que era hora de contarle sobre Amelia. Dill no era tan bueno con las bromas como Lydia, así que Travis se sentía más a salvo contándole a él.

Travis entró a la cocina, donde su madre tenía algunas galletas tibias y salsa, tocino y huevos listos. Él la abrazó y le dijo adónde iba, luego se despidió de Amelia por mensaje. Devoró algo de comida, tomó la caja de herramientas —sospechaba que Dill no tendría mucho más que un destornillador y un par de alicates de punta fina— y se encaminó hacia lo de su amigo. Para mejor, ni siquiera vio a su padre, que había salido de caza con arco y flecha.

Travis estacionó la camioneta Ford roja detrás del Chevy Cavalier de la madre de Dill. Él tenía el capó levantado y estaba estudiando el motor.

—¿Buscas el interruptor de encendido y apagado? —dijo Travis sonriendo mientras bajaba de la camioneta.

Dill sonrió, se hizo a un lado y se pasó la mano por el cabello.

—De verdad espero que me ayudes a resolver esto.

—Veamos qué hace. —Travis tomó las llaves, subió, e intentó encenderlo—. Las luces funcionan bien, así que no es la batería —murmuró. Giró la llave. Nada. Ningún clic, ningún sonido en absoluto. Giró la llave de nuevo. Nada.

Pensó por un segundo, repasando algunos escenarios en la mente. Si fuera el alternador, la batería estaría muerta y las luces no se encenderían. Si fuera el sistema de combustible, el motor giraría y resoplaría, pero no encendería.

Salió del auto y bajó el capó.

—Creo que tiene dañado el motor de arranque.

—¿Estás seguro? —preguntó Dill.

Travis se acomodó la gorra de béisbol.

—Nop. Pero es la mejor conclusión que tengo.

—¿Los motores de encendido son difíciles de reemplazar?

—Nop.

—¿Son caros?

—Probablemente cincuenta, sesenta dólares para este auto.

La mirada en el rostro de Dill decía que incluso eso era caro, pero tendrían que arreglárselas.

Subieron a la camioneta de Travis y salieron rumbo a la tienda de autopartes. Travis tenía otra razón por la que estaba contento de ayudar a Dill. Algo más le había estado pesando.

—Entonces, sé que se fue casi toda la semana a ver universidades con su mamá, pero ¿volviste a hablar con Lydia desde el viernes pasado?

Dill respiró profundo y exhaló por la nariz.

—No.

—¿Ni una palabra?

—Ni una palabra.

—¿No te parece que deberías decir algo?

—¿Qué podría decir?

Travis jugueteó con la calefacción y se estiró para ver si venía alguien en dirección contraria antes de girar a la izquierda.

—No sé. ¿Lo lamento?

—No tengo por qué.

—Deberías.

Dill resopló.

—¿Por qué lo crees?

—Como que te pusiste como loco con ella.

—Sí, ¿y? Tenía un mal día.

—Aunque yo tuviera un mal día, no me desquitaría contigo o con Lydia.

—¿No te parece que Lydia está actuando diferente este año? —preguntó Dill—. ¿Desde que se dio cuenta de que se va de aquí? ¿Más esnob o algo así?

—No, no en realidad. Quizás sea tu imaginación.

—Juro que no, amigo. Ella está diferente.

—Hombre, creo que estás siendo duro con ella. Quiero decir, es bueno que ella salga de aquí para ir a una ciudad más grande con un montón de lugares de moda, ¿no? Tienes que estar feliz por ella.

Dill frunció el ceño.

—Hablando de eso, ¿alguna vez leíste su blog?

—Sí, algunas veces. No religiosamente.

—¿No te molesta que con todas las fotos que nos saca y todas las cosas que hacemos juntos, no nos haya mencionado allí ni una vez? Hasta subió fotos de la chica que tiene esa tienda en Nashville. Fueron amigas por quince minutos. ¿No pareciera que le damos vergüenza?

Travis encogió los hombros.

—Pero esa chica era realmente bonita y usaba linda ropa. Tú y yo no estamos muy a la moda. ¿Por qué apareceríamos allí?

—Supongo. Igual, me molesta. Me hace sentir que ella piensa que somos menos que ella o algo así.

Estacionaron en la tienda de autopartes y entraron. Un hombre mayor y otro más joven, ambos con chalecos verdes y gorras de béisbol, estaban detrás del mostrador, parloteando.

—¿En qué te puedo ayudar, amigo? —preguntó el hombre más joven.

—Necesito un motor de arranque para un Chevy Cavalier, año 92. Cuatro cilindros —dijo Travis.

—Veamos qué me dice la computadora. —Entornó los ojos frente a la pantalla—. Dice que tenemos uno en stock. Espera aquí un segundo, déjame buscarlo. —El hombre escribió algo en un trozo de papel y se dirigió al fondo.

El hombre mayor saludó con la cabeza a Dill.

—Disculpa, joven, espero no te moleste que pregunte, eres el nieto de Dillard Early, ¿no?

En el rostro de Dill apareció un gesto de aprensión.

—Sí, señor, así es —dijo en voz baja. Parecía estar esperando que el hombre fuera cuidadoso con lo que decía.

Travis no le había comentado a Dill que sabía acerca del Rey Serpiente. Dill seguramente lo prefería de esa manera.

—Madre mía —dijo el hombre—. Yo solía trabajar con tu abuelo. En la antigua estación de servicio Gulf en la Iglesia del Norte. Ahora hay una Conoco.

—Sí, señor —dijo Dill, mirándose los pies.

—Era un mecánico tremendo, por Dios —dijo el hombre con una risa nostálgica—. Arreglaba cualquier cosa. Podía sentir lo que aquejaba a un auto. Era bueno con las manos. Y podía cantar. Cantaba canciones viejas mientras trabajaba. Dios, podía cantar. ¿Eres parecido a él en ese sentido, hijo?

—¿En qué sentido?

—En el que más te guste.

—Canto bien.

—Apuesto a que puedes arreglar un auto también, si te interesa. Ese tipo de cosas están en la sangre.

—Sí, señor. Muchas cosas.

—Te pareces a él.

—La gente me dice eso. Yo solo he visto fotos. Él murió antes de que yo naciera.

—Sí —dijo el hombre con suavidad, asintiendo, mirando a lo lejos. Luego, miró fijo a Dill—. Hijo, él era un *buen* hombre. Quiero que sepas eso.

Travis conocía la mirada en los ojos del hombre mayor. Era la misma mirada que en los ojos de Lamar cuando le contó la historia del Rey Serpiente. Era la mirada de un hombre que había vivido lo suficiente como para entender que el dolor consume el fuego. La mirada de un hombre grande que le temía a una mala muerte.

El hombre más joven apareció con una caja de cartón sucia y la apoyó en el mostrador.

—Muy bien, chicos. Serían setenta, setenta y cinco con impuestos, y un depósito de catorce dólares.

Dill le pasó unos billetes enrollados. Cuando se fueron, Travis dio una mirada hacia atrás. Vio que el hombre mayor se acercó al hombre más joven y señaló hacia fuera. El hombre más joven estaba a punto de oír la historia del Rey Serpiente. Travis habría apostado mucho dinero a eso.

* * *

—¿Así que no te molesta que Lydia se vaya? —preguntó Dill.

—Sí, me molesta; la voy a extrañar, pero siempre supimos que este día llegaría. Ella siempre habló de salir de aquí. Piensa en lo deprimida que estaría si se quedara.

—¿Alguna vez piensas en salir de aquí?

—¿A dónde iría? Este es mi hogar.

—¿A la universidad?

—Nah. Mis notas apestan. De todas maneras, solo me gusta leer las cosas que quiero leer. No lo que un profesor quiere que lea.

—¿Seguiremos juntándonos luego de que Lydia se vaya? —preguntó Dill.

Travis rio.

—Claro, a ver, no puedo prometer que tendremos tantas cosas creativas para hacer. Y puede que pierdas en la votación para que lleve mi bastón. Sobre todo porque, al parecer, lo estaré llevando adonde vayamos.

—El bastón nunca me molestó de la manera en que le molesta a Lydia.

—¿Quieres decir que ha sido dos contra uno todo este tiempo en favor del bastón?

—No dije *eso*.

Travis vio la oportunidad para confesar.

—Entonces... ¿te acuerdas de que Lydia estaba intentando agarrar mi teléfono en la biblioteca?

—Sí.

—He estado escribiéndome con esta chica que se llama Amelia Cooper, que conocí en los foros de *Bloodfall*. Ella vive en Alabama. Las cosas van bastante bien.

Dill observó a Travis por unos segundos, luego sonrió y le dio un golpe en el brazo.

—Hombre, mírate. Te va bien con las señoritas.

Travis soltó una risita y se acomodó la gorra.

—De todos modos, me gusta de verdad. Creo que podríamos terminar siendo más que amigos algún día. Eso espero. Seguro nos vamos a encontrar en el Festival del Renacimiento de Tennessee en mayo. Tal vez incluso antes. Ella cree que mi bastón es genial.

—Ella cree que tu bastón es genial, ¿eh? —dijo Dill, con un dejo de picardía.

Le llevó un par de segundos, pero Travis entendió. Volvió a soltar una risa nerviosa y golpeó a Dill en el brazo.

—No, amigo, no así. No quise decir eso. Maldición. —Sonrió con disimulo—. Igualmente, tendrías que ponerte contento al oír que tus amigos tal vez pueden llegar a más.

Dill se quedó boquiabierto.

—Basta, espera.

Travis miró a Dill como diciendo "no molestes".

Dill movió la cabeza y apartó la mirada.

—Vas por el camino equivocado, amigo.

Travis volvió a mirarlo de la misma manera.

—Dímelo en la cara.

—No. Estás conduciendo.

Travis rio y volvió a golpear a Dill en el brazo.

—¡Lo sabía! ¿Cómo es que nunca...?

—Porque...

—¿Por qué?

—No quiero arruinar las cosas. Y lo haría.

—Tal vez no. *Pero en realidad, sí, Dill, es muy probable.*

Dill miró a Travis como diciendo "no molestes".

—Tal vez, ya arruiné las cosas. Además, ella se va. Ella no querría. Yo sería una gran complicación para sus planes.

—No sabes hasta que lo intentas. El tema con las chicas es...

Dill rio entre dientes y volvió a golpear a Travis en el brazo.

—*El tema con las chicas,* ¿eh? Miren quién es un experto ahora.

—Yo sé una o dos cosas.

—Claro que no. Tal vez sepas *una* cosa. Pero no *dos.*

* * *

Se detuvieron en la casa de Dill. El día pedía a gritos trabajar afuera: nublado, bastante fresco como para ponerse una camisa de manga larga pero no chaqueta. El aire olía a pasto seco y ropa secándose en algún lugar.

Travis decidió que tendrían que llegar al motor de arranque desde abajo. Levantaron el auto con el gato y pusieron unos soportes debajo. Travis se arrastró por abajo con un par de herramientas.

—¿Me ayudas a poner la punta de esta llave sobre ese tornillo de arriba? —preguntó Travis.

—Claro. —Dill lo ayudó a maniobrar el tornillo—. ¿Dónde aprendiste cómo arreglar autos?

—Mi papá. —Travis gruñó y sacó el tornillo. Giró la llave para aflojarlo.

—¿Fue divertido? ¿Arreglar autos con tu papá?

—No realmente. —Travis esperaba que Dill no preguntara por qué. No lo hizo.

Travis desenganchó la conexión eléctrica del motor de arranque y dio unos golpes con la llave inglesa hasta que llegó al otro tornillo. Hizo fuerza y lo aflojó, mientras sostenía el viejo motor de arranque con la mano y giraba el tornillo que quedaba. El tornillo salió y él bajó el motor. Se retorció para salir de abajo del auto.

—¿Alguna vez pensaste en enseñarle a tus hijos cómo trabajar con autos algún día? —preguntó Dill.

Travis se sacudió la tierra de los pantalones.

—No he pensado mucho sobre tener hijos. Pero si los tuviera, les enseñaría todo tipo de cosas. Y los dejaría leer lo que quisieran. —Travis sacó de la caja el motor de arranque nuevo y lo levantó. Bajó hasta el suelo y se arrastró debajo del auto.

Ajustó el repuesto en su lugar. Podía ver la cara de Dill sobre él, a través del compartimiento del motor. Hicieron contacto visual y, de repente, Travis sintió una necesidad incontrolable de liberarse de un peso más ese día, ya que estaba de buena racha.

—¿Puedo hacerte una pregunta un poco extraña?

—Claro. Siempre que no sea sobre *Bloodfall*. Guárdala para Amelia.

Travis metió uno de los tornillos de arranque y lo ajustó con la mano.

—¿Tu papá te golpeó alguna vez? Antes de irse.

Dill dudó antes de responder.

—Sí, es decir, me dio una palmada. Seguro.

Travis terminó de ajustar el tornillo con la llave.

—No me refiero a eso. Quiero decir si te *golpeó*. ¿Realmente te golpeó?

Él y Dill volvieron a hacer contacto visual.

—No. No de esa forma. —Dill no preguntó por qué preguntaba. Travis daba gracias por eso. Hacer esas preguntas, de hecho, lo hacía sentir más aliviado. Menos solo, de alguna manera.

—Cuando tenga hijos, no les pondré ni un dedo encima. Es decir, salvo para abrazarlos y eso. Pero nunca para lastimarlos. —Travis metió el otro tornillo y lo ajustó con la mano, y terminó con la llave. Enganchó la conexión eléctrica y salió rápidamente de abajo del auto.

—Bueno —dijo Travis—. La hora de la verdad. Di tus oraciones. —Se sentó en el auto y giró la llave. El motor volvió a la vida de inmediato. No sonaba saludable, pero nunca lo hacía. Al menos funcionaba y llevaría a la madre de Dill desde el punto A hasta el punto B por un tiempo más.

Dill gritó de alegría y chocó los cinco con Travis.

—Amigo, eres impresionante. Lo hiciste.

Travis dio una palmada en el brazo a Dill.

—Lo *hicimos*. Ahora vamos a buscar tus catorce dólares de depósito.

—Te debo una —dijo Dill cuando subieron a la camioneta de Travis.

—Devuélvemela haciendo las paces con Lydia. Me pone mal que se peleen entre ustedes.

21

DILL

A DILL NO le importó caminar el par de kilómetros que tenía hasta la casa de Lydia. Acababa de llover y las calles estaban cubiertas de hojas mojadas; el aroma a tabaco terroso flotaba en el aire y se mezclaba con lo picante del humo de la madera. Un velo de nubes dispersas cubría el cielo y la luna gibosa creciente. Dill se ajustó la chaqueta de jean (que Lydia había elegido) y la cerró. Mientras caminaba, practicaba lo que iba a decir. *Lo lamento. Me equivoqué. Solo quiero lo que te haga feliz.* Incluso el letrero de la iglesia había ayudado en algo (esta vez): DIOS NO OLVIDA AL PECADOR, OLVIDA EL PECADO.

Yo podría usar un poco el olvido. Tocó la puerta de Lydia, con el corazón a toda velocidad. Atendió su padre.

—Hola, Dill. ¿Cómo estás?

—Bien, gracias. ¿Se encuentra Lydia?

—Sí. Entra, entra. ¿Lydia? —llamó hacia el piso de arriba—. Tienes compañía, cariño.

Lydia apareció al final de la escalera, con unas calzas y un buzo con capucha, y el cabello en una cola despeinada. Cuando vio a Dill, cruzó los brazos y lo miró con furia por un instante. Dill la miró con ojos de cachorro abandonado. Ella le hizo una seña para que subiera y volvió ofendida a su habitación. Dill comenzó a subir.

—Oye, Dill, antes de que te vayas, hazme acordar que te muestre la nueva Strat que tengo, ¿está bien? —dijo el Dr. Blankenship.

—Lo haré. —Subió las escaleras.

Lydia estaba en su escritorio, redactando un documento en su nueva laptop. Parecía ser un ensayo de admisión para la universidad. Ella no se dio vuelta cuando Dill entró.

Dill contempló el caos ordenado de la habitación de Lydia. La enorme cantidad de información visual siempre lo abrumaba. Discos. Libros. Revistas. Posters. Fotos. Animales de peluche. Antigüedades raras, incluso un fantasma odontológico terrorífico de 1930 que su padre le había dado. Ropa y zapatos por todos lados; todo lo que representaba sus obsesiones siempre cambiantes. Lo diferente esta vez eran las pilas de borradores marcados de ensayos de admisión a la universidad. Solicitudes de beca e ingreso a la universidad a medio completar. Los incidentes de una vida que avanzaba a gran velocidad y con determinación.

La habitación de ella siempre lo hacía sentir melancólico y envidioso por la abundancia en la que vivía; un cruel contraste con su habitación aún más cruel. Las pilas de materiales universitarios no ayudaban. La cama crujió cuando él se sentó detrás de ella.

Lydia seguía sin darse vuelta. Ella seleccionó una línea y la eliminó. Parecía decidida a hacer que esto doliera.

—Entonces. Habla.

Dill titubeó. Su discurso de disculpas planeado cuidadosamente, preparado en la caminata de ida, se evaporó.

—Yo... te pido disculpas. Por las cosas que dije.

Lydia continuó escribiendo.

—Y te extrañé.

Escribiendo.

—Y quiero que sigamos siendo amigos. Escribiendo.

—Y estoy empezando a sentirme estúpido ahora, así que me iré. —Dill se levantó de la cama con otro crujido.

Lydia dio vuelta la silla y se sentó con las piernas cruzadas sobre ella.

—Está bien. Acepto tus disculpas. Pero, de verdad. No puedo lidiar con el drama de siempre. Tengo demasiado en qué pensar. Así que tiene que terminar, Dill. Lo digo en serio.

Dill volvió a sentarse en la cama.

—No puedo prometer que seré todo sonrisas cada vez que algo me recuerde que te vas a ir. Esa es una promesa que no puedo cumplir.

Lydia se levantó y caminó hacia el estante de velas (sí, todo un estante) y encendió dos de sus velas de otoño.

—Estoy haciendo una mezcla de hojas de otoño, combinando los principales toques del jugo de manzana y la canela con una vela con aroma a leña, logrando una base de cedro, abedul y vainilla. Debería volverme *sommelier* de velas. ¿Eso es un trabajo?

—¿Me escuchaste?

—Sí, te escuché. Y no espero que estés feliz. Espero que no dejes que tu infelicidad con la situación se manifieste en forma de infelicidad conmigo personalmente.

—Está bien.

—Si las cosas fueran al revés, eso es lo que haría yo por ti.

—Está bien.

—Te aseguro que ni lo más mínimo que hago en relación a la universidad es con la intención de lastimarte. Y también te aseguro que tengo muy buenas razones para proteger tu privacidad al no hablar de ti en mi blog. Así que prométeme a cambio que vas a comenzar la increíble tarea de no desquitarte de tus problemas conmigo por cometer el pecado de intentar mejorar mi vida.

—Bueno.

—Dilo.

—Lo prometo.

El rostro de Lydia finalmente se suavizó.

—Mira. Tampoco me hace feliz que nos separemos. Entiendo que lo que estaré haciendo podría ser más entretenido que lo que estarás haciendo tú. Pero te voy a extrañar. Te extrañé esta semana.

—Es una sutileza decir que lo que estarás haciendo *podría* ser más entretenido que lo que estaré haciendo yo. *Será* más entretenido.

Ella se sentó junto a Dill en la cama.

—Vamos —dijo ella con un gesto—. Abrazos.

Dill le dio un largo abrazo. El cabello de ella olía a naranjas y flores de magnolia. Él no se había dado cuenta de cuánto tiempo le había dolido el corazón, con un zumbido poco frecuente, hasta que el dolor se desvaneció en ese momento. Y entonces estaba la emoción de abrazar a Lydia en su cama... que era lo que le interesaba. *Si tan solo.*

—Entonces, ¿en qué parte del proceso estás? —preguntó Dill.

Ella se dejó caer hacia atrás en la cama y miró al techo.

—La decisión temprana de mi solicitud a la UNY está prevista para dentro de dos semanas aproximadamente. Esa es la más importante. Estoy puliendo mi ensayo ahora.

—Buena suerte —murmuró Dill.

Ella se sentó. Se contemplaron uno al otro por un momento.

—No es demasiado tarde —dijo ella.

Le tocó el turno a Dill de tirarse para atrás sobre la cama. Se cubrió la cara con una de las almohadas de Lydia.

—No puedo —dijo él a través de la almohada—. Hasta hablé con mi mamá sobre eso.

—¿Y?

—¿Y qué crees? Que dijo *"Claro, Dill, ve a la universidad y diviértete y aprende sobre la evolución y paga la matrícula y ve a clases en lugar de trabajar, y yo me quedaré al mando aquí y todo estará perfecto"*. No. Sacó la mierda, obviamente.

—Tú sabías que lo haría. ¿Por qué dejas que eso pese en tu decisión?

—Mmm, porque es mi mamá.

—¿Y la Biblia dice que se supone que tú la respetes?

Dill giró los ojos.

—No. Por favor.

—*Tú* por favor. ¿Honestamente crees que la negativa de tu mamá a que vayas a la universidad es por tu beneficio en lugar del de ella?

Dill volvió a sentarse.

—Ya no sé qué creo. Acerca de nada. Indudablemente, una parte de mí piensa que lo que la beneficie a ella, me beneficia a mí también.

—¿Cómo se te ocurre?

—Porque es mi mamá.

—*Fantástica la respuesta.* Espera. —Lydia se puso un teléfono imaginario en la oreja—. Hola, ¿hablo con Trofeos de Debates? Sí, necesito uno de los modelos Premium.

—Eres tan graciosa. Mira, no va a pasar.

Lydia extendió las manos hacia arriba.

—Como quieras.

—Ahora tú tienes que prometerme que dejarás de fastidiarme con la universidad.

—Nop, no lo voy a hacer.

—¿Por qué yo sí tengo que hacer todas las promesas?

—Porque yo te estoy pidiendo que prometas dejar de ser débil y tú me estás pidiendo que prometa dejar de ser genial, cosa que, por cuestión de principios, no puedo hacer.

—Por favor, no me hagas sentir una porquería por tomar las decisiones que tengo que tomar.

Lydia se levantó de la cama, caminó hasta el escritorio y abrió un cajón.

—Nop, de nuevo. Pero te permitiré cambiar de tema por el momento. —Sacó la laptop Mac vieja del cajón y enrolló el cable.

Volvió hacia Dill y dejó caer el paquete sobre el regazo de él.

—Aquí tienes. Feliz anticipo de Navidad, feliz cumpleaños atrasado, feliz Halloween, feliz lo que quieras.

A Dill se le cayó la mandíbula.

—Espera. Para. ¿Me estás dando esto? ¿Es en serio?

—Sip. No necesito dos computadoras y tengo una nueva para la universidad. Esa tiene unos cuatro años. Es con la que empecé *Dollywould*, así que tiene mucho valor sentimental para mí. Entonces, no la rompas. Todavía funciona bastante bien. Un poco lenta a veces.

Dill volvió a abrazar a Lydia, dándole un golpe a los lentes que quedaron torcidos.

—Gracias. Gracias, gracias, gracias.

—Está bien, tranquilo. No me agradezcas rompiéndome los lentes. Ah, y la mejor parte es que, como no soy un tipo asqueroso y horrible, el teclado está cien por ciento libre de semen.

Dill se ruborizó, contento. No solo por la computadora, sino porque él y Lydia se habían reconciliado. El regalo era la prueba de eso.

—Ah, mira —dijo Lydia, tomó la laptop y la abrió—. Déjame mostrarte cómo hacer un video de ti mismo. Así puedes comenzar a grabar tus canciones.

—Nunca antes me grabé a mí mismo —dijo Dill—. Ni siquiera hemos tenido una computadora desde que la policía incautó la nuestra.

—¿En serio? ¿Nunca te has grabado a ti mismo? Bueno, bien, es hora de comenzar. Esa es tu primera tarea. —Ella le mostró cómo comenzar el video y grabar usando la videocámara y el micrófono incorporados de la laptop—. ¿Entendiste?

—Entendí.

—Excelente. —Ella se levantó y volvió a sentarse en el escritorio—. Ahora, lárgate porque tengo mucho trabajo para hacer —dijo ella, con un movimiento rápido de la mano.

—Lydia, gracias.

—De nada. —Ella se desplazó a lo largo del documento, sin levantar la mirada—. Ah, por cierto, tengo que cancelar la noche de películas del viernes de esta semana. Estoy muy ocupada con cosas de la universidad y del blog.

El rostro de Dill cambió. Lydia le dio una mirada de advertencia y levantó un dedo, gesticulando las palabras *lo prometiste.*

Dill asintió, giró y se fue.

* * *

Cuando él llegó al final de las escaleras, Lydia gritó:

—Oye, papá, le di mi computadora vieja a Dill. No la está robando.

—Está bien, cariño. Oye, Dill, ven.

Dill entró a su estudio. Las antigüedades llenaban la habitación. Libros forrados en cuero. Un gran collage de Dolan Geiman, hecho de materiales reciclados, colgaba en una pared. Un par de guitarras colgaban en otra pared. Un amplificador Fender antiguo. El Dr. Blankenship se levantó de su escritorio y bajó una de las guitarras: una Fender Stratocaster maravillosa de los años 60 con un diseño en forma de rayos de color tabaco. Se la pasó a Dill, que la tomó como si fuera una pieza de museo. Habrá costado un ojo de la cara.

—Es hermosa, Dr. Blankenship.

—Tómala. Toquemos algunos punteos, ¿eh?

Dill apoyó su nueva computadora sobre el escritorio del Dr. Blankenship y se colgó la guitarra alrededor del cuello. Rasgueó rápidamente para calentarse los dedos. El Dr. Blankenship sacó un cable y lo conectó al amplificador. Esperaron que calentara.

Dill rasgueó un acorde.

—¿Dónde la consiguió?

El Dr. Blankenship enchufó la guitarra.

—En una liquidación estatal en Nashville. ¡Démosle con todo!

Dill tocó, con indecisión al principio.

—¿Sigue, sigue! ¡Que se jodan los vecinos!

Dill tocó más fuerte y más rápido mientras el Dr. Blankenship sonreía y le daba el visto bueno. Se sentía bien. Él tocó y tocó. Y entonces apareció una punzada de nostalgia. La última vez que había tocado la guitarra eléctrica frente a alguien fue frente a su padre, antes de que decidiera no pasarle la serpiente. Antes de que fuera arrestado. Él dejó de tocar y se sacó la guitarra.

El Dr. Blankenship la tomó y volvió a colgarla en la pared.

—¿Y? ¿Qué te parece?

Antes de que Dill pudiera responder, oyeron que Lydia preguntaba desde el piso de arriba:

—Papá, ¿qué está pasando allí abajo? ¿Por qué tu guitarra está sonando mucho mejor que siempre? Me asusta. ¿Qué hiciste con mi papá?

—Amo a mi hija sabelotodo —balbuceó el Dr. Blankenship—. Bueno, te interrumpieron.

—Sí. Es hermosa. Yo diría que salió ganando con esta. Hacía mucho tiempo que no tocaba una guitarra eléctrica.

—¿Tienes una?

—Solía tener. Después de todo lo que pasó con mi papá, tuvimos que vender un montón de cosas, así que vendimos la guitarra y el amplificador. Está bien. Igual ya no tengo ningún lugar donde tocarla.

—¿Con qué frecuencia ves a tu padre?

—Unas pocas veces al año. La próxima vez que vaya, va a ser cerca de Navidad. Siempre que el cacharro de auto que tenemos siga funcionando para entonces.

—Si necesitas que te lleve a Nashville cerca de Navidad para ver a tu padre, lo haré con gusto. Compro las especialidades de Navidad en el Trader Joe's de allí. Podría cerrar el consultorio por el día.

—¿Está seguro? Es decir, eso sería grandioso de verdad, pero no querría que fuera un problema.

—No sería ningún problema. Y para ser completamente honesto —él bajó la voz y miró hacia ambos lados—, sería bueno pasar el rato con otro hombre de vez en cuando. Hay demasiado estrógeno en esta casa.

—Escuché eso por completo —lo regañó Lydia—. No seas sexista y grosero.

—Sí, entiendo a qué se refiere —dijo Dill y tomó su computadora nueva—. Usted me avisa cuando le quede mejor.

—Lo haré. Oye, ¿Lydia te ofreció llevarte a casa?

—No.

—¿Quieres que te lleve?

Dill sonrió.

—No, gracias. Es una noche hermosa.

Mientras Dill caminaba hacia su casa, soplaba un viento fresco que secó las hojas, que se escabulleron y bailaron frente a él en las sombras bajo la luz de la luna. El sonido que hacían al raspar el pavimento era música para él.

22

LYDIA

SE SENTARON en una mesa del comedor, solos y alejados como siempre. El lugar, que olía a palitos de pescado, retumbaba alrededor de ellos. Dill tenía el almuerzo sin cargo, poco apetecible. Travis tenía un recipiente enorme de macarrones con queso hechos por su madre. Lydia tenía sus mini zanahorias, chips de pan pita, humus y yogur griego. Travis leía el libro de *Bloodfall* y Dill tenía puestos los auriculares, mientras trabajaba atentamente en algo en su nueva laptop.

Lydia leía los *Diarios de Anaïs Nin*.

Dill se sacó uno de los auriculares.

—Oye, Lydia, ¿me puedes subir unos videos a YouTube esta noche? Yo lo intenté, pero el colegio tiene bloqueado YouTube.

—Claro. ¿Qué?

—Algunos videos que hice tocando mis canciones. Son cinco.

—¿*Cinco?* Te di eso hace cuánto, ¿dos días?

—Tengo un montón guardados.

Hunter Henry, Matt Barnes, y DeJuan Washington, tres jugadores de fútbol americano pasaron por al lado de la mesa.

—Ey, Dildo, ¿la policía sabe que ahora tienes computadora? —preguntó Hunter. Sus amigos soltaron una risita.

—Creo que el colegio bloquea la pornografía infantil —dijo Matt. Más risitas.

Dill volvió a ponerse el auricular y los ignoró. Travis se puso visiblemente tenso, pero continuó leyendo, ignorándolos también. Dill y Travis conocían la rutina.

Lydia bajó el libro con una sonrisa.

—Sí, informamos a la policía al mismo tiempo que pusimos sus nombres en el Registro Nacional de Micropenes. No se sorprendan si tienen problemas en el aeropuerto. Entre otros lugares.

—Te mostraré a mi amigo —dijo Hunter.

—Recuerda, uso lentes. —Lydia retomó el libro.

—Sí, cómo podríamos olvidarlo si hacen que tu cara sea más fea que mi trasero —balbuceó Matt.

—Ustedes *podrían* olvidarlo porque no tienen la capacidad de formar recuerdos semánticos, que es por lo que Tullahoma High los humilló, chicos, al hacer la misma jugada dos veces seguidas, la última vez que los venció en el último cuarto —dijo Lydia, sin levantar la vista del libro.

—¿Tú qué sabes de fútbol, perra? —dijo Hunter.

—Bueno, que se supone que tienen que anotar más puntos que el otro equipo, y eso es difícil de hacer si ustedes, y sobre todo ustedes, dejan caer el balón en su propia zona de anotación como lo hicieron contra Manchester el año pasado, dando lugar a un *safety* que les hizo perder el juego.

Hunter se sonrojó.

—Olvídalo, hermano —dijo DeJuan—. Ella no vale la pena. Está tratando de lograr que hagas algo estúpido.

—No tengo que esforzarme mucho —dijo Lydia.

Hunter le arrancó el libro de las manos con una bofetada, tirándolo al suelo, y los tres se fueron pisando fuerte.

Dill se sacó los auriculares, levantó el libro de Lydia y se lo dio.

—No sabía que eras fanática del fútbol.

Lydia hojeó el libro para marcar donde estaba.

—No lo soy. Solo sigo las derrotas de nuestro equipo y las humillaciones y fallas individuales. Las pongo en mi archivo mental sobre cada jugador que nos insulta de arriba abajo. Realmente es más divertido que el fútbol en sí. De todos modos, tengo que ir corriendo a clase. Dame tu computadora; la llevaré a casa esta noche para subir los videos.

* * *

Chloe y yo estuvimos recorriendo departamentos por diversión. ¿Cuál es tu presupuesto? Encontramos un lindo lugar por 3k/mes — escribió Dahlia.

Puedo pagar 1k/mes, no hay problema —respondió Lydia.

JAJA, eso quisiera. 3k cada una.

Bueno, pensó ella, *parece que estoy a punto de convertirme en el Dill de mi nuevo grupo de amigas, económicamente, al menos.* El dinero de un odontólogo y de una agente inmobiliaria de Forrestville no estaba muy a la par del dinero de la jefa de redacción de *Chic* y del de una actriz. Tendría que comenzar a pensar en maneras de hacer que ser "la chica pobre" fuera parte de su carisma y su atractivo. Como lo hizo Dolly, de hecho.

—Uff. Tal vez fuera de mi presupuesto —escribió Lydia—. **Además, todavía no me aceptaron en la UNY, así que...**
—Vas a entrar.

—Como decimos en TN, no cuentes los pollos antes de nacer...

Lydia se sentía nerviosa por ninguna razón en particular. No era solo la situación del alquiler, aunque eso contribuyó. Le dolía la cabeza de tanto completar solicitudes de ingreso y becas, revisar el ensayo de admisión, y trabajar en una publicación extensa para el blog donde analizaba los diseños presentados en la Semana de la Moda de París. Era hora de hacer algo diferente.

Sacó la computadora de Dill, fue a YouTube y creó una cuenta para él. Contraseña: LydiaisaBenevolentGoddess666. Encontró la carpeta con los videos de Dill y abrió uno.

Lo que oyó la dejó muda. *Guau. ¿Ese es Dill?* Tiene tanta confianza y desenvoltura. Era hipnotizante. Cantar lo transformaba. Ella se dio cuenta de que nunca había visto a Dill tocar y cantar una de sus canciones. Y era una canción bellísima. Ella comenzó a subir el video y abrió otro. De nuevo. Hipnotizante. Inolvidable. Ensoñado. Y otro. Hasta que vio todos. Su nerviosismo se desvaneció por completo.

Aparte de todo lo que había heredado de su padre, había heredado un profundo magnetismo. Del tipo que hace que la gente quiera seguirte y confesarse. Del tipo que hace que la gente se sienta a salvo. Del tipo que hace que la gente quiera levantar serpientes venenosas y beber veneno para estar más cerca de su Dios. Cantaba como si un río de fuego corriera en él, como si la música fuera la única cosa hermosa que poseía. Sus canciones hacían que a ella le doliera el corazón. Mirándolo, de hecho, ella se sentía un poco... respiró profundo y movió la cabeza. *Bien, suficiente de ese tipo de pensamientos.*

Mientras estuvo visitando universidades con su madre, durante el tiempo que ella y Dill no se hablaron, había pensado mucho en él. Lo imaginaba estancado en Forrestville, infeliz, frustrado. *Esto cambia las cosas. Puedo usar esto. Puedo trabajar con esto.* Ella comenzó a formular un plan.

—¿Lydia?

Lydia dio un salto y giró en la silla. Su madre estaba en la puerta.

—Perdón por sobresaltarte. ¿Qué estabas escuchando? Es hermoso.

—Ah... este chico que me encontré.

—Es lindo. —La madre de Lydia comenzó a retomar su camino.

Lydia estaba horrorizada por encontrarse a sí misma llamando a su mamá cuando se iba.

—Ey, mamá. Estoy trabajando en una publicación para el blog. ¿Alguna vez tuviste un amigo que estabas segura de que siempre sería solo un amigo, pero después comenzaste a desarrollar sentimientos por él?

Su madre volvió, bajó el canasto de ropa para lavar que llevaba, se inclinó contra el marco de la puerta y cruzó los brazos con una sonrisa pícara.

—Sí, en realidad. Tengo algo de experiencia en eso.

—¿Qué pasó?

—Una noche, estábamos pasando el rato en ese lugar de hamburguesas cerca de la universidad, y estábamos comiendo conos de helado sentados en una de las mesas de picnic al aire libre, y la luz de la luna iluminó su rostro de manera perfecta y él era lo más hermoso del mundo. Y yo nunca más pude volver a verlo de otra manera.

—¿Quién era él?

—Denton Blankenship.

—Ah. Bien. Supongo que, de otro modo, este habría sido un momento bastante incómodo.

—Sip. —Su madre tomó el canasto y se fue.

Una vez que su madre estuvo fuera del alcance del oído, Lydia volvió a mirar los videos de Dill.

* * *

—No, no voy a participar en la competencia de talentos del secundario de Forrestville. ¿Estás drogada?

—Escúchame —dijo Lydia.

—Las competencias de talentos son estúpidas.

—Sí, lo son. Pero escucha.

—Está por comenzar la clase. —Dill se levantó de donde estaba sentado sobre el paragolpes de Lydia. Se sopló las manos y las frotó entre sí—. Además, está helando acá afuera.

—Para. Escúchame. ¿Cuál sería el sentimiento más placentero del mundo? ¿Cómo sería el dedo del medio más grande en la cara de aquellos que hicieron todo lo posible para que tu vida fuera miserable? Pararte frente a ellos y cantar. Sería tremendo, porque eres tan bueno. ¿Y si ganas? Cincuenta dólares. Eso es como un millón de dólares en dólares ajustados a Dill.

—¿Por qué debería hacerlo? —Dill volvió a sentarse.

—¿Además de todas las razones que acabo de darte? Porque debemos hacer cosas de las que tenemos miedo. Se hace más fácil cada vez que lo hacemos. *Y si puedo lograr que hagas esto, tal vez pueda lograr que hagas otras cosas que tienes miedo de hacer, como dejar esta ciudad e ir a la universidad. Tal vez solo necesitamos sacarte de tu zona de confort esta vez.*

—No quiero que se rían de mí.

Hora de sacar el as bajo la manga.

—Aunque se rían de ti, da la casualidad de que sé con certeza que no eres ridículo en general. Y tengo pruebas.

—Lydia abrió la laptop. Buscó uno de los videos de Dill. Tenía 9.227 vistas y 49 comentarios. Todos positivos. *Escalofríos.*

Esta canción increíble.

Dios mío, amé esta, gracias. Y así sucesivamente.

Dill se quedó estupefacto.

—¿Cómo? ¿No acabas de publicar esto? ¿Anoche, quizás?

Lydia cerró la laptop y le dio una palmada vanidosa en la cabeza.

—Lo tuiteé anoche. No dije que eras mi amigo. Si lo hacía, habría parecido nepotista. Así que no usé tu nombre. Te llamé *Dearly.* ¿Entiendes? ¿D. Early?

—A la gente realmente le gustó.

—Hazlo por mí —dijo Lydia—. Por todas las veces que te defendí.

Oyeron sonar el timbre. Llegaban tarde.

—Nunca toqué una de mis canciones no religiosas en público. Mucho menos en la competencia de talentos de Navidad del secundario frente a seiscientas personas, de las cuales la mayoría me odia.

—Has tocado un montón de veces frente a criaturas venenosas. Estarás bien en tu hogar.

23

DILL

PRACTICAR PARA el show de talentos le daba algo en qué enfocarse. Hacía que no pensara en que Lydia se iría. Ni en la próxima visita a su padre. Aun así, en el mes, o aproximadamente, que pasó entre que le prometió a Lydia que lo haría y la fecha del show, había tenido tiempo de sobra para sentir miedo. Cada vez que titubeaba, sin embargo, Lydia sacaba rápidamente el teléfono o la laptop y le mostraba la cantidad, en constante aumento, de vistas, comentarios y me gusta que tenía "Dearly". Ella le compró un nuevo set de cuerdas de guitarra. Lo llamó un regalo de Navidad por adelantado.

Pero entonces, en los últimos días antes de la competencia, Dill dejó de tener miedo y comenzó a sentirse emocionado. No dejaba de pensar en los cincuenta dólares y en cuánto los quería. Iba a gastarlos en Lydia. La llevaría a cenar. Le compraría algo. Cualquier cosa menos tirarlos en el agujero negro de la deuda familiar de los Early.

El día llegó lentamente, pero llegó.

Dill estuvo con náuseas esa mañana. No pudo desayunar. Él y Lydia no hablaron para nada camino al colegio. No pudo prestar atención en clase. La reunión para el show era después del almuerzo. Él temblaba cuando entró al auditorio, el estuche de la guitarra en mano, Lydia y Travis lo custodiaban: un gladiador dirigiéndose a una lucha por su vida.

—Oye —dijo Lydia—. Respira. Lo harás excelente. Recuerda: tienes fanáticos y tienes amigos. Nadie aquí puede hacerte algo ni sacarte nada.

—¿Por qué dejé que me metieras en esto?

—Porque soy genial y tú eres genial y vas a hacer algo valiente.

—Está bueno que estés haciendo esto —dijo Travis—. Miré tus videos de nuevo la otra noche y son increíbles de verdad.

Dill no dijo nada, asintió con la cabeza y sujetó el apoyabrazos. Cada nervio de su cuerpo resonó mientras permaneció sentado para la presentación de los tres jueces (todos profesores, ningún compañero, por suerte), rutinas interminables de playback y danza, escenas trilladas de comedia, cantos de patos y pavos, y karaokes espantosos. Hasta que, finalmente, llegó su turno.

—Muy bien —dijo el Director Lawrence, acercándose al micrófono, con papel en mano—. Y ahora tenemos a —dio un vistazo a la lista— Dillard Early.

Un murmullo circuló en la multitud. Risas por lo bajo. Susurros. Movimientos. Celulares sacados a escondidas de los bolsillos para filmar el espectáculo.

Dill dio un respiro profundo y tembloroso.

—Aquí vamos. —Sentía las piernas inestables cuando se puso de pie.

Lydia lo tomó del brazo y lo acercó a ella. Puso los labios en el oído de él.

—Dill, mantén la mirada en nosotros. No mires a ninguna otra parte. Estamos contigo.

Ella nunca le había susurrado algo de manera tan cercana. La respiración de Lydia sobre su mejilla se sintió como la caricia de una amante. Una electricidad diferente corrió por su cuerpo. Y por un momento, olvidó el miedo que sentía.

Volvió rápidamente, sin embargo, cuando caminó hacia el frente, con la cabeza hacia abajo. Golpeó el estuche de la guitarra contra uno de los asientos. *Bonnnggg*. La multitud rio por lo bajo.

—Perdón —dijo entre dientes a nadie en particular. *Por favor, Dios. Ayúdame en este momento. No me abandones.* Subió con cuidado los escalones hacia el escenario y caminó los metros, aparentemente eternos, hasta la mitad, donde había dos micrófonos.

Sacó su guitarra acústica, golpeada y marcada, del estuche. Se la colgó alrededor del cuello y caminó los últimos centímetros hasta donde estaba el Director Lawrence. Mantuvo la cabeza hacia abajo. Las luces del escenario lo dejaron ciego.

El Director Lawrence hizo un gesto a Dill para que tomara su lugar y se hizo a un lado. Dill se acercó a los micrófonos. Acomodó el micrófono de la boca a su altura y luego el de la guitarra. Un chillido del retorno. Risas. "Ay", dijo alguien en voz alta. La cabeza le latía. Un rojo oscuro comenzó a deslizarse en los márgenes de su campo de visión. Contuvo la respiración y sintió que el corazón le palpitaba. *¿Pueden oírlo? ¿El micrófono estará tomando eso? Por favor, Dios. Quédate conmigo ahora.* Cerró los ojos. Los latidos del corazón retumbaban en sus oídos.

Alguien fingió toser.

—¡Dildo! —Risitas. Alguien más fingió toser.

—¡Dildo! —Más risitas. Se oyó el "shhh" enojado de profesores dispersos entre la multitud y de Lydia y Travis. El corazón de Dill se encogió.

El Director Lawrence corrió a Dill con un leve empujón y habló por el micrófono.

—Bien, si vuelvo a oír otro arrebato, cancelamos el resto del encuentro, y todos tendrán que escribir un trabajo de diez páginas sobre modales, ¿entendido? Bien, ¿Sr. Early?

Dill volvió a tomar su lugar frente a los micrófonos.

—Esta es una canción que yo escribí. —Su voz retumbó en el auditorio. No la reconoció. Estaba muy fuerte. Esperó las risas. Que alguien gritara "Dildo" de nuevo. Pero hubo silencio, lo que fue casi peor.

No recordaba cómo tocar la guitarra. No recordaba dónde poner las manos en las cuerdas. No recordaba la letra de su canción.

Miró hacia arriba, directo a los ojos de Lydia. Sus ojos estaban llenos de... ¿qué? Algo nuevo que él nunca antes había visto en ella. No podía decir qué, pero lo hizo sentir fuerte. Borró el rojo oscuro de los márgenes de sus ojos y convirtió a la multitud despectiva debajo de él en una masa amorfa sin rostro. Hizo que su corazón latiera a un ritmo diferente.

* * *

Por unos breves minutos, él está, una vez más, al frente de la banda de oración. Tiene puesta la guitarra y están tocando, y tocando. Y la congregación comienza a pasar las serpientes letales. Su padre se acerca a él con una serpiente cabeza de cobre. Él deja de tocar. Su padre sonríe y, con cuidado, se la pasa. Él extiende los brazos y acepta la ofrenda de su padre. Es fría y seca y lisa. Late en sus manos. Su fe es fuerte. Mantiene cerrada la mandíbula de la serpiente. No puede lastimarlo. Él la mira fijo a la cara.

***

Dill respiró y comenzó a tocar y a cantar. Cantaba como si el Espíritu Santo hubiera descendido sobre él con un fuego liberador. Oía su voz y su guitarra retumbando en el auditorio. Abrió los ojos solo una vez durante la presentación, para asegurarse que Lydia aún lo estaba mirando. Y estaba, con aún más de ese algo. El salón se desvaneció debajo de él. Terminó y las últimas notas decayeron en silencio. Recibió unos aplausos respetuosos, pero una ovación de pie de Lydia y Travis. *Probablemente no la reacción que recibiría el ganador, pero al menos nadie me está gritando insultos. Y se terminó.* Volvió a poner la guitarra en el estuche y se fue del escenario; apenas oyó que el Director Lawrence tomó el micrófono y dijo:

—Muy bien, esa fue una canción muy bonita de Dillard. Gracias, Dillard. Ahora, tenemos a...

Dill se desplomó en su asiento. Travis irradiaba alegría y estaba casi a los saltos.

—¡Eso fue impresionante! ¡Parecías un cantante profesional! —susurró él, tomando la mano de Dill en un apretón de manos enérgico.

Lydia le agarró la mano y lo acercó a ella de nuevo. Probablemente más cerca de lo necesario.

—Eso fue increíble —susurró ella, dejando que sus labios rozaran la oreja de él—. Sabía que podías hacer esto. Recuerda cómo te sientes.

Dill disfrutó del alivio, como si estuviera nadando en un lago cálido iluminado por las estrellas. Escuchó con los ojos cerrados cómo cinco de los jugadores de fútbol hacían playback de un rap, con un aplauso estruendoso que hacía más pequeño el que él había recibido. *Gracias Dios. No siem-*

pre me has dado las cosas que quería o necesitaba, pero me diste esto, y estoy agradecido.

La competencia terminó y el Director Lawrence volvió a apoderarse del escenario con tres sobres en las manos.

—Muy bien, chicos, tengo la decisión de los jueces. En tercer lugar, por su versión en karaoke de la canción de Taylor Swift, tenemos a Lauren Ramsey. Felicitaciones, Lauren. Te ganas un vale por veinticinco por ciento de descuento en una sesión de bronceado en el salón Tropical Glo. —Lauren, porrista, aceptó el premio sonriente, ante aplausos y silbidos desaforados.

—Bien, en segundo lugar, por el fantástico canto de patos y pavos, tenemos a Austin Parham. Austin, me avisas si estás disponible la próxima temporada de pavos en primavera. Austin se gana un cheque de regalo por diez dólares de Applebee's. —Austin, jugador de béisbol, aceptó su premio. De nuevo, una respuesta fervorosa.

Realmente va a ser muy malo perder contra cantos de patos y pavos. Solo terminemos con esto.

—Ahora, el ganador del gran premio de cincuenta dólares en efectivo. Quiero recordarles a todos que nuestros jueces consideraron muchos factores para tomar la decisión, incluyendo originalidad y creatividad. También quiero recordarles que sean respetuosos si la persona que pensaban que debía ganar no lo hizo. Y ahora, nuestro ganador del gran premio es... redoble de tambor por favor...

El estómago de Dill dio un salto. Fue entonces que dejó de estar completamente consciente de lo que estaba pasando. Sabía que había oído su nombre. Sabía que estaba sentado, paralizado, mientras Lydia y Travis se pusieron de pie, gritaron y lo levantaron del asiento de un estirón para empujarlo hacia el escenario. Apenas se percató del aplauso poco entusiasta y la avalancha de quejas que produjo el anuncio. Estaba sobre el escenario de nuevo, aceptando el sobre y un apretón de manos del Director Lawrence. Y luego, sentado al lado de Lydia y Travis otra vez, aferrado al sobre. El evento terminó y los estudiantes salieron corriendo al pasillo. Travis aun vibraba de emoción.

—Hombre —dijo, pavoneándose junto a Dill—, ¡yo, sin dudas, compraría todos tus discos si grabas discos!

Dill sonrió.

—Ni siquiera te gusta la música.

—La tuya es diferente.

—Hola, Dill. —Alexis Robbins se acercó. Era linda y popular. Nunca le había hablado ni a él ni a sus amigos, pero nunca los trató mal tampoco. Vivían en mundos diferentes.

—Felicitaciones por ganar —dijo ella—. No sabía que hacías música.

Dill se sonrojó.

—Ah... gracias. Sí. Gracias.

—De todos modos, buen trabajo. Adiós.

Lydia hincó a Dill en las costillas.

—*Mírate*. A las chicas *les encantan* los músicos. —Él rio y se retorció—. En serio, Dill —dijo ella—. Eso fue sexy. El talento es sexy. La valentía es sexy.

Dill pensó que no podía estar más lleno de regocijo. Pero, cuando Lydia dijo eso, se dio cuenta de que aún tenía espacios sin descubrir que se iban inundando de esa sensación.

No tuvo oportunidad de disfrutar.

—¡Dill! —Hippie Joe caminó rápidamente hacia ellos. Hippie Joe era un asesor académico de unos cincuenta años. Su nombre era Joseph Bryant, pero todos lo llamaban Hippie Joe en secreto. Tenía un bigote tupido, cabello gris enmarañado y usaba lentes redondos con marco metálico. Prefería las corbatas ridículas y las Converse con sus pantalones caquis y camisas con botones—. ¡Eso fue fantástico! ¡Nunca había visto a un estudiante desempeñarse de esa manera! ¡Tenías el espíritu de Bob Dylan y Neil Young en ti! Bueno, ambos aún están vivos, pero entiendes lo que quiero decir. ¡Excelente trabajo! ¡Creo que tienes futuro con la música!

—Gracias, Sr. Bryant.

—Avísame cuando actúes en algún lugar. Iré a verte.

—Lo haré. Gracias.

Nadie más dijo nada. Salieron al estacionamiento.

—Propongo que vayamos por algo para comer. Concretamente, propongo que yo le compre a Dill algo de almuerzo tardío/cena temprana, ya que hoy no ha comido nada —dijo Lydia.

—Estoy cansado —dijo Travis—. Y voy a ayudar a comprar.

Lydia sonreía mientras conducían, como si supiera algún gran secreto. Ella parecía tan contenta como estaba Dill. Él no podía parar de mover las piernas. Seguía dándole vistazos al interior del sobre, al billete nuevo de cincuenta dólares que estaba dentro. Se sentía hecho de algo hermoso e indestructible. Liviano. Airoso. Se preguntaba cuánto tiempo podría montar la ola de ese sentimiento antes de que se estrellara en la costa nuevamente.

* * *

Menos de una semana, como resultó.

—Cambié de opinión —dijo Dill—. Voy a llamar al Dr. Blankenship para decirle que no iré.

Su madre tenía puesto el uniforme de limpieza, lista para ir al trabajo. Estaban en la sala.

—No lo harás. Vas a ir. Es casi Navidad y tu padre está esperándote. No has ido a verlo desde que terminó el verano.

—Odio ir de visitas allí.

—Es tu padre. Vas a ir.

—Cada vez que voy, él está más raro. Odio verlo así. No voy a ir.

Su madre entrecerró los ojos y se acercó a él.

—¿Odias verlo así? Tal vez te merezcas sentirte incómodo considerando que *tú* lo pusiste allí.

Su madre había insinuado eso muchas veces. Pero nunca lo había dicho directamente hasta ese momento.

A Dill le costó encontrar las palabras.

—¿Qué quieres decir? *¿Yo lo puse allí?* ¿Eh? ¿Qué estás diciendo?

—Estoy diciendo que el abogado de tu padre se levanta y hace que cada oficial de policía y agente de la Oficina de Investigación de Tennessee admita que esa pornografía mostraba chicas jóvenes. Todos ellos admiten que tu padre tiene un hijo adolescente. Todos ellos dicen que no saben si tú tienes acceso a la computadora. Todos ellos admiten que es posible que fueras tú. Todos ellos admiten que no pueden decir exactamente quién lo descargó. Y tú te levantas y declaras en contra de tu padre.

Dill caminó de un lado a otro. Levantó la voz.

—El estado me llamó a declarar. ¿Qué podía hacer? ¿Negarme? El juez me hubiese mandado a la cárcel.

Su madre le apuntó a la cara.

—Podrías haber declarado que era tuyo. El fiscal no iba a procesar a un menor. Tu padre sería un hombre libre en este momento si no hubieras hecho lo que hiciste.

Dill estaba horrorizado. Le dolía el corazón como si estuviera intentando latir alrededor de un destornillador.

—Entonces, ¿mentir? Hice *un juramento* de decir la verdad. Juré sobre *la Biblia* decir la verdad. Y todo lo que dije fue que no era mío. No dije que era de papá. Yo no declaré *en contra* de él. Declaré *por mí mismo.*

—No hablé de mentir —dijo su madre en voz baja, apartando la mirada.

Dill la tomó del brazo y la giró para que lo mirara.

—¿Qué quieres decir? —susurró él—. ¿Qué quisiste decir con eso? ¿Crees que podría haber declarado de verdad que esa mierda perversa era mía? ¿Crees...?

Ella le dio una bofetada.

—No maldigas en esta casa.

La cara le quedó ardiendo donde ella le dio el golpe. *No dejes que ella te vea llorar. No dejes que ella te vea llorar.*

—¿Es eso lo que pensaste todo este tiempo? ¿Que yo descargué esa basura y mentí y dejé que papá asumiera la culpa? ¿Eso es lo que piensas de mí? *No llores.*

Los ojos de ella ardían, feroces e incriminatorios.

—Creo que todos somos pecadores. No necesitaríamos a Jesús si no lo fuéramos. Pero las serpientes nunca mintieron. Si tu padre no hubiera sido puro de espíritu, no estaría en la cárcel ahora... estaría muerto. Las serpientes lo habrían matado. O el veneno. Pero tú nunca pasaste esa prueba. Nunca agarraste la serpiente. Así que si me preguntas a quién creo que atrapó Lucifer, entre tú y tu padre, Dios me ha dado la respuesta. No necesito adivinar.

Dill no podía respirar bien. Las náuseas se apoderaron de su estómago.

—Entonces, ¿qué piensas de Kaylie Williams? ¿Eh? —gritó él—. ¿Qué pasa con ella? Cuando ella declaró que papá la llamó a solas después de la iglesia una noche y quería hablar con ella sobre sexo. ¿También estaba mintiendo? Ella tenía *once años*. Su familia se mudó debido a eso. Su hermano era mi amigo.

—Enseñarle a un miembro de tu rebaño sobre sexo antes de que ella sola se meta en problemas no es un delito, y es por eso que el estado nunca incriminó a tu padre por nada de eso. Tú y yo sabemos que Kaylie era una chica rápida. Necesitaba que la guiaran o habría quedado embarazada en el secundario como...

—¿Cómo quién?

Su madre giró para irse.

—Ayudaste a meter en prisión a tu padre. Si no fuera por eso, él aún estaría aquí. Si no fuera por eso, yo nunca habría tenido el accidente volviendo a casa después de visitarlo y la espalda y el cuello no me dolerían todo el tiempo. Y encima tienes el descaro de hablar sobre ir a la universidad y dejarme con el desastre que hiciste. Estoy harta de discutir esto contigo. Visitarás a tu padre. Le darás consuelo por lo que has hecho. Se lo debes y me lo debes. Tienes tus propias deudas.

—Esto ha destruido mi vida. Incluso tener que negar que era mío destruyó mi vida. Me hizo parecer culpable. He vivido con esto. Nadie dejará que lo olvide.

Su madre lo fulminó con la mirada. Seria, imperturbable.

—Sigues olvidándote de que esta vida no es nada. La próxima es la única que importa. Desearía que recordaras eso. —Y se fue.

Dill se desplomó en el sillón, pasándose los dedos por el cabello. Quería vomitar. Las lágrimas que había estado conteniendo explotaron y corrieron por sus mejillas como una catarata. Él gritó. Le hizo bien. Volvió a gritar. Golpeó el sillón. Otra vez. Otra vez. Otra vez. Tomó la lámpara de la mesa e inclinó el brazo como para arrojarla y aplastarla contra la pared. Solo el darse cuenta de que había usado esa lámpara para escribir canciones durante largas noches de invierno lo detuvo. La puso sobre la mesa, se acostó en el piso en posición fetal y lloró, con el olor a rancio de la alfombra en las fosas nasales.

Gracias a Dios, el Dr. Blankenship resultó menos puntual que su hija, lo que le dio a Dill unos veinte minutos ininterrumpidos para componerse y lavarse la cara, y para que el enrojecimiento y la hinchazón de los ojos disminuyeran casi totalmente. No se veía perfecto, pero estaba más como "no dormí mucho la noche anterior" que como "tuve una pelea a los gritos con mi madre en la que me acusó de ser un pervertido sexual y mandar a mi propio padre a la prisión".

El Dr. Blankenship llegó en el Prius que había reemplazado al que le dio a Lydia. Dill subió. Música navideña resonaba en el estéreo.

—Gracias, Dr. Blankenship. Si esto trae algún tipo de inconveniente, no hay problema si no vamos.

—Por favor, llámame Denny. Aunque te lo dije muchas veces y nunca lo haces. Y no hay ningún inconveniente.

—No tema decírmelo. Así sea una pavada.

—No hay ningún problema.

Él no entendió.

* * *

Las ramas sin hojas de los árboles que rodeaban la prisión eran escuálidas al lado del cielo de diciembre de tonalidad gris hierro. Se veían tan estériles y sin vida como se sentía Dill.

El Dr. Blankenship dejó a Dill con instrucciones de llamarlo cuando terminara. En la prisión. Pasando la seguridad. En la sala de visitas. Esperando. Dill trató de sonreír cuando su padre se acercó.

—Hola, papá. Feliz Navidad.

—Feliz Navidad para ti también. —El padre de Dill tenía tatuajes nuevos. Serpientes enroscadas alrededor de ambos antebrazos que terminaban con la cabeza en cada palma de la mano. Cubrían y zigzagueaban por dentro y por fuera de varios grupos de cicatrices de mordeduras de serpiente en sus brazos. La señal de la fe no era que las serpientes nunca te mordieran... era que por más enfermo que llegaras a estar no murieras de eso.

—Tienes algunos tatuajes nuevos. *Pero al menos nunca necesitaremos algo para romper el hielo si sigues haciéndotelos.*

El padre de Dill abrió y cerró rápidamente ambas manos, un dedo a la vez, haciendo que las serpientes en los antebrazos se ondularan y se retorcieran.

—Eclesiastés nos dice que no hay nada nuevo bajo el sol.

—Sí, pero... de todas formas, mamá puso algo de dinero en tus libros en lugar de comprarte regalos de Navidad. Pensó que podías conseguir lo que querías en la cafetería. *Aunque no mis cincuenta dólares. Mis cincuenta dólares están a salvo.*

—¿Estás trabajando duro y ayudando a tu madre a pagar nuestras deudas?

—Sip. *Yo estoy genial, gracias por preguntar. Amo nuestras visitas.*

—Bien.

Su padre parecía más extraterrestre cada vez que él iba. Pero tal vez, esa extrañeza tenía un lado positivo. Tal vez, su padre había cambiado, alejado de su madre. Tal vez, la prisión le había dado una nueva perspectiva. Dill tuvo una inspiración repentina.

—Hablando de pagar deudas. Tuve una idea. ¿Qué tal si fuera a la universidad, así puedo conseguir un mejor trabajo y ayudar a pagar tus deudas más rápido?

El padre de Dill lo contempló con un escepticismo frío.

—¿La universidad? ¿Es allí donde pretendes aprender el verdadero discipulado?

—No, señor, solo aprender lo que necesito para conseguir un buen trabajo.

Él acercó la cara a la de Dill.

—La universidad te enseñará que Dios está muerto. Pero Dios no está muerto. Está vivo y se manifiesta a aquellos cuya fe demuestra señales de vida.

—Yo no creería que Dios está muerto.

El padre de Dill rio bruscamente.

—Tu fe fue débil. Tu fe te falló en el momento en que te tocaba agarrar a la serpiente venenosa. Fuiste como Pedro, que intentó caminar sobre las olas del Mar de Galilea, pero se hundió. Necesitas enseñanza y aprendizaje, pero no del tipo que brinda la universidad.

—Yo tengo fe.

—¿Qué señal lo prueba?

—Toqué en la competencia de talentos del colegio. Eso requirió de fe.

Su padre se inclinó hacia atrás, con un mínimo destello de satisfacción en el rostro.

—¿Lo hiciste? ¿Predicaste el evangelio a través de la canción?

—No.

El destello de satisfacción se desvaneció.

—¿Sobre qué cantaste?

—Sobre amar a alguien.

—Ah. *"Amar a alguien"*—el padre de Dill repitió de manera burlona—. ¿Te arriesgaste a morir en nombre de Jesús en este show de talentos?

—No.

—¿A qué te arriesgaste?

—Al ridículo. A la humillación.

—Los verdaderos cristianos se arriesgan a eso todos los días. Somos tontos para Cristo. No arriesgaste nada más que tu orgullo. Tengo compañeros en mi clero cuya fe es más fuerte que la de mi propio hijo. Ladrones. Asesinos. Violadores. Tú tienes mi nombre. No mi fe.

Dill sintió que la furia se edificaba en él.

—Si mi fe es débil, tal vez sea por ti. *Tú eres* el que habla de fe. ¿Dónde estaba tu fe cuando llegó la hora de resistir la tentación?

Su padre se inclinó hacia delante y habló entre dientes.

—Tu fe era débil incluso antes de que el trabajo de Satán destruyera nuestro ministerio de señales.

—¿El trabajo de Satán? ¿Cómo no le dijiste eso al jurado? ¿Por qué no les dijiste que Satán bajó por nuestra chimenea y descargó pornografía infantil? ¿Cómo les dijiste que fue mi culpa?

Su padre le dio una mirada de advertencia con el ceño fruncido.

—Satán no es broma. Satán no tiene cuerpo. Él trabaja con la carne débil.

Dill lo apuntó con el dedo, con la voz temblorosa.

—*Tu* sangre débil. *La tuya.* No la mía. Ambos lo sabemos. Y Dios también.

Su padre exhaló lentamente, como esperando que una ola de rabia se aquietara. Habló en un tono medido.

—¿No ves la mano de Dios al guiarme aquí para predicar entre los prisioneros?

—No, no veo eso. Veo a un hombre que ha dejado que mi madre piense que he hecho que encierren a su esposo. Veo a un hombre que trató de salvarse a sí mismo destruyendo la reputación de su propio hijo. Veo a un hombre... que al parecer está bien aquí mientras mamá y yo nos rompemos el trasero trabajando para pagar *tus* deudas.

Los ojos de su padre se oscurecieron.

—Cuida la lengua. *Nuestras* deudas. ¿No comiste en nuestra mesa? ¿No viviste bajo nuestro techo?

—*Tus* deudas. Y ahora estoy pagando por *tus* pecados al mirar al mundo avanzar sin mí. No puedo ir a la universidad como mis amigos gracias a ti.

El padre de Dill lo apuntó; su rostro era una máscara de desprecio, y habló con una quietud peligrosa, con la voz temblando de irritabilidad.

—Tú no eres mi salvador. No te hagas el Cristo. Cristo me hizo libre. Tú me hiciste prisionero.

Dill dio un salto cuando su padre golpeó la mesa con la mano, un chasquido agudo en el salón tranquilo, y se puso de pie.

—Adiós, Junior. Mándale mi cariño a tu madre. — Saludó con la mano a los guardias, que se habían puesto tensos por el ruido—. Ya terminé aquí.

Se fue sin mirar atrás.

* * *

Dill pensó, erróneamente como resultó ser, que el intercambio con su madre esa mañana lo había inoculado, de alguna manera, contra más dolor. Se sentó en el estacionamiento, con la cabeza entre las manos, sintiéndose tan triste como el cielo gris. El Dr. Blankenship apareció.

—Hola, Dill —dijo con una sonrisa alegre—. ¿Una trufa de caramelo?

Dill forzó una sonrisa en respuesta.

—No, gracias.

Condujeron por un rato antes de decir algo más.

—Perdón por no hablar, Dr. Blankenship. No quiero ser grosero.

—Entiendo. No te preocupes por eso.

Más kilómetros pasaron. Iban escuchando un compilado de Navidad en el iPod del Dr. Blankenship.

Dill luchó por mantener la compostura. Suponía que tenía una reserva limitada de lágrimas que ya había agotado por el día. También se equivocó en eso. Pudo sentir que algo brotaba en su interior que no podría contener por mucho tiempo más.

—Entonces... um. —Comenzó a perder el eje. Contuvo las lágrimas hasta que la garganta comenzó a dolerle de la manera que lo hacía justo después de beber un vaso de agua helada—. Las cosas no están tan bien entre mi papá y yo.

—Y, entonces, se quebró por completo. Se sintió desnudo y avergonzado. Adán en el Jardín del Edén. Pero no podía controlarlo más.

El Dr. Blankenship le dio un vistazo y frunció el ceño.

—Ey —dijo suavemente—. Ey. —Detuvo el auto sobre el costado de la ruta. Dill tenía la cabeza contra la ventana del acompañante; los gemidos estrujaban el cuerpo tembloroso.

—Ey. —El Dr. Blankenship puso la mano en el hombro de Dill—. Está bien. Está bien.

E inesperadamente (al menos en lo que se refería a Dill), él se desplomó sobre el hombro del Dr. Blankenship, quien lo abrazó mientras lloraba. Olía a lana tibia, salvia y toallitas suavizantes para secadora. Dill recobró la compostura tan rápido como pudo, lo que le llevó varios minutos.

Dill tomó aire, agitado. Era un desastre.

—Lo lamento. De verdad lo lamento. Lo estoy demorando para llegar a su casa. Probablemente esto no es lo que usted esperaba cuando se ofreció a traerme.

El Dr. Blankenship revolvió en busca de un paquete de pañuelos descartables.

—En realidad, es casi lo que esperaba exactamente; y por eso me ofrecí a traerte. ¿Quieres hablar?

Dill se secó los ojos con las palmas de las manos y aceptó un pañuelo.

—No en realidad.

—Está bien.

Pero luego lo hizo de todos modos.

—Mi mamá y mi papá, ambos, piensan que soy responsable de que mi papá esté en prisión porque no mentí por él. Y porque él está en prisión, tenemos todas estas deudas, y por todas estas deudas, yo no puedo hacer muchas cosas. Igual, mi padre piensa que mi fe es demasiado débil para hacer cualquier cosa. Me siento atrapado. Creo que Dios me está castigando.

El Dr. Blankenship suspiró.

—Tomemos una cosa a la vez. Primero, perdón, pero el aprieto de tu padre no es tu culpa en lo más mínimo. Yo seguí el juicio. Entiendo por qué tuviste que declarar. El jurado te creyó a ti y no a él. Fin de la historia. Eso no recae sobre ti. Recae sobre él. Y si trata de cargarte con eso, que se joda.

Dill apoyó la cabeza en las manos.

El Dr. Blankenship frotó el pulgar en el volante, incómodo.

—Discúlpame. No pretendo ser duro con tu padre.

—Está bien.

—Me pongo loco cuando la gente dice ese tipo de cosas a chicos que tienen toda la vida por delante. Les hacen dudar de sí mismos. Tu fe es bastante fuerte para hacer lo que quieras hacer. ¿Piensas que Dios quiere cualquier cosa para ti menos tu felicidad? De ninguna manera. Y no dejes que nadie te diga lo contrario. Tu padre no tiene derecho a aplastar tu espíritu solo porque es tu padre.

Dill sorbió y se limpió la nariz. Otro respiro tembloroso.

—Por favor no le cuente a Lydia sobre... esto.

El Dr. Blankenship le dio una palmada en el hombro.

—Si conozco a mi hija, no hay manera de que ella se burle de ti por esto. Ella te daría los abrazos que yo estoy para darte.

—Sí. —Dill hizo una pausa—. Ese es otro tema. Voy a extrañar a Lydia de verdad. Mucho. Así que supongo que esa es otra cosa que apesta. —Se le apretó la garganta.

Los ojos del Dr. Blankenship se llenaron de lágrimas.

—Ay, Dill. Mira lo que hiciste. Estoy contigo, hombre. —Se le quebró la voz—. Yo también la voy a extrañar. Eso apesta para los dos.

Dill le pasó un pañuelo.

—No se preocupe, no le contaré a Lydia sobre esto.

El Dr. Blankenship se tocó suavemente los ojos.

—Lo gracioso es que, ella no se burlaría de ninguno de nosotros por llorar por separado. Pero los dos, sentados al costado de la ruta, ¿ambos llorando simultáneamente? ¿Nada menos que por *ella*? No terminaría más.

—Esto nunca tiene que salir de este auto —dijo Dill.

—Claro que no.

Se quedaron sentados por un momento, recuperándose.

—Oficialmente declaro suspendida esta reunión del Club de Fans de Lydia —dijo el Dr. Blankenship—. Pongámonos en marcha. Mejor toma la bolsa entera de trufas de caramelo del asiento de atrás. Creo que las necesitamos en nuestro estado emocionalmente frágil.

—¿Usted no perderá su matrícula de odontólogo por alentarme a comer dulces?

—Será otro de nuestros secretos.

Condujeron en el atardecer de invierno. Aquí y allá, una casa al costado del camino iluminada por una variedad de luces de Navidad resplandecientes. Dill se replegó en sus pensamientos. Era como envolverse en una manta de lana mojada. *¿Viste a tu padre? ¿Viste en lo que se está convirtiendo? Mejor empiezas a desarrollar tu propio inventario de salud mental y física con más frecuencia y a conciencia. La locura parece atacar directo a los hombres Early. Nunca puedes bajar la guardia. Nunca puedes dejar de estar atento. Nunca estás a salvo de ti mismo. Tu propia sangre te envenenará.*

Dill vislumbró un cartel que mostraba a un padre con su hijo. Habló antes de que su cerebro abstraído pudiera detener su boca.

—Realmente desearía que usted fuera mi padre.

El Dr. Blankenship se quedó en silencio por un momento y luego miró a Dill.

—Yo estaría orgulloso si fueras mi hijo.

24

TRAVIS

—¿CUÁNDO ME van a decir adónde vamos? —preguntó Travis.

—A Nashville. El resto es una sorpresa —dijo Lydia, e intercambió una mirada y una sonrisa cómplice con Dill.

—Pero mi cumpleaños fue hace unas semanas. Navidad también.

—Irrelevante —dijo Lydia.

—¿Qué hay en Nashville?

—No hay una sorpresa de cumpleaños ni de Navidad.

—Dame una pista.

—Dill, ayúdame con esto. ¿Hay algún tipo de hechizo que lo haga callar?

—Ah, bueno. Le preguntas a la persona equivocada. Eh, oye, Travis, si sigues haciendo preguntas romperás alguna especie de conjuro importante. Y pasarás el resto de tu vida con diarrea.

—Eso funciona. Travis, tú naciste en una familia de hechiceros y fuiste adoptado por una familia normal. Pero un mago muy poderoso te hechizó, así que si haces más de eh... digamos, tres preguntas sobre tu cumpleaños, tendrás una diarrea terrible.

—No es mi cumpleaños, ¿recuerdan?

—Hay una ventana de un mes en el conjuro. Y estamos a media hora de la próxima parada de descanso.

Se acercaron a Nashville. El GPS de Lydia dio directivas hacia el aeropuerto.

—El aeropuerto —comenzó a decir Travis con una entonación de pregunta en la voz.

Lydia levantó un dedo en advertencia.

—Diarrea.

—… es un buen lugar para que los aviones despeguen y aterricen —terminó Travis.

Tomaron la salida al aeropuerto y se acercaron a la terminal.

—Estamos justo a tiempo —dijo Lydia, mirando el teléfono.

—¿*A tiempo*, a tiempo o la versión de Lydia de a tiempo? —preguntó Dill.

—No, verdaderamente a tiempo. —Lydia se detuvo en un estacionamiento donde los autos esperaban para recoger a la gente en la terminal.

Esperaron varios minutos. Travis comenzó a decir algo.

—Amigo, confía en mí. No vas a querer tener diarrea para esta sorpresa —dijo Lydia, interrumpiéndolo—. Vas a querer estar lo más libre de diarrea posible para esta sorpresa.

El teléfono de ella sonó.

—Lydia Blankenship —respondió ella. Eso fue extraño. Ella no respondía así el teléfono por lo general.

—Bien, bien, así que tiene sus bolsos. Bien, genial. Estamos en un Toyota Prius color celeste. Lleno de calcomanías. Bien, genial. Bien, nos vemos en un minuto. Adiós. —Lydia cortó.

—Y así comienza. —Encendió el auto y condujo a la terminal. Se quedaron sentados esperando. Travis miraba a lo lejos.

—Travis, mira a ese hombre de allí con saco y suéter color granate —dijo Dill.

—¿Dónde?

Dill señaló.

—Allí. El tipo con el...

—Gorro de pescador —dijo Lydia, apuntando—. Barba blanca tupida, lentes, corpulento. Que tiene una caja de Cinnabon.

—¿A quién se parece? —preguntó Dill.

Travis rio.

—Ah, guau, se parece a G. M. Pennington, totalmente. Observó al hombre por un segundo más. Su ritmo cardíaco se duplicó.

—No lo puedo creer —susurró él. Lydia y Dill sonrieron—. *¡Es* G. M. Pennington! *¡Y está caminando hacia nosotros!* —gritó Travis. Dio saltos en el asiento. Buscó su teléfono frenéticamente para escribir a Amelia, pero se dio cuenta de que lo había dejado en casa de nuevo, sin querer. *Ella no lo va a creer. Se muere.*

—Cálmate —dijo Lydia—. Muestra un poco de dignidad. Estás por conocer a tu héroe.

Ella se bajó y caminó hacia el Sr. Pennington, extendiéndole la mano.

—Sr. Pennington, Lydia Blankenship. Qué bueno conocerlo. Por aquí.

Él resopló con alegría e inclinó el gorro.

—*Mademoiselle.* La sigo adonde me diga.

Acompañó al Sr. Pennington hasta el auto.

—Lo siento, no tenemos algo más sofisticado.

Él hizo un ademán ante sus disculpas.

—Yo andaría felizmente en este transporte ecológicamente correcto antes que en la limosina más elegante todos los días. Las limosinas son para los oligarcas antisociales.

—Sr. Pennington, creo que nos llevaremos bien. Dill, muévete al asiento de atrás —dijo Lydia—. Los autores exitosos tienen prioridad.

Dill se bajó y le extendió la mano.

—Señor, Dillard Early. Encantando de conocerlo.

—El placer es mío —dijo y se sentó—. Y, por favor, llámenme Gary. Mi verdadero nombre es Gary Mark Kozlowski, pero quién quiere leer una novela de fantasía de un asesino serial polaco, ¿no? —Rio entre dientes—. Pero me dijeron que uno de ustedes probablemente ya conoce mi nombre verdadero. Tú debes ser Travis.

Travis estaba paralizado, boquiabierto, como si hubiese visto un ángel. Que, francamente, era como se sentía.

—Yo, Sir Gary —murmuró él.

—¿Sir Gary? Acepto mi título de caballero, señor Travis. Un placer conocerlo. —Le pasó la mano y Travis la tomó, temblando.

—Gary —dijo Lydia—, ¿de cuánto tiempo es tu escala?

—Tres horas.

—¿Qué quieres hacer o ver?

Se acarició la barba.

—Yo juzgo una ciudad por su helado. Y no hay mejor conversación que la que puedes tener sobre el helado. Así que los sigo, amigos. Muéstrenme su mejor helado.

—Listo —dijo Lydia—. Conozco un lugar. —Salieron a toda velocidad.

—¿Cómo...? —Travis comenzó a preguntar, pero se detuvo.

—Está bien, Travis. Ahora puedes comenzar a hacer preguntas. El conjuro está arriba. —Lydia miró a Gary—. No preguntes.

—¿Cómo? —preguntó Travis.

—Yo empiezo —dijo Lydia—. Quería hacer esto para ti antes de irme a la universidad, así que llamé a mi amiga Dahlia, que su madre es la editora de *Chic*. Ella me puso en contacto con la agente literaria de su madre. La agente literaria de su madre conocía a la agente del Sr. Pennington. Conseguí su itinerario y vi que iba a hacer escala en Nashville en su vuelo de regreso a Santa Fe, después de reunirse con la editorial por el próximo lanzamiento de *Deathstorm*.

—Pero —dijo Gary—, esa no es toda la historia. Lydia claramente hizo los deberes y descubrió una extraña entrevista que di antes de que cualquiera de ustedes naciera, en la que hablé sobre el lugar tan especial que tengo en el corazón para mis fanáticos de la zona rural que sueñan con un mundo mejor del que habitan. Y lo sé porque la señorita Lydia preparó, enseguida, para mi agente, las estadísticas de población de... —Hizo un chasquido con los dedos.

—Forrestville —dijo Lydia.

—Ah, sí, Forrestville. Y mi agente tendría serios problemas si no me daba al menos la oportunidad de pasar un tiempo con uno de mis lectores de esta pequeña ciudad que hizo todo este viaje para venir. Entonces, cambiamos el vuelo para el de la noche así podría pasar un poco de tiempo real contigo.

—Ni siquiera sé cómo decirles lo que esto significa para mí —dijo Travis. Quería llorar. Esta ya era la mejor noche de su vida.

—Un placer —dijo Lydia—. Tenía que irme por la puerta grande.

Llegaron a la heladería Five Points y se pusieron en la fila.

—Señor... Gary, por favor déjame pagar a mí —dijo Travis.

Gary rio.

—Mi niño, no es un secreto para ti que yo he vendido muchos libros. Soy millonario de sobra. *Yo* pagaré el helado esta noche, para todos ustedes, muchas gracias. Compra *Deathstorm* cuando salga si quieres devolvérmelo.

—Ah, lo haré. De eso no tenga dudas.

Gary se acercó al joven detrás del mostrador y sacó una billetera gorda e intrincadamente labrada del bolsillo.

—Yo pagaré por mis jóvenes amigos de aquí. Y lo que sea que pidan —se inclinó hacia delante con un guiño cómplice— triplícalo. Para todos. —Hizo un círculo en el aire con el dedo.

Todos se sentaron con su helado.

—Entonces, Travis, ¿qué Casa eres tú? —preguntó Gary mientras se metía una cucharada de helado en la boca y lo saboreaba encantado.

—Ah, Northbrook. Definitivamente, Northbrook —dijo él, sin dudar ni un momento.

Gary señaló a Travis con la cuchara.

—¡No me digas! Te veía como un Northbrook, pero yo estaba preparado para hablar contigo de cualquier otra idea que pudieras tener. ¿La Casa Tanaris? ¿La Casa Wolfric? Quién sabe cómo piensa la gente.

Travis sonrió.

—Muy bien, entonces —dijo Gary—. Pongamos a tus amigos en las Casas que se merecen, ¿te parece?

—¡Claro! Dill es músico. Así que...

—La Hermandad Minstrels —Gary y Travis dijeron en simultáneo. Sonrieron.

—Muy bien, Lydia... ella es súper inteligente y ama leer y escribir... así que... ¿La Casa Letra? —dijo Travis.

—Sí, sí —dijo Gary, frotándose el mentón—. O... ¿La Orden de los Instruidos?

Travis consideró la propuesta con indecisión, sin querer contradecir a su ídolo, pero se dio cuenta de que no tendría opción.

—Lo único es que hay un juramento de castidad para toda la vida.

—Me olvidé de eso —murmuró Gary.

—Nop —dijo Lydia—. Mi juramento de castidad abarca solo el secundario. Tomaré la otra opción. Oigan, no quiero interrumpir la *Bloodfallería*, pero Gary, ¿cómo te convertiste en escritor?

Él terminó un bocado de helado.

—Yo crecí en una granja en Kansas. Trigo. Maíz. Teníamos algunos animales. Trabajábamos desde el amanecer hasta el anochecer. Yo amaba los libros de C. S. Lewis, J. R. R. Tolkien y Robert E. Howard. Mientras trabajaba, recreaba mundos en la mente. Personajes. Gente. Idiomas. Razas. Batallas. Era mi escape. Muy pronto tenía demasiado en la cabeza como para recordarlo, así que tuve que pasarlo al papel.

—¡Yo hago eso! —dijo Travis—. Trabajo en una maderera e imagino cosas mientras trabajo. ¿Qué pensaron tus padres de que te convirtieras en escritor?

Una sonrisa melancólica.

—Mi padre... no era un hombre amable. Era muy estricto y pensaba que escribir era una estupidez. Y tal vez tenía razón. Pero no podrías haberme dicho eso entonces y no podrías decírmelo ahora.

Un momento de silencio. Gary terminó otro bocado de helado.

—¿Eres escritor, Travis?

—No, no.

—¿Por qué no?

—Es decir... no puedo escribir.

—Bueno, ¿lo has intentado alguna vez?

—No.

—Entonces, ¡por supuesto que no puedes! Escribir es algo que solo aprendes haciéndolo. Para convertirte en escritor, necesitas imaginación, que está claro que tú la tienes. Necesitas leer libros, que claramente lo haces. Y necesitas escribir, que aún no lo haces, pero deberías.

—¿No necesitas ir a la universidad para ser escritor?

—Para nada. Escucha, vivimos en una época extraordinaria. Hay recomendaciones gratuitas por todos lados en Internet. ¿Alguna vez leíste las historias escritas por los fanáticos de *Bloodfall*?

—Sí —dijo Travis, dubitativo—. Pero dejaré de hacerlo si quieres que lo haga.

Gary rio.

—Tonterías. Comienza por allí. Escribe alguna historia sobre *Bloodfall*. Toma prestados mis personajes. Te doy permiso. Practica escribir. Y luego, comienza a crear tu propia historia. Veo algo especial en ti. Una gran imaginación. Siento que tienes una historia para contar.

Travis se ruborizó. Algo comenzó a crecer en su interior. Algo que podría ser capaz de atravesar las rocas y la tierra que su padre había apilado sobre él.

* * *

Él y Gary pasaron una hora y media discutiendo sobre la serie *Bloodfall* mientras Dill y Lydia se sentaron afuera y hablaron. Travis le contó a Gary sobre Amelia. Le pidió prestado el teléfono a Lydia y se sacaron muchas fotos juntos. Llegó la hora de irse. Regresaron al aeropuerto.

—Antes de que te vayas, ¿puedo decirte una de mis partes favoritas de todos los libros de *Bloodfall*? —preguntó Travis.

—Por favor —dijo Gary.

—No sé por qué me gusta tanto esta parte. Me encanta el grabado que Raynar Northbrook puso en la tumba de Baldric Tanaris después de la Batalla del Valle del Llanto.

Gary sonrió con melancolía.

—Recuerdo bien esa parte. La escribí justo después de que falleció mi primera esposa. Estaba profundamente deprimido, y venía pensando mucho sobre lo que significaba vivir una buena vida. Y decidí que era así si tus amigos podían escribir algo de ese tipo sobre ti cuando ya te habías ido.

—Creo que por eso me gusta —dijo Travis—. Me hace querer vivir una buena vida.

Gary sonrió.

—Bien —dijo suavemente.

Cuando Gary estaba a punto de bajarse, Lydia dijo con la voz agitada:

—¡Espera! ¡Casi lo olvido! —Ella sacó una edición de tapa dura de *Bloodfall* de su bolso y se la pasó a Gary—. Por favor, fírmalo para mi amigo Travis.

—¡Claro! ¡Claro! —Gary sacó una lapicera dorada del bolsillo de la chaqueta y firmó la portada con gesto triunfal. *Para Travis de la Casa Northbrook, mi nuevo amigo, alto de estatura, fuerte en imaginación. Conviértete en eso para lo que estás predestinado.*

Lydia le pasó el libro a Travis.

—Tienes que prestarme la copia vieja de *Bloodfall*, ya que necesito leerlo.

Travis se bajó para dar a Gary un último apretón de manos. Gary rio entre dientes.

—Ahora somos amigos, Travis. Yo abrazo a mis amigos para despedirlos. —Él tomó a Travis en un gran abrazo de oso y se tomaron una última fotografía juntos.

* * *

—No puedo creer lo de esta noche. No puedo creer que esto realmente pasó. Lydia, eres tan asombrosa. —Él repetía ese mantra. Sus saltos hacia arriba y abajo en el asiento de atrás sacudían el auto.

—Voy a detenerme si no paras —dijo Lydia con una entonación amistosa en la voz—. Vas a hacer que nos salgamos de la ruta.

—Perdón, chicos. Voy a hacer lo que él dijo. Comenzaré a escribir. Quizás pueda tomar algunas clases en el instituto de enseñanza superior de Cookeville o algo así.

—Hazlo, Trav —dijo Dill—. Tú tienes lo que se necesita.

Tuvo la mente alborotada todo el camino a casa. Era raro que su vida real fuera tan buena como para reemplazar su vida imaginaria. Pero esta vez lo era.

Él planificó lo que haría. Dormiría un poco (*sí, bien, en cuanto le haya escrito a Amelia*) y al día siguiente, cuando saliera del colegio y de la maderera, entraría a Internet y comenzaría a buscar consejos de escritura. *Tal vez debería conseguir una notebook para guardar todo ahí. Debería comenzar a ahorrar para una nueva laptop y clases de escritura. Y tendría que encontrar a alguien que sepa escribir para que lo leyera. Tal vez Lydia podría. Pero tengo que escribir rápido antes de que ella se vaya a la universidad y esté demasiado ocupada.* Se llenó de propósito, eufórico.

Lo dejaron después de más gracias emocionados. Mientras subía a su casa, se lamentó de nuevo de haberse olvidado el celular. Sí, Lydia tenía un montón de fotos, como siempre, pero él quería enviarle las fotos suyas y del maestro a Amelia y subirlas a los foros de *Bloodfall* cuanto antes. *Nunca creerían que G. M. Pennington, perdón, "Gary", le compró helado y pasó el rato con él por más de dos horas. Ah, y la copia firmada de Bloodfall.*

Él entró en la casa a oscuras. Su padre estaba despatarrado en el sofá frente a la luz intermitente del televisor. Cuando vio a Travis, tomó el control remoto y lo apagó.

—¿Dónde estabas? —preguntó, mascullando.

Travis conocía el tono de su padre. Se le encogió el corazón. *Por favor no esta noche. De todas las noches, por favor no esta. Déjame al menos tener esto.*

—Con mis amigos, como te dije, ¿te acuerdas?

—No, no me acuerdo.

—Bueno, perdón, de todos modos. —Se encaminó a su habitación.

—Trae tu trasero aquí. No terminamos.

Travis se dio vuelta, traído de nuevo a la Tierra por completo. *Y así comienza.*

—Recibí una llamada a las cuatro y media que necesitaban una carga de madera tratada a presión para una plataforma. Una orden de quinientos dólares. ¿Y adivina qué? No tenía a nadie para entregarla.

Travis comenzó a transpirar. Se sentía descompuesto.

—Lo lamento. Le dije a Lamar y él dijo que iba a cubrir las entregas.

—El cerebro viejo de Lamar se olvidó. Me dejaste tirado. Traté de llamarte. Un montón de veces.

—Me olvidé el celular.

—Sí, no me digas. —El padre de Travis se puso de pie—. Lo tengo justo aquí en la maldita mano.

Se lo arrojó a Travis. Le pegó en el esternón con un fuerte golpe seco. Él logró agarrarlo en el rebote antes de que golpeara el suelo. Vio rápidamente la pantalla. Catorce llamadas perdidas. Todas de su padre.

El padre de Travis caminó con paso vacilante hacia él.

—Hoy me costaste quinientos. ¿Qué tienes para decir sobre eso? ¿Eh? ¿Crees que podemos darnos ese lujo?

—De verdad lo lamento, papá. ¿No podemos entregar mañana? Probablemente podamos, si llamaron tan tarde...

—No. No. No podemos entregar mañana.

—¿Por qué no?

—¿Qué es eso? —Su padre señaló la copia recientemente firmada de *Bloodfall* de Travis—. ¿Eh? ¿Qué es eso? ¿Más mierda marica de hechiceros?

—No es nada.

—¿Eh? *¿Es por eso por lo que me costaste quinientos dólares?* —gritó.

—Voy a hacer la entrega mañana. Antes del colegio. Voy...

El padre de Travis se arrancó la gorra de béisbol y azotó a Travis en la espalda y la cara con ella.

—¿Eh? —Azote—. ¿Eh? —Azote—. ¿Eso es lo que me costó (*azote*) quinientos (*azote*) dólares?

Travis trató de cubrirse la cara, pero uno de los azotes le dio en los ojos. Lagrimearon profusamente. Parpadeó y los secó. Comenzó a agitarse y a sentirse rabioso por dentro.

—Estás borracho, papá. Por favor déjame ir a la cama.

Por favor, no hagas que esta sea la noche. Por favor, no hagas que esta sea la noche que sabías iba a llegar. Por favor, no hagas que esta sea la noche.

Su padre tomó el libro.

—Dame eso.

Travis se lo sacó. Oyó a su madre.

—Clint, cariño, me despertaste. ¿Qué sucede?

Su padre arremetió contra él de nuevo. Travis otra vez alejó el libro de su alcance. Su padre lo empujó contra el aparador donde la madre de Travis guardaba la vajilla de porcelana y su colección de muñecas. Él destrozó las puertas de vidrio. Su madre gritó.

—Dame ese pedazo de mierda —dijo furioso el padre de Travis con los dientes apretados. Logró arrebatarle el libro. Se alejó de Travis y comenzó a arrancar las páginas.

Algo se rasgó dentro de Travis, con un sonido en la mente similar a mil páginas rompiéndose. Aulló como un animal herido y se lanzó sobre la espalda de su padre. Fue un golpe fuerte. Si hubiera sido un partido de fútbol y él no hubiera sido el objetivo, el padre de Travis habría estado orgulloso. En cambio, lo hizo caer sobre una mesa auxiliar, que tiró una lámpara al suelo y la destrozó. El libro se le cayó de las manos. Travis saltó sobre el libro y lo cubrió con el cuerpo.

El padre de Travis se levantó y se paró sobre él.

—¿Crees que soy algún frijolero ilegal al que puedes agarrar? Voy a azotarte el trasero ahora mismo. —Le dio bofetadas en la cabeza, y golpes en las orejas. Trató de llegar al libro, pero Travis lo cubría por completo. El padre se desabrochó el cinturón y se lo sacó rápidamente con un movimiento ligero, que aflojó una de las presillas del cinto. Levantó el brazo y azotó la espalda de Travis. Otra vez.

Otra vez.

Otra vez.

Otra vez.

Otra vez.

Otra vez.

Otra vez.

El cinturón silbaba y chascaba en la piel de Travis. *Sopórtalo en silencio; es la única manera en que puedes ganar.* Travis se ordenaba a sí mismo, pero gritaba cada vez que lo golpeaba. Se sentía como si alguien estuviera pintándole la espalda y las costillas con franjas de gasolina y ají, y lo prendiera fuego. La madre de Travis saltó sobre su padre.

—¡Clint! ¡Lo estás lastimando! ¡Basta! —Ella intentó agarrar el cinturón. El padre de Travis la tomó de ambos brazos y la empujó contra el suelo. Fuerte. La cabeza de ella dio contra el piso con un golpe seco y se quedó tendida allí, llorando suavemente y sosteniéndose la cabeza.

Pero había logrado distraer al padre de Travis lo suficiente para que él se pusiera de pie. Su padre giró, lo vio parado y agitó el cinturón contra él de nuevo. Travis lo sujetó con la mano libre y se lo arrancó. Se quedó allí por un segundo, el cinturón en una mano, el libro en la otra, lágrimas y sudor corriéndole por las mejillas, frente a su padre, que lo fulminaba con la mirada, enrojecido y jadeante.

Travis intentó sonar tan valiente como podía. Trató de hablar con voz segura. De la manera en que Raynar Northbrook hablaría a sus hombres antes de una batalla. Pero el dolor era demasiado agudo. Su corazón latía intensamente. Su voz entrecortada y tensa, cuando habló con dificultad, vacilante y tartamudeando.

—Yo ya n-no te tengo miedo. Nu-nunca harás que me odie como me odias tú.

Ayudó a su madre a levantarse mientras su padre miraba, con los puños apretados, aún preparado para pelear, respirando fuerte por la nariz mientras los músculos de la mandíbula se tensaban y relajaban.

Travis arrojó el cinturón a una esquina, miró a su padre directo a los ojos y lo señaló, con la mano temblorosa como su voz.

—Si vuelves a ponerme una mano encima, te la arrancaré del brazo. Si vuelves a ponerle una mano encima a mi madre, juro que te mataré.

Su padre lo señaló con su propia mano temblorosa.

—Saca la mierda de mi casa —dijo por lo bajo.

Travis besó a su madre que sollozaba, tomó el bastón y se fue.

25

DILL

DILL ESTABA en el paraíso. Lydia había dejado toda su música en la computadora cuando se la dio. Era una especie de intimidad secreta con ella. Cada noche, él se recostaría en la cama, con la laptop sobre el pecho, los auriculares en los oídos, a explorar y descubrir, a nadar en el Océano de Lydia.

Tap tap tap.

Dill puso en pausa la música y escuchó por un momento. Nada. Apretó "reproducir".

Tap tap tap.

Puso en pausa la música de nuevo y se levantó.

Tap tap tap.

Dill miró por la ventana y vio la cara de Travis. Dio un salto.

—Hombre, casi me hago pis encima —susurró Dill mientras destrababa la ventana, dejando entrar una ráfaga de aire frío. Travis parecía haber estado llorando—. ¿Estás bien?

—No estoy tan bien. ¿Puedes escaparte para ir a dar una vuelta?

—Sí. Espera. —Dill se puso las botas y la chaqueta. Comenzó a trepar la ventana.

—Espera. ¿Tienes alguna aspirina o algo así? —La cara de Travis decía que después se lo explicaría.

—Un segundo. —Dill entró en puntas de pie a la cocina y rescató la botella de Ibuprofeno que disminuía muy rápidamente. Regresó a la habitación y le pasó tres pastillas. Travis las metió en la boca y las tragó.

Dill trepó la ventana y la cerró detrás de él, dejando suficiente espacio para meter los dedos debajo y volver a abrirla cuando regresara. Se escabulleron a través de las sombras hasta la camioneta de Travis, estacionada a la vuelta de la esquina. Subieron. Aún estaba cálido. Travis se movió con dolor. Cuando su espalda golpeó el asiento, él contuvo la respiración. Se tomó un segundo para recomponerse antes de encender el motor. Dill decidió que no haría preguntas. Solo dejaría que Travis hablara.

—Vayamos a ver algunos trenes —dijo Travis.

Condujeron al Parque Bertram sin hablar. Cuando llegaron, Travis estacionó lo más cerca de las vías que pudo; dejó el motor en marcha y la calefacción encendida.

Travis se empujó hacia atrás la gorra y se frotó la frente.

—Bueno, esta noche le dije a mi papá que lo mataría. Quizás.

Dill miró a Travis con los ojos bien abiertos.

—¿Que hiciste qué?

—Llegué a casa. Mi papá estaba borracho. Habló de trabajo. Dijo que le costé una entrega. Trató de romper el libro que firmó G. M. Pennington. Prácticamente, evité que lo hiciera, pero nos peleamos bastante.

—Maldición.

—Sí. Él me golpeó con el cinturón cuando no lo dejé acercarse al libro. Mi mamá intervino y él la tiró al suelo. Le saqué el cinto de las manos y le dije que lo lastimaría si alguna vez volvía a golpearme. Le dije que lo mataría si volvía a lastimar a mi mamá.

—¿Lo dijiste en serio?

—Sí, sí, sin dudas. —Travis sonaba triste—. Las cosas no están demasiado bien entre mi papá y yo desde hace mucho tiempo. Probablemente te diste cuenta de eso cuando estuvimos trabajando en tu auto.

—¿Estás bien?

—Me duele bastante, si a eso te refieres.

—Me refiero a todo sentido.

—Mi papá me echó. Me dijo que me fuera de su casa. Pero lo enfrenté. Lo miré directo a los ojos. Le dije que ya no le tengo miedo.

—¿Qué vas a hacer?

—No he pensado tanto todavía. Supongo que dormiré en la camioneta e iré al colegio temprano para bañarme.

Oyeron que un tren silbaba a la distancia.

—¿Vas a llamar a la policía? —preguntó Dill.

Travis lanzó una carcajada rápida y triste.

—No. La maderera cerraría. Perdería el empleo. Mi familia perdería su ingreso. Mi mamá no podría arreglárselas con los pocos trabajos de costura que hace.

—Sí.

—¿Ha sido algo bueno para tu familia que encerraran a tu papá?

—No.

—No le puedes contar a Lydia nada de esto. Ella no lo entendería. Seguro, llamaría a la policía.

—No lo haré.

El tren se tomó su tiempo para llegar hasta allí. Los silbidos del tren siempre llegaban más lejos en las noches de invierno. Llegó y pasó. No se molestaron en bajarse de la camioneta.

Se quedaron sentados con la calefacción encendida, sin decir nada.

—Sabes —dijo Travis, mirando a lo lejos—, Gary me hizo creer en mí mismo esta noche más de lo que mi padre lo ha hecho en toda mi vida.

—Sí. Sé cómo se siente. Que tu padre no crea en ti. Es un sentimiento desagradable.

—Las cosas van a cambiar. Yo voy a hacer que cambien. No voy a vivir de esta manera el resto de mi vida.

Dill se quedó en silencio y escuchó. Travis tenía una resolución y un propósito en la voz que Dill nunca antes había oído.

—Creo que cuando nos graduemos —dijo Travis—, deberíamos conseguir una casa juntos y ser compañeros de habitación. Aunque no puedas pagar mucho de alquiler. Está bien. Yo pagaré la mayoría y tú puedes tocarme canciones para pagar el resto de tu parte. Alegrarme si me siento triste.

—Me gusta la idea. Aunque mis canciones no son alegres.

—Y ambos trabajaremos duro en nuestros empleos, pero cuando terminemos, yo escribiré y tú harás tu música. Podemos tener una habitación con escritorios uno al lado del otro. Tal vez construya los escritorios con restos de la maderera.

—Cuenta conmigo.

—Y tendremos una conexión a Internet realmente rápida, así puedes subir tus videos y yo publicar mis historias. Y seguiremos haciendo la noche de películas de los viernes. Quizás hasta podamos tener a Lydia con nosotros, en video o algo así. Y, tal vez, a Amelia porque, para entonces, le habré preguntado si quiere ser mi novia. Y ningún padre tendrá permitido el ingreso.

Dill sonrió. Una sonrisa genuina.

Travis lo miró a los ojos, con esa determinación de acero en la voz.

—Lo digo en serio, Dill. De verdad. Necesitamos cuidarnos entre nosotros desde ahora. Necesitamos ser uno la familia del otro porque las nuestras son un desastre. Tenemos que mejorar nuestras vidas por nosotros mismos. Tenemos que hacer cosas que nos da miedo hacer. Creo que debes decirle a Lydia lo que sientes.

Travis hablaba en serio. Dill lo podía ver. Y, a pesar de sentirse culpable por encontrar esperanza para su propia vida en las circunstancias desesperadas de su amigo, igual se sentía esperanzado. *Tal vez Travis es lo suficientemente fuerte como para ayudarme a no caer cuando Lydia se vaya.*

—Voy a pensar sobre lo de Lydia. Hasta que consigamos esa casa, entonces, mejor estaciona a la vuelta de la esquina de mi casa y duerme en mi habitación. Mi mamá no se dará cuenta. Ella tiene el sueño pesado por estar tan cansada.

—¿Estás seguro? Puedo dormir en la camioneta.

—Sí. Necesitas un lugar caliente y seguro para dormir. Conseguiremos un bol con agua y una lata para que hagas pis adentro.

Travis soltó una risita.

—Amigo, no me hagas reír. Duele cuando me río.

—¿Seguro que estás bien? ¿Necesitas un médico?

—He estado peor. No tengo huesos rotos. No me falta ningún diente. Solo ampollas y moretones. ¿Qué podría hacer un médico?

—¿Crees que estarás bien durmiendo en el suelo? Armaremos una cama con ropa, mantas y esas cosas. Te dejaría dormir en mi cama y yo iría al piso, pero, ¿y si mi mamá echa un vistazo?

—Estaré bien.

Se quedaron en silencio por varios minutos.

—Saldremos de esto, Travis.

Él se quebró.

—Desearía que no hubiese arruinado mi noche increíble.

Condujeron de vuelta a la casa de Dill.

—Oye, Dill, ¿puedo quedarme unos minutos aquí solo antes de entrar?

—Sí, tómate el tiempo que necesites.

Cuando Dill abrió la ventana para entrar a su habitación, miró de reojo a Travis. Tenía la cabeza hacia abajo sobre el volante; le temblaba el cuerpo, sentado, solitario en la oscuridad de la medianoche helada de enero.

26

Lydia

LYDIA ABRIÓ la puerta de entrada.

—Travis. ¿Qué pasa? —No era común que Travis se apareciera en su casa sin avisar.

Travis traía un manojo de hojas. Se lo veía nervioso.

—Ey, Lydia. Escribí esta historia y tú sabes de escritura y esas cosas. Me preguntaba si podías leerlo por mí y decirme qué mejorar.

—¿Ya? ¿No fue hace dos semanas que G. M. Pennington te sugirió que consideraras ser escritor?

—Tres.

—Ah, cierto. Pareciera que la fecha quedó más en tu cabeza que en la mía.

Travis sonrió.

—¿Qué tan familiarizada tengo que estar con *Bloodfall* para entenderlo? —preguntó Lydia.

—No necesitas saber nada. Es original.

—Porque empecé a leer *Bloodfall* después de que conocimos a Gary. Él fue tan genial. Se lo debo. Y a ti. Pero no estoy ni cerca de terminarlo.

Travis sonrió ampliamente.

—¡Por fin!

Ella extendió la mano.

—Sí, sí, bla bla, por fin. Como sea, por supuesto que voy a leer tu historia. No ando con pavadas en lo que respecta a la escritura. Si algo apesta, te lo voy a decir y como este es tu primer intento, seguramente habrá cosas que apesten. El que avisa no traiciona.

Travis le dio los papeles.

—Estoy bastante acostumbrado a las críticas. Puedo tolerarlo.

Lydia recordó lo que su papá le había contado sobre Travis y sintió una punzada de culpa. Puedo tolerarlo, dice Travis. Eso y más. Echó una ojeada a los papeles.

—Guau, ¿escrito a mano? ¿Quién hace eso? Míralo a Shakespeare.

—No he tenido demasiado acceso a mi laptop últimamente.

Otra punzada, esta vez de preocupación.

—¿Está todo bien? En casa, digo.

—Sí, bien. —Travis sonaba indiferente. Pero no tan indiferente.

Si estaba mintiendo, hacía un mejor trabajo que cuando mintió sobre Amelia.

—Bien. ¿Qué van a hacer tú y Dill esta noche?

—Dill está trabajando. Yo estoy vendiendo leña —dijo Travis.

—¿En serio? ¿Escribiendo historias a mano y vendiendo leña? ¿Podría mostrarte una linterna y hacer que me veneres como a un dios?

—Finalmente heredé la venta de leña. Lamar, un tipo con quien trabajo, lo hizo por años. Nos dan los restos de madera que no pueden vender y nosotros las vendemos como leña. Pero creo que él se cansó de hacerlo. Me ayuda a ahorrar dinero extra para comprar una laptop nueva y pagar clases de escritura.

Lydia miró por la ventana y vio la camioneta de Travis cargada de leña.

—¡Papá! —lo llamó. Ven a comprarle leña a Travis.

El Dr. Blankenship se acercó lentamente a la puerta en pantuflas, con la billetera en la mano.

—¡Travis! ¡Hola!

—Hola, Dr. Blankenship.

—Asumo que todavía estás trabajando en la maderera.

—Sí, señor. Me gusta el olor a madera cortada y me da tiempo para pensar.

—Haz algo que amas y nunca trabajarás un día en tu vida —dijo el Dr. Blankenship.

—No le dije a Lydia que le pida que me compre madera, por cierto —dijo Travis.

—Ya lo sé. Si le hubieras pedido que me dijera, ella hubiera dicho que no.

El doctor compró la mitad de la carga de Travis.

Mientras Travis se iba, Lydia pensó que había algo diferente últimamente en su sonrisa, con sus dos dientes postizos. Victorioso. Como si hubiera vadeado un río revuelto y hubiera llegado a la otra orilla. O como si hubiera sobrevivido a una gran batalla, cuando el fuego arrasa con todo.

* * *

Un par de horas después de que Travis se fuera sonó el teléfono de Lydia.

Aquí sentada con un grueso sobre de la UNY —escribió Dahlia.

OMG, ábrelo.

Un par de minutos después volvió a sonar su teléfono. Una foto de la carta de aceptación a la UNY.

¡FELICITACIONES!!!!!!!

Me muero aquí mismo, me tienes que decir cuándo recibes la tuya.

—Ey, ¿mamá? —Lydia llamó desde abajo—. ¿Ya llegó el correo hoy?

—La bandera está baja.

Lydia bajó corriendo las escaleras de a cuatro escalones a la vez. Corrió afuera descalza, congelándose los pies en la vereda helada. Estiró la puerta del buzón. Cartas. Metió la mano con tanta fuerza para agarrarlas que se cortó con un papel. No podía respirar.

Correo basura. Correo basura. Algo para su mamá. Algo para su mamá. Algo para su papá. Correo basura. Correo basura. UNY.

Literalmente, el último sobre en la bolsa. Cerró sus ojos, contuvo la respiración y lo rompió. Casi no podía convencerse de leer la carta.

Estimada Lydia:
Saludos desde la oficina de admisiones de la UNY.
Ante todo, felicitaciones por su admisión a la UNY.
La felicitamos por este logro.

Paró de leer y gritó. Y saltó. Y saltó y gritó. Su mamá corrió a ver que sucedía. Lydia le enseñó la carta. Saltaron y gritaron juntas. Su papá también corrió desde el fondo donde apilaba la leña. Los tres saltaron y gritaron juntos.

27

DILL

—¿Todo bien Sr. McGowan? Descargué aquella tarima de pasta, la puse en los estantes y limpié el producto.

El Sr. McGowan corrió el portapapeles con la lapicera murmurando.

—Me parece bien, Dill. Terminaste más temprano, pero voy a marcar tu salida en horario normal. Buen trabajo.

—Gracias, lo veo mañana a la noche.

—Ey, rápido Dill, ¿todavía estás disponible para venir tiempo completo cuando terminen las clases?

—Sí, señor, tantas horas como se pueda.

—Grandioso, le diré a mi superior. Estará contento de oír esto.

Dill se sacó el delantal verde de trabajo, se puso el abrigo y caminó hacia afuera. No era una mala noche para caminar a casa. Era una de esas noches de febrero con el mínimo soplo de calor debajo del frío.

—¿Quiere que lo lleve a casa, señor? —Lydia se sentó en el paragolpes de su Prius. Su voz lo sobresaltó. No solo porque no esperaba escucharla, sino porque su voz (y podría haber estado completamente equivocado acerca de esto) tenía una cualidad insinuante de coqueteo que había aparecido con mayor frecuencia después del concurso de talentos. Dill atribuía eso al hecho de que ella estaba impresionada con su valentía. Cualquier otra cosa, sería esperar demasiado.

—¿Qué haces aquí? Pensé que tenías que hacer cosas en tu blog.

—No esta noche. Justamente por eso estoy aquí. ¿Podemos hablar? —Ella debe haber notado la mirada de ansiedad que se reflejaba en la cara de Dill—. Son buenas noticias. Algo así.

—Sí, claro.

—Genial. Sube. Vamos al café Buenas Noticias. Creo que el nombre es apropiado. Yo invito.

Casi no hablaron durante el viaje.

—¿Podrías darme una pista? —preguntó Dill.

—Déjame hacer mi gran anuncio.

—Entraste a alguna universidad. ¿UNY?

—Por favor, déjame hacer mi anuncio.

Llegaron al café, pidieron sus bebidas cristianas y se sentaron.

—Bien —dijo Dill—. Cuéntame.

—Hoy recibí la carta de aceptación a la UNY.

Un fuerte dolor en el pecho. Un choque eléctrico a su corazón. La descarga se extendía cada vez más hacia abajo, hacia su estómago, como gotas de sangre esparciéndose en agua.

* * *

Era como cuando dijeron su nombre en el concurso de talentos, la forma en que su mente se congela y se va hacia otro lado. Está en algún campus universitario. Tal vez en la UNY. No puede asegurarlo porque no sabe cómo es la UNY. Lydia está sentada en un banco con un muchacho.

Es lindo y está bien vestido (probablemente para ella) con una despreocupada y desprolija informalidad que denota dinero. Hablan y se ríen. Alrededor de ellos caen hojas de otoño.

Y Lydia está sentada en un café con el muchacho. Hay libros apilados alrededor de ellos, del mismo modo que la oportunidad y la posibilidad están apiladas a su alrededor. Y luego, el muchacho está sentado en un auto con el Dr. Blankenship hablando y riéndose. Él está sentado a la mesa de los Blankenship, al lado de Lydia frente al Dr. y a la Sra. Blankenship. Y Dill lleva puesto su delantal verde de Floyd's. Está afuera en el frío, mirándolos a través de la ventana. Puede ver su reflejo en el vidrio y se ve cansado y agotado. Tiene un perfecto pero agonizante sentido del porqué aquel muchacho está sentado ahí mientras que él no.

*** * ***

Dill hizo lo mejor que pudo para sonreír.

—Felicitaciones —dijo suavemente—. Yo, yo sabía que ibas a entrar. Nunca lo dudé. *Si tan solo hubiera dudado. Si tan solo hubiera fingido aun por un segundo.*

—Gracias. Por creer en mí y por ser mi amigo.

—Entonces, ¿irás?

—Sí. Voy a ir —dijo en un tono amable. Debe haber notado el dejo de esperanza en la voz de él.

Ella se levantó, rodeó la mesa y le dio un largo abrazo mientras le pasaba los dedos por el cabello. Últimamente había encontrado más excusas para abrazarlo.

—¿A qué se debe esto? —preguntó Dill.

—Porque se te ve como si tu corazón hubiera pisado un Lego.

Dill se quedó mirando su chocolate caliente Hosana.

—Estoy feliz por ti. No serías feliz aquí y no quisiera que seas infeliz.

—Lo sé.

—Por favor, no te olvides de mí.

—Nunca lo haré. Eres mi mejor amigo.

—¿Ya le has contado a Travis?

—Aún no. Está afuera vendiendo leña esta noche. ¿Sabías que estaba haciendo eso?

—Sí, sabía. *Y esa no es la única cosa que te ocultamos.*

Se sentaron y tomaron sus bebidas lentamente. Escucharon el ruido de las sirenas. Se dieron vuelta y vieron pasar una ambulancia a toda velocidad seguida de dos vehículos policiales.

—Bueno, yo también tengo buenas noticias, creo. Algo así como un plan para cuando me gradúe —dijo Dill.

Lydia frunció el ceño.

—Ah, ¿sí? Cuéntame.

—Trav y yo vamos a alquilar un lugar juntos y seremos compañeros de departamento. Ambos estamos muy entusiasmados. Él escribirá historias y yo canciones. Y nuestros padres aburridos no serán aceptados.

Lydia inclinó la cabeza y sonrió.

—Suena estupendo.

Dill se animó un poco. Como tratando de convencer a Lydia de que era realmente estupendo. Como si tratara de convencerse a sí mismo, que era lo que estaba haciendo.

—Planeamos mantener la noche de películas de los viernes. Pensamos que alguna vez podrías unírtenos a través de video chat. No todas las veces, porque obviamente estarás ocupada.

—Será un gran honor para mí. —Luego de un rato dijo—: ¿Es esto lo que quieres, Dill?

—Es lo que más se acerca a lo que puedo conseguir —dijo, luego de un momento de reflexión.

—Es todo lo que siempre quise para ti, que seas feliz y vivas la vida que quieres vivir. Pensé que necesitarías salir de aquí para lograrlo, pero quizás no.

—Quizás no.

Y Dill se dio cuenta de que tal vez él no era tan fácil de leer. Si lo fuera, Lydia le habría preguntado por qué se lo veía como si le estuvieran arrancado el corazón del pecho, fibra por fibra, célula por célula, molécula por molécula. Y en lugar de matarlo, solo lo vaciaban.

28

Travis

RAYNAR NORTHBROOK se posó por encima del aislado refugio manteniendo su solitaria vigilia junto al río. Si algún niño explorador de Rand Allastair viniera por este lado, se encontraría con un enemigo más feroz de lo que hubieran anticipado. Había otros que podían sentarse alegremente en ese solitario puesto en su lugar, pero él no le pedía a sus hombres aquello que no estaba dispuesto a hacer. Y lo amaban por eso.

Travis se sentó sobre la pila de restos de leña. No parecía un gran lugar, estaba justo junto al río y no específicamente cerca de ninguna casa o negocio. Pero Lamar lo recomendó y tenía razón.

¿Cómo va la venta de leña? —escribió Amelia.

Bastante buena la noche, en especial luego de que Doc B compró un montón. Un par de noches más como esta y podré comprarme una nueva laptop —contestó Travis.

¿Cuando voy a leer la historia que escribiste?

JAJA, una vez que Lydia me diga lo que tengo que arreglar, quiero que veas la mejor versión.

Apuesto que está genial. Eres tan brillante.

Ay, gracias. Ey, se me ocurrió una idea.

DIME.

Cuando Deathstorm se publique podemos encontrarnos a medio camino de donde vivimos y leerlo juntos.

¡ME ENCANTA LA IDEA!!!!

Bien, lo haremos. Podemos llevar mantas y tirarnos en la parte de atrás de mi camioneta y leerlo con linternas.

¡PERFECTO!! ¡DIOS, NO PUEDO ESPERAR!!!

Travis tembló y pensó cerrar el negocio, pero aún no tenía sueño y dormir era todo lo que podía hacer al escabullirse en la casa de Dill cada noche. Ni una palabra se habían dicho con su padre en el trabajo. Su padre, de hecho, no lo había invitado a su casa, tampoco él aceptaría esa invitación. Hablaba con su madre con frecuencia cuando iba a buscar comida cuando su padre no estaba en casa. No le decía a su madre dónde dormía, pero le aseguraba, dándole su palabra, que era un lugar seguro y acogedor.

La otra razón por la cual Travis no veía motivo para cerrar aún era porque estaba leyendo con la linterna *Nightwinds*, el quinto libro de la serie *Bloodfall*. Se las ingenió para volver a leer *Bloodfall*, *Raventhorne*, *Swordfall*, y *Wolfrun* a tiempo para guardar *Nightwinds* antes de que *Deathstorm* se publicara en marzo. Y eso era incluso con el comienzo de su carrera de escritor.

Su teléfono sonó. Un mensaje de texto de Lydia.

Tengo grandes noticias. Te las cuento cuando nos veamos.

Espero que sea que le has dado mi historia al agente de G.M. Pennington y quieren publicarla. JAJA —contestó él.

Un par de faros en la distancia. Un Nissan Máxima blanco, un modelo más viejo, frenó frente a la camioneta de Travis. Él bajó el libro, apagó la linterna y se bajó del vehículo. Dos hombres descendieron del Máxima. Travis no reconoció a ninguno de ellos; ambos usaban capuchas que oscurecían sus rostros.

—Ey, caballeros —dijo Travis—. ¿Les doy leña para esta noche fría?

Uno de los hombres se quedó un poco atrás. El otro dio un paso adelante.

—Sí, hombre. ¿Cuánto cuesta?

—El paquete pequeño cinco dólares, el grande diez. Les hago precio por todo lo que me queda, si están interesados.

—Déjame pensarlo, hermano.

Algo acerca del hombre parecía extraño. Tenía una energía nerviosa y agitada.

El hombre que se había quedado atrás se unió a su compatriota.

—Vamos a llevar el grande, dijo.

—Está bien. —Travis hurgó en su camioneta en busca de un buen paquete.

Cuando se dio vuelta, el hombre lo apuntaba con un arma.

—Dame todo el dinero, hermano. Apúrate, mueve tu trasero. Todo tu efectivo.

El corazón de Travis comenzó a latir fuerte. Se le secó la boca. Se le aflojaron las piernas. Levantó las manos.

—Está bien, está bien, está bien. No hay problema. No hay problema. Tomen lo que sea. Les dio la billetera.

El hombre parecía aún más nervioso y agitado que el primer hombre con el que Travis había hablado.

—¿Qué tienes en la camioneta?

Travis abrió la puerta de la cabina. Abrió el cierre del morral que estaba en el suelo de la camioneta, allí guardaba

244

casi todas sus ganancias de la venta de leña. Estaban acuñadas bajo su bastón. Levantó el bastón para quitarlo del camino.

Oyó un ruido ensordecedor y, al mismo tiempo, sintió un golpe de mazo en las costillas. Lo tiró contra el marco de la puerta.

—*¡Carajo, hombre! ¿Por qué le disparaste?* —gritó el otro hombre—. *Vamos, tenemos que irnos.*

El hombre que le disparó a Travis le arrancó el morral de la mano. Ambos hombres corrieron al Máxima, se subieron y salieron haciendo chillar las ruedas. Travis miró cómo las luces traseras desaparecían en la subida. El cerebro le dijo que debía haberle prestado atención al número de patente, pero ya era tarde.

Logró mantenerse de pie, pero sosteniéndose en la puerta de la camioneta a modo de apoyo. No se sentía para nada bien. No podía sentir las piernas ni los brazos. Tenía la cara entumecida. Su corazón trabajaba con fuerza. No podía respirar. Tenía gusto a cobre en la boca. De repente tuvo sed. Y frío. Comenzó a temblar sin control.

Pensó que no podría conducir y decidió que podría parar algún auto que pasara por ahí. Las piernas le fallaron, así que se arrastró hacia la calle buscando a tientas su teléfono en el bolsillo de la chaqueta. Lo dejó caer frente a él y llamó al 911.

—*Nueve-uno-uno, ¿cuál es la emergencia?*

—Creo que alguien me disparó.

—*Muy bien señor, ¿en dónde se encuentra?*

—En la calle River. ¿Está mi mamá allí?

—*Bien. La calle River. ¿Podría decirme exactamente en qué parte de la calle River?*

—Al este del puente. Tengo sed. ¿Está mi mamá allí?

—*Señor, tengo unidades en camino en este momento, ¿está bien? Necesito que se quede conmigo. ¿Cuál es su nombre?*

—Travis Bohannon. ¿Está mi mamá allí?

—*Travis, quédese conmigo. Intentaremos buscar a su madre. Necesito que siga hablando conmigo.*

—Necesito agua. Necesito agua. No puedo respirar.

—*Continúe hablándome, Travis. Travis. ¿Travis? ¿Travis? ¿Travis? Quédese conmigo, Travis. ¿Puede hablarme? ¿Travis?*

* * *

Algunos mueren de maneras gloriosas. En campos verdes de batallas como antiguos guerreros, rodeados de amigos, luchando por sus hogares, luchando contra la crueldad.

Otros mueren arrastrándose en el polvo de Forrestville, Tennessee, en la oscuridad, extremadamente jóvenes y solos, sin motivo alguno.

29

DILL

—ME SIENTO mal por Travis; no tenemos el mismo tiempo —dijo Dill.

—¿Sabes dónde está? —preguntó Lydia.

—Dijo que en la calle River.

—Bueno, no hay muchos lugares en los que podría estar. Toma. —Lydia le dio su teléfono a Dill mientras conducía—. Envíale un mensaje de texto. Averigua dónde está. Dill le envió un mensaje. Sin respuesta. Intentó llamarlo. Nada.

—Me envió un mensaje más temprano. Quizás se quedó sin batería —dijo Lydia.

—Nunca se queda sin batería.

—No en los días anteriores a Amelia.

—Excelente punto. Vayamos por la calle River por un rato. Aún no tengo que llegar a casa.

—Quizás podemos ayudarle a vender leña —dijo Lydia—. Puedo mostrar las piernas.

—Sí, pero luego la gente que se detenga a comprar leña escuchará un sermón sobre la cosificación de las mujeres.

—¿Y? —Giró hacia la calle River y condujo una corta distancia antes de llegar a una curva y ver una pared de luces azules parpadeantes. La policía de Forrestville, el alguacil del condado de White. Detuvo la marcha.

—Ah, guau —murmuró Lydia—. Me parece que alguien tuvo un accidente.

Dill sacó la cabeza para ver.

—Espero que no haya sido Trav.

Se acercaron. Un oficial estaba parado en la calle con un chaleco brilloso. Desvió a Lydia de la escena. Se vio el destello de una cámara.

Luego pudieron ver a través de las luces azules parpadeantes.

—Dill... ¿es esa la camioneta de Travis? —dijo Lydia, con un tono alarmado en la voz.

Dill entrecerró los ojos entre el resplandor. No podía discernir el color de la camioneta con tantas luces azules. Otro destello de una cámara. Rojo. Sintió una sobrecarga de adrenalina y un temor oscuro.

—Ay, mierda. Ay, por favor, Jesús no. No no no no no no no *no no no no no*. Lydia detente.

Se detuvo en el medio de la calle. Saltaron del auto y corrieron hacia el oficial que dirigía el tránsito. No parecía mucho mayor que ellos.

—Señorita, voy a necesitar que corra el auto —dijo el oficial.

La voz de Lydia tembló.

—Oficial, esa es la camioneta de nuestro amigo. ¿Podría decirnos qué sucedió?

—Señorita, no puedo en este momento. Ha ocurrido algo aquí. Desconozco qué información tiene la familia, así que no estoy autorizado a decir nada.

Lydia luchó con sus lágrimas frenéticas y desesperanzadas.

—Oficial, por favor. Se lo ruego.

—Señorita, de verdad lo lamento. No puedo darle ningún tipo de información. Le pido disculpas.

Lydia se quebró.

—Por favor —dijo Dill, que también comenzaba a perder la compostura—. Por favor, díganos dónde está.

El joven oficial tenía una expresión de dolor. Miró a ambos lados. Sus compañeros oficiales colocaban la cinta de escena del crimen. Un oficial tomó una foto de una mancha de sangre en el cemento.

El oficial se acercó.

—Condado.

No se quedaron ni un segundo como para agradecer al oficial. Salieron disparados.

Condujeron en un silencio sepulcral. El motor chillaba a medida que Lydia lo presionaba, duplicando el límite de velocidad permitido la mayor parte del camino.

Por favor, Dios, por favor, Dios, por favor, que se encuentre bien.

Rechinaron las ruedas al llegar al hospital, estacionaron al voleo y corrieron hacia dentro.

El tiempo parecía detenerse para Dill mientras miraba alrededor de la estridentemente iluminada sala de urgencias. Había una extraña desconexión entre lo que veía y lo que su mente procesaba o, mejor dicho, lo que no procesaba.

El padre de Travis, sentado en una esquina, se golpeaba ambos lados de la cabeza con los puños y lloraba; dos oficiales de policía se encontraban parados a su lado, incómodos.

La madre de Travis, tirada en el suelo, sollozando; tres enfermeras le acariciaban la espalda y trataban de consolarla.

Algo se liberó dentro de la cabeza de Dill. Algo que había estado anclado en contra del tumulto rugiente. Apareció desatado y se estrelló con temerario desenfreno. Ardiente, aplastante, incontenible. Dejó de ver en colores y todo se convirtió en una turbulenta, absoluta y plomiza desolación gris. Pero el dolor no había llegado. Del modo que el mar retrocede antes del tsunami, por lo que cada parte de él retrocedió. Luego, el dolor lo arrebató.

Dill nunca había hablado en lenguas. El Espíritu Santo jamás lo había conmovido de esa forma, así como tampoco le había permitido aceptar a la serpiente mortal. Sin embargo, en el suelo del hospital del condado de White, gritó angustiado en algún idioma extraño de pérdida. No había notado que Lydia se había arrodillado a su lado, sosteniéndole el brazo como si ella fuera a caer en picada al centro de la tierra si lo soltaba, haciendo lo mismo.

* * *

El tono de su madre era mordaz cuando él finalmente entró.

—¿Dónde estuviste? —Pero cuando le vio los ojos, la cara, el tono se volvió precavido por la preocupación—. ¿Dillard? ¿Qué sucede?

Él ya odiaba esas palabras y, de hecho, no se las había dicho en voz alta a nadie. Como si fueran un terrible conjuro que lo hacía más real.

—Travis está muerto.

—No estás hablando de tu amigo Travis, ¿no? ¿Bohannon?

Se sentó con la cabeza entre las manos. Miró fijamente la mesa de la cocina. Paralizado.

—Sí.

La madre de Dill se quedó sin aliento y se cubrió la boca con la mano.

—Dulce Jesús misericordioso —susurró—. Pobre Anne Marie. ¿Qué pasó?

Dill movió la cabeza.

—¿Él fue... salvado?

Dill esperaba la pregunta y aun así debía pensar cómo responder exactamente.

—Él recibió su salvación.

30

LYDIA

—Tengo novedades —dijo Lydia cuando Dill subía los escalones de la galería de entrada—. Sentémonos.

El columpio de la galería de Lydia rechinaba mientras se balanceaban suavemente.

—Atraparon a los tipos que lo hicieron —dijo Lydia—. Mi papá se enteró por uno de sus pacientes que trabaja para el departamento de policía del alguacil.

—¿Estás hablando en serio? —preguntó Dill.

—Sí.

—Solo han pasado tres días.

—Sí. Parece más.

—Lo sé.

—¿Ya saben qué pasó?

—Dos idiotas adictos estaban en una fiesta en Cookeville. Querían conseguir algo de metanfetamina, pero no tenían dinero. Uno de ellos vio a Travis vendiendo leña cuando fue a visitar a su abuela más temprano ese día. Entonces pensó: *tengo una idea para conseguir dinero rápido*.

—Pero, ¿por qué le dispararon?

—Cuando los atraparon, resultó que apenas se conocían entre ellos. Se habían conocido esa noche. Ni siquiera sabía uno el apellido del otro. Así que, el que no disparó delató al otro inmediatamente. Dijo que mientras se escapaban del lugar, el que le disparó a Travis lo hizo porque pensó que Travis iba a agarrar un palo o un bate de beisbol.

—El bastón.

—Sí —dijo Lydia—. Mataron a nuestro amigo por ciento veintitrés dólares. —Hasta decir esas palabras la lastimaba. *Mataron a nuestro amigo.* La frase era una punzada fuerte y aguda que retumbaba en el sonido blanco que zumbaba en su cerebro.

—Espero que ardan en el infierno. Para siempre.

—Yo también. Y espero que lo hagan con una hiedra venenosa por debajo de la piel.— Lydia sabía que ella podía armarse de desprecio contra aquellos que odiaba. Aun así, se sorprendió de sí misma al ver cuánta desgracia les deseaba a los asesinos de Travis.

Estaba atípicamente cálido para ser febrero. Cantaban pájaros que generalmente no se oían hasta el final de la primavera. Lydia llevaba un vestido negro simple. Dill vestía un traje negro barato que era de su padre. Le quedaba mal, pero no tan mal como para que Lydia le tuviera que hacer algunos arreglos rápidos. Se columpiaron durante un rato sin hablarse. Se sentaron con las piernas rozándose, como para recordarse que estaban allí.

—No he podido dormir —dijo Dill. No era necesario que lo dijera. Su rostro demostraba aún más de lo que podía trasmitir en palabras.

—Tampoco yo. Tal vez diez horas en los últimos tres días. —Ella tampoco necesitaba decirlo.

—Cada vez que me estoy quedando dormido, lo recuerdo y me despierta de un tirón.

—En las pocas veces que he podido dormir, hay aproximadamente diez segundos en los que despierto y no recuerdo nada. Luego recuerdo. Así que supongo que habré pasado unos cuarenta segundos sin pensar en esto.

—No me imagino sintiéndome completamente bien de nuevo. Como me sentía antes.

—Tampoco yo. —Lydia suspiró y miró el teléfono—. Creo que deberíamos irnos.

—En realidad no quiero ir.

—Tampoco yo.

—Me refiero a que quiero estar ahí por él. Es solo que no quiero ir al funeral de Travis.

—Lo sé.

Se levantaron y comenzaron a caminar. La funeraria quedaba apenas a dos cuadras de distancia. Mientras caminaban, a Lydia le preocupaba qué sería de Dill. Ni bien desapareciera el adormecimiento, eso sería lo que lo reemplazaría, preocupación. Culpa por dejar a Dill atrás. Solo. Sin un plan. Sin respaldo. Sin dirección. Perdido. A la deriva.

Cuando llegaron a la funeraria, se quedaron afuera por un momento juntando fuerzas para entrar.

—Esperemos a que mi mamá y mi papá lleguen —dijo Lydia.

Mientras esperaban, una chica baja, pelirroja, de la misma edad que ellos con un vestido negro de terciopelo, llegó sola. Estaba llorando.

Dill se le acercó a Lydia.

—Creo que es Amelia. Travis me mostró una foto de ella una noche mientras estuvo en casa.

—¿Travis se estaba quedando en tu casa?

—Sí, creo que ya puedo contártelo. Su papá lo golpeó la noche que conoció a G. M. Pennington y lo echó de la casa. Intentó romperle el libro, pero Travis luchó por él y ganó. Él no quería que te enteraras porque temía que fueras a llamar a la policía.

La cara de Lydia se tornó sombría.

—Tenía razón. Lo hubiera hecho.

Se acercaron torpemente a la chica.

—¿Tú eres Amelia? —preguntó Lydia.

Amelia se sorprendió al ser reconocida.

—Sí. ¿Ustedes son Lydia y Dill?

—Sí —dijo Lydia—. Qué bueno es conocerte. Escuchamos cosas buenas de ti. ¿Cómo te enteraste?

—La policía me contactó. Fui una de las últimas personas con las que él habló antes de morir. —Amelia se limpió las lágrimas—. Lo gracioso es que Travis me contó tantas cosas sobre ustedes. Y ahora los estoy conociendo antes de conocerlo a él. —Ella hizo una pausa—. Creo que en realidad no es muy gracioso. Pero entienden lo que quiero decir.

—Claro —dijo Lydia.

—Se suponía que nos íbamos a encontrar y leer *Deathstorm* juntos. Íbamos a ir al festival del Renacimiento. Creo que teníamos muchos planes.

—Travis y yo íbamos a vivir juntos luego de graduarnos —dijo Dill.

—Yo estaba haciendo la crítica de la primera historia de Travis —dijo Lydia.

—Tú eres quién logró que Travis conociera a G. M. Pennington. Dijo que fue la mejor noche de su vida. ¿Me enviarías la historia que estaba escribiendo Travis? —preguntó Amelia.

—Por supuesto.

Estuvieron en silencio durante un momento mientras pensaban en todo lo que había muerto con Travis.

El Dr. y la Sra. Blankenship llegaron vestidos de negro. El Dr. Blankenship, que se veía inusualmente sombrío, besó a Lydia en la mejilla y estrechó la mano de Dill. Dill y Lydia presentaron a Amelia a los padres de Lydia. El Dr. Blankenship suspiró y miró el reloj.

—Bueno, creo que llegó la hora. ¿Entramos?

Entraron. La funeraria olía a madera vieja, lustramuebles de limón, y lirios blancos y gardenias. Hippie Joe estaba allí. No eran muy cercanos con Travis, pero él iba a todos los funerales de estudiantes. Fueron un par de maestros de arte de Travis. Dill dijo que reconoció a algunas personas de la iglesia. Además, para el enojo sustancial de Lydia, había un grupo de compañeros de Forrestville High, ninguno de los cuales había siquiera conocido o se había preocupado por Travis alguna vez, sobre todo mientras estaba vivo, pero en la muerte encontraron una gran oportunidad para el drama y el patetismo.

El padre de Travis estaba sentado, estoico y con el rostro pálido, al frente de la sala. Miró detrás de sí, vio a Lydia y a Dill e inmediatamente volvió a mirar hacia delante. *Él sabe que sabemos.*

La madre de Travis se acercó a Lydia, Dill y Amelia. Lydia pensaba que no había nadie que pudiera verse más devastado con la muerte de Travis que ella y Dill, sin embargo, la madre de Travis se veía peor.

—Muchas gracias a todos por venir. Su voz se quebró. Ustedes eran buenos amigos de mi Travis y él hubiera querido que estén aquí.

—Lo amábamos —dijo Dill entre lágrimas.

—Sí, lo amábamos —dijo Lydia.

—Mi mamá envía sus disculpas por no poder asistir. No pudo librarse del trabajo —dijo Dill.

En el frente de la sala, había un ataúd simple de pino. Dentro de él, yacía lo que parecía una escultura de cera de Travis en un traje azul barato, como de plástico e irreal. Se acercaron con temor.

—Te quiero, Travis —susurró Dill, y sus lágrimas golpetearon la solapa de Travis.

—Dill —dijo Lydia con lágrimas rodándole por el rostro—. Cúbreme. Abrázame.

Cuando Dill la abrazó, Lydia simuló sostenerse del ataúd a modo de apoyo. Luego, extendió el brazo y metió un pequeño paquete en el bolsillo de Travis que sobresalía levemente.

Amelia estaba detrás de ellos, llorando. Pasó un largo rato observando la cara de Travis.

Antes de tomar asiento, un arreglo floral hermoso y particularmente elaborado llamó la atención de Lydia. Ella leyó la tarjeta que pertenecía a Gary M. Kozlowski:

Descansa, oh, Caballero, orgulloso en la victoria, orgulloso en la muerte.

Que tu nombre ilumine para siempre a aquellos que te amaron. Que flores blancas crezcan en este lugar en el que descansas. La tuya fue una vida bien vivida, y ahora cenas en el salón de los ancianos en su banquete eterno.

31

DILL

DILL Y LYDIA se quedaron al pie de la tumba de Travis observando la tierra fresca que la cubría, aún mucho tiempo después de que todos se habían ido. El cielo estaba despiadada e incongruentemente azul.

—Tiene la página firmada por G. M. Pennington y el collar del dragón —dijo Lydia sin levantar la mirada.

—¿Eso fue lo que le pusiste en el bolsillo? ¿Cómo los conseguiste?

—Fui a ver a su madre. Le entregaron sus objetos personales y la copia autografiada de *Bloodfall* estaba entre ellas. Arranqué la página del libro que estaba firmada y tomé el collar. El bastón no hubiera cabido, sino también lo hubiera puesto. Sin embargo, lo tengo. Te lo daré más adelante para que lo guardes. Yo no merezco conservarlo porque lo hice sufrir mucho con eso.

—Veremos qué hacer con él. Me pregunto cómo se enteró Gary, que envió esa tarjeta y las flores.

—Yo llamé a su agente. Le conté lo sucedido y le pedí que le expresara al Sr. Kozlowski cuánto significaba para Travis todo lo que había hecho. Le dije que aquello fue probablemente lo mejor que le había pasado a Travis antes de morir.

—Me pregunto si Travis hubiera sido eso alguna vez. Un escritor rico y famoso que se toma el tiempo para conocer a chicos que son como él.

—Si Trav hubiera sido rico y famoso, no hay duda de que lo hubiera hecho. Me dio una de sus historias para leer el día que murió.

—¿La leíste?

—Sí.

—¿Era...

Ella rio llorando.

—Apestaba.

Dill rio llorando con ella.

—Pero habría mejorado, ¿no? Planeaba tomar clases de escritura.

—Por supuesto que habría mejorado. Era su primer intento. Si hubiera tenido cuarenta años más, como Gary, hubiera sido genial.

Se permitieron llorar por unos minutos.

Lydia suspiró y se limpió los ojos.

—Era valiente.

—Una de las personas más valientes que he conocido.

Permanecieron allí durante un minuto o dos.

—Vayamos a algún lado —dijo Lydia—. A algún lugar que nos haga sentir vivos, juntos y felices.

* * *

La Columna absorbía el calor del sol de la tarde. Dill pasó el dedo sobre lo que había escrito Travis. Parecía haber pasado hace muchos años. *Dejamos tan poco atrás.* Se sentaron dándole la espalda. Dill se aflojó la corbata.

—Hubieras aprendido más sobre Jesús que sobre Travis en esa elegía —dijo Lydia.

El pastor de Travis y Dill había dado la elegía, que había hablado mucho sobre la luz y la vida y la resurrección y poco sobre detalles puntuales de la vida de Travis.

—Para ser justos, creo que no sabía mucho acerca de Travis. ¿Y qué puedes decir acerca de alguien que solo vivió diecisiete años? —dijo Dill.

—En realidad tampoco puedes hablar de todos los nietos, eh —dijo Lydia.

—Travis amaba *Bloodfall*, las hamburguesas de Krystal y su bastón, pero nunca había besado a una chica.

—¿Travis nunca besó a una chica?

—¿Lo oíste alguna vez mencionar algo así? ¿A quién hubiera besado?

—Sí, buen punto. Iba camino a eso, eso parecía.

—Tampoco podrías decir tanto sobre mí en mi funeral —dijo Dill. *Tampoco había besado a una chica. Nunca tuvo el valor de decirle a la chica que quería besar lo que sentía por ella. Ni siquiera le gustaba Krystal. Ganó un concurso de talentos en la escuela. Grabó un par de videos de sus canciones que, en general, eran bien recibidos por quienes los veían en línea. Tenía un trabajo laudable en Floyd's Food, casi nunca dejaba una mancha mientras limpiaba el piso, se había anotado para gerente nocturno. Tenía un par de amigos cercanos. Quizás metió a su padre en prisión o al menos eso era lo que su mamá pensaba. Le iba más o menos con el tema de la fe. Final.*

—Pienso que las vidas son más que la suma de sus partes —dijo Lydia—. No creo que sea justo medirlas con logros. En especial no con Trav.

Oyeron el río. Dill se preguntó si existía antes de que algún ser humano viviera o muriera en su orilla. Se preguntaba si sonaba igual en aquel momento. Se preguntaba cómo sonaría cuando el último ser humano muriera. *Los ríos no tienen memoria, tampoco el suelo o el aire.*

—¿Dónde crees que está? —preguntó Lydia con tranquilidad.

Dill lo analizó.

—Quisiera decir el cielo. La verdad es que no estoy seguro. Espero que en algún lugar mejor que este.

—Cuando lo pienso, a veces, entro en un completo pánico. Me pregunto si está cayendo a través del espacio en este momento. Cayendo y cayendo y cayendo y nunca terminara de caer. En un precipicio negro y vacío, pero él está consciente. Consciente de ello. De sí mismo. Todavía tiene sus recuerdos.

—Mientras tenga su imaginación.

—Sí, también me pregunto si tal vez el cielo es lo que uno más quisiera que fuera. Quizás los musulmanes se despiertan allí y Alá los está esperando. Y ellos dicen ¿*Ves? Siempre tuvimos razón.* O Travis se despierta allí y bebe aguamiel de un cuerno o algo así.

—Espero que sea cierto —dijo Dill—. Me cuesta creer que todos los recuerdos de Travis, todo lo que amó, todo lo que fue, no existan más en ningún lado. ¿Para qué Dios crearía tal universo en alguien y después lo destruiría?

—¿Aún crees en Dios?

Él jugó con el puño de la camisa antes de responder.

—Sí. Sin embargo, creo que él hizo todo esto y se le fue un poco de las manos. Como si no pudiera controlar todas las cosas malas que suceden o detenerlas. —Reflexionó un momento sobre lo que había dicho—. ¿Y tú?

—No lo sé. Quiero. A veces quiero. Otras no.

Una ráfaga de viento los despeinó.

—¿Alguna vez te preguntaste cuántas primaveras te quedan? —preguntó Dill, corriéndose el cabello de los ojos—. Tenemos diecisiete años ahora, entonces, nos quedarán sesenta y tres primaveras más, con suerte ¿Algo así?

—No lo había pensado. Pero lo haré ahora.

—Creo que la respuesta es siempre una más, hasta que sea ninguna más. Y nunca sabes cuándo la respuesta será ninguna más.

Miraban a un cuervo que volaba en lentos círculos a la distancia, flotando en la corriente de aire, planeando.

—Nada se detiene cuando nos vamos —dijo Lydia—. Las estaciones no se detienen. Este río no se detiene. Los cuervos seguirán volando en círculos. La vida de las personas que amamos no se detendrá. El tiempo continúa descorriéndose. Las historias se siguen escribiendo.

—¿Lydia?

Ella giró, ladeando la cabeza en busca del rostro de Dill.

—¿Estás bien?

Él se miraba los pies.

—No estoy seguro. Estoy adormecido en este momento, pero siento venir la oscuridad del mismo modo que se ve venir una tormenta. Puedo oír voces en la oscuridad. —Hizo una pausa para reunir fuerzas—. Necesito decirte algo sobre mí.

Le contó la historia del Rey Serpiente. Ella hizo un gran esfuerzo por permanecer neutral, lo que Dill agradeció, sin embargo, el rostro de ella delataba el horror.

Y ahora sabes quién soy. Ahora has visto las huellas que debo seguir. Tal vez la fuerza de mi destino es tan grande que Travis debía morir para dejarla ser. Aléjate. Aléjate de mí como lo hacía la gente de mi abuelo, el Rey Serpiente.

Lydia se quedó confundida y sin palabras por varios minutos luego de que él terminara.

—Que el dolor haya arruinado a tu abuelo, no quiere decir que deba arruinarte a ti —dijo Lydia finalmente.

Dill detectó un dejo de inseguridad en la voz de ella por mucho que hubiera intentado ocultarlo. Dill puso la cara entre las manos y lloró.

—Está en mi sangre. Es como si cada una de mis células tuviera este veneno dentro y la sustancia química del dolor en mi cerebro hubiera disuelto lo que mantenía contenido el veneno. Entonces ahora está comenzando a fluir libremente y me envenena. Como lo hizo con mi abuelo y mi papá.

Lydia tomó la mano de Dill y la llevó hacia ella.

—Quiero que me escuches. Ellos se rindieron a la oscuridad. Tú no necesitas hacerlo y necesito que me prometas que nunca lo harás.

—No puedo prometerte eso.

—Prométeme que, si alguna vez sientes que vas a rendirte, me lo dirás. Lydia puso la mano en la mejilla de Dill, giró la cara de él hacia ella y lo miró profundamente a los ojos.

—Dill, prométemelo.

—Tú te irás, y no estarás aquí.

Los ojos de ella se llenaron de lágrimas, que comenzaron a rodarle por las mejillas hasta caer al suelo. Ella lo señaló y le habló con gran determinación.

—Dill, gastaré los ahorros de mi vida y pagaré un vuelo privado si es necesario. Te ataré con cinta de embalar y secuestraré tu trasero y te llevaré a casa. Ahora, *prométemelo.*

Dill respiró trémula y profundamente y miró hacia otro lado, pero no dijo nada.

—¿Dill? —Extendió la mano y volvió a girar la cara hacia ella.

—Te lo prometo —susurró él, finalmente. *No sé si puedo prometer lo que acabo de prometer.*

—Di las palabras.

—Prometo que te diré si siento que voy a rendirme.

—Al menos prométeme que antes de considerar rendirte, no solo me lo dirás, sino que por lo menos intentarás algo completamente inesperado con tu vida a cambio, ya que no tendrás nada que perder.

—¿Qué?

—Cualquier cosa. Ir a la universidad. Unirte al circo. Vivir desnudo en un tipi. Lo que sea. Solo nada que tenga que ver con serpientes y veneno y esas cosas.

—Te lo prometo.

* * *

Permanecieron en vigilia como en algún sacramento. Hasta que la puesta del sol y el naranja sangriento de la luz del invierno arrojaron grandes sombras. Dill miró a Lydia de reojo. La brisa le volaba el cabello hacia la cara. Vestía la puesta del sol como una corona en llamas. Joven y bella, y luminosa y viva, dejando a la oscuridad a raya, aunque fuera solo por ese momento.

32

LYDIA

CUANDO LLEGÓ a casa, el padre de Lydia estaba sentado en el sofá mirando un álbum de fotos. Aún llevaba puesto el traje y la corbata del funeral. Se sentó junto a él y apoyó la cabeza en su hombro. Él la abrazó y la besó en la cabeza.

—¿Estás viendo fotos mías de bebé? —preguntó ella.

—Sí.

—¿Estuviste haciendo esto desde el funeral?

—Con descansos en el medio. ¿Estás bien cariño?

—Lo extraño.

—Seguro. ¿Quieres hablar de ello?

—En realidad no. Me duele el corazón, papá. —Se limpió una lágrima de la mejilla antes de que cayera en el hombro de su papá.

—El mío también duele. Estamos aquí para ti, por si necesitas hablar o cuando lo necesites. —Él se acercó a Lydia y ella hundió el rostro en su pecho.

—Te criamos aquí precisamente para que nunca tuvieras que lidiar con el hecho de ver que hieren a alguno de tus amigos y luego pasa esto. Soy un idiota. Deberíamos habernos mudado justo al centro de Manhattan para criarte.

—Papá. No lo sabías.

—Buscamos las soluciones equivocadas. Tomamos malas decisiones. Lo intentamos. Necesitas saber eso. Intentamos criarte de la mejor manera posible. Lo siento.

—Lo sé. Si no me hubieran criado aquí, nunca hubiera conocido a Travis. Como dijiste aquella vez.

—No sé lo que haría si alguna vez te perdiera. Me destruiría.

—No me perderás.

—Quiero que tengas cuidado con este mundo. Me preocupa.

—Lo haré.

Luego de un rato largo, Lydia se levantó para ir hacia arriba.

No había dado más que un par de pasos cuando su padre la llamó.

—¿Lydia?

Ella se dio vuelta.

—Si hubiera comprado toda la leña de Travis aquel día, ¿aún estaría vivo? —Su voz sonaba vacía y lejana como si estuviera haciendo la pregunta bajo coerción a favor de alguien que no quería saber la respuesta.

—¿Me estás preguntando si tú mataste a Travis?

—Sí.

—No. No creo que hayas matado a Travis. Creo que fueron los dos hombres que mataron a Travis quienes lo hicieron. No creo que debas absolverlos ni siquiera un poco al aceptar cualquier responsabilidad.

Él intentó sonreír, casi sin éxito.

—Gracias —dijo él con suavidad. Volvió a mirar el álbum de fotos y Lydia subió las escaleras.

* * *

Se sentía débil. Tirada en la cama, miraba fijo al techo. Sonó su teléfono.

Uf, drama con Patrick. Basta de chicos del secundario —
escribió Dahlia.

Lydia sintió una verdadera repulsión física por la bana-
lidad de los problemas de Dahlia, considerando todo lo
ocurrido. No era culpa de Dahlia. Lydia se dio cuenta de
que no se lo había contado. No decirle a nadie acerca de
Travis era un reflejo.

No puedo hablar ahora. Perdí un amigo —respondió Lydia.

Ay, Dios, ¿se murió?

Sí.

Ay, Dios, lo lamento tanto, cariño, ¿estás bien?

No sé.

¿Qué pasó?

Bueno, Dahlia, nunca te lo mencioné (a nadie en realidad)
—pensó Lydia—, *pero tenía un amigo que se llamaba Travis
Bohannon, que vendía leña para ganar dinero para pagar clases
de escritura y una nueva computadora para escribir novelas de
fantasía. Alguien lo mató por ciento veintitrés dólares. Pero él no
se vestía bien así que me daba vergüenza y eso duele más que el
dolor de haberlo perdido.* Luego Lydia sintió una compulsión.

Fíjate en Dollywould en un rato —le respondió a Dahlia.

Fue a su escritorio y comenzó a escribir. Retrocedió un
momento. Sabía que se estaba metiendo en la boca del lobo,
pero allí era donde necesitaba ir.

Esto es a la vez una elegía y una confesión, pero primero
una elegía.

Tenía un amigo. Su nombre era Travis Bohannon. Hace unos días, mientras vendía leña, dos hombres le dispararon y lo dejaron morir mientras le robaban su dinero para comprar drogas.

Travis estaba completamente cómodo con su propia piel. Él era quien era y jamás tuvo miedo de lo que alguien pudiera pensar o decir. Cuando el mundo no era lo suficientemente grande para él, lo expandió con la fuerza de su imaginación. Fue una de las personas más valientes que he conocido. Una de las más amables. Una de las más generosas. Una de las más leales. Probablemente no te hayas levantado esta mañana sintiendo que el mundo hoy es más pobre, sin embargo, lo es.

Él merece ser recordado. Por favor miren su rostro. Sepan que él vivió y era hermoso y que lo voy a extrañar.

Y ahora, mi confesión. Soy un fraude. Pretendo ser todas las cosas que Travis era: cómoda con mi propia piel. Valiente. El anonimato y la desconexión de Internet me permiten presentarles esa imagen. Pero la única razón por la cual recién hoy están descubriendo que tenía un amigo llamado Travis Bohannon es porque soy una cobarde. Travis no era "cool" en el sentido convencional. No usaba ropa de moda o escuchaba música de moda. Amaba las novelas fantásticas. Usaba un colgante de dragón barato y llevaba un bastón. Pensé que sería malo para mi blog si se sabía de él. Pensé que me vería menos cool si se enteraban de que él era mi amigo, por eso lo mantuve en secreto. Pero no más. Prefiero vivir auténticamente y enfrentar cualquier consecuencia a vivir en una mentira. Travis por favor perdóname. Mereciste algo mejor.

Apretó los puños y lloró. Cuando terminó, revisó las fotos de Travis del viaje de compras a Nashville. Encontró una de él mirando a lo lejos, apoyado en su bastón. En aquel momento pensó que se veía ridículo. Un niño disfrazado. Mientras la publicaba, pensó que se veía majestuoso. Noble. Real.

Completó la publicación y cerró la computadora. No era que temía una mala reacción. Sabía que obtendría un montón de amor y apoyo. La gente haría fila para darle la absolución. Era esa misericordia lo que ella temía más. Sentía que no la merecía. No iba a poder aceptar que le dijeran que no había hecho nada malo.

* * *

Deathstorm se publicó tres semanas después de la muerte de Travis con casi todas críticas favorables. El periódico *New York Times* escribió:

G. M. Pennington se enfrentó a la abrumadora tarea de unir las docenas de hilos en la serie *Bloodfall* para arribar a una conclusión satisfactoria. Con su obra de 1.228 páginas, *Deathstorm*, el autor ha logrado una forma que debería complacer hasta a los fanáticos más exigentes. Épico en alcance, violencia e imaginación, *Deathstorm* es un nuevo ícono del género de la fantasía y consolida para siempre la posición de G. M. Pennington como el Tolkien estadounidense.

* * *

El Dr. Blankenship contrató un psicoterapeuta privado para que fuera a su casa y ayudara a Lydia y a Dill. Luego de una de las sesiones, Lydia y Dill caminaron unas pocas cuadras hacia Libros Riverbank. Estaba cálido, y la podredumbre demasiado sentimental del deshielo de invierno y la tormenta que se acercaba perfumaban el aire.

—¿Te están ayudando estas sesiones? —preguntó Lydia. Dill parecía destruido y fantasmal. Con falta de sueño. Los ojos se le habían hundido en el cráneo. Parecía mucho, mucho mayor de lo que era.

—Un poco. Más que si no las estuviéramos teniendo, supongo.

Caminaron durante un rato en silencio.

—¿Lydia?

—¿Sí?

—¿Piensas que yo soy el motivo por el cual Travis está muerto? ¿Como que mi nombre es tan venenoso que cosas malas le pasan a cualquiera que se acerca?

—No, Dill. No pienso eso. Ni siquiera un poco. ¿Supongo que tú sí?

—A veces.

—Quiero que dejes de hacerlo entonces. Ahora mismo.

Pasaron árboles incipientes, pastos de una tonalidad verde exuberante detrás de verjas de hierro forjado. Un bullicio resonante de vida por todos lados.

Lydia se acomodó un mechón de cabello detrás de la oreja.

—¿Cómo va... la oscuridad?

En el momento justo, un trueno a lo lejos.

—Planeaste eso —dijo Dill con una ligera sonrisa.

Incluso eso alegró el corazón de Lydia por un momento.

—Sobrestimas mis habilidades, pero solo un poco. Y no has respondido mi pregunta.

—Está ahí.

—¿Recuerdas tu promesa?

—Sí.

Llegaron a Riverbank y entraron, la campana de la puerta sonó. El Sr. Burson no levantó la mirada del libro mientras acariciaba a su gato.

—Bienvenidos, bienvenidos, siéntanse como en su casa, busquen lo que quieran. No somos una biblioteca, pero siéntanse libres de tomar una silla y leer como si lo fuera. Luego vio a Lydia y a Dill. El rostro se le entristeció.

—Ah, oh, Dios —murmuró y bajó el libro—. Lo lamento tanto. Fue devastador enterarme de la muerte de Travis. Era un joven maravilloso.

—Sí, lo era —dijo Lydia.

—¿Cómo alguien podría hacer lo que hicieron esos hombres? Matar a un chico por dinero. —Miró hacia otro lado. Las mejillas le temblaron cuando movió la cabeza—. Somos una especie en decadencia que escupe sobre el regalo de la salvación. La humanidad es irredimible.

—Vinimos a retirar el pedido especial de Travis de *Deathstorm* —dijo Dill.

—Sí. Sí, por supuesto. —El Sr. Burson sonó vacío y distante. Se levantó de la banqueta y caminó hacia el depósito. Regresó un momento después sopesando el grueso libro.

—Hubiera querido que llegue a leer el libro. No tengo a nadie más con quién hablar de *Bloodfall*.

Lydia sacó la billetera del bolso. El Sr. Burson levantó la mano.

—¿Van a hacer con esto lo que creo que van a hacer?

—Sí —dijo Lydia.

—Entonces llévenlo. Yo lo pago. Detesto haberme perdido el funeral de Travis. Estaba comprando libros en Johnson City.

—Eso es muy dulce —dijo Lydia—. Pero Travis amaba esta tienda y hubiera querido apoyarla. Así que, por favor, déjelo hacer su aporte esta última vez.

El Sr. Burson se quedó quieto por un momento, pensando.

—Supongo que sí, entonces —dijo, finalmente.

Pagaron el libro y caminaron hacia la salida.

—Estoy cansado de tantas cosas —dijo el Sr. Burson, mientras intentaba mantener la compostura. Ellos se dieron vuelta—. Estoy cansado de ver chicos morir. Estoy cansado de ver al mundo pulverizar a personas agradables. Estoy agotado de vivir más que aquellos a los que no debería sobrevivir. He hecho de los libros mi vida porque me permiten escapar de este mundo de crueldad y salvajismo. Necesitaba decir esto en voz alta a alguien más que a mi gato. Por favor, cuídense, mis amigos.

—Lo haremos —dijo Lydia. *O al menos lo intentaremos. El mundo a veces tiene ideas diferentes.* Y se fueron.

Afuera, Dill parecía aún más demacrado y pálido de lo normal bajo el cielo ennegrecido. Algo en él parecía etéreo. Como si estuviera desapareciendo enfrente de ella. Deteriorándose. Disminuyendo. Erosionándose. Y ella observaba... atada e impotente.

* * *

Caminaron hacia el cementerio a dejarle el libro a Travis. El viento cálido de la tormenta que se formaba volaba flores blancas al camino, donde yacían, caídas y encantadoras.

33

DILL

EL PSICOTERAPEUTA le sugirió que canalizara su dolor escribiendo canciones. Así que lo intentó. Se sentó en el sofá con una hoja casi completamente en blanco enfrente de él. Sentía la música enterrada en su interior. Rasgaba las cuerdas sin energía. La misma cuerda una y otra vez. Golpeaba la frustración. Como si pudiera liberar la música que había dentro de él. Como si pudiera desenterrarla por la fuerza.

Una de las cuerdas se rompió con el rasgueo, con un ruido tembloroso. No las había cambiado desde el concurso de talentos. Se quedó mirando la cuerda rota impasiblemente por un momento antes de tirar la guitarra al sofá detrás de él. Se recostó y miró por la ventana al cielo que oscurecía. Pensó en enviarle un mensaje a Lydia, pero parecía demasiado trabajo. *Además, supongo que debo acostumbrarme a que no esté cerca en noches como estas.*

En cambio, se sentó e intentó visualizar su vida dentro de un año. Trató de verse feliz o esperanzado acerca de cualquier cosa. Intentó imaginarse sintiendo cualquier color menos el gris apagado. Hizo esto durante un rato antes de decidir que debía ir a la cama, donde, al menos, tenía la oportunidad de no soñar con nada.

Mientras se ponía de pie, vio un auto detenerse frente a su casa. Era el Ford de la mamá de Travis. Observó como la Sra. Bohannon bajó del auto y caminó hacia la casa, sosteniendo el abrigo con fuerza, mirando hacia ambos lados. Dill no recordaba que la Sra. Bohannon lo hubiera visitado alguna vez. Era extraño.

Encendió la luz de la entrada y abrió la puerta antes de que ella pudiera tocar. Estaba parada en la entrada, boquiabierta, como si Dill le hubiera robado los últimos segundos que necesitaba para decidir qué diría.

—Dill.

—Hola, Sra. Bohannon. ¿Quiere pasar?

Sonrió torpemente. Poco convencida. Parecía que llevaba mucho maquillaje, más de lo habitual, y tenía los ojos rojos.

—¿Puedo? ¿Está tu mamá en casa?

Dill se hizo a un lado para dejarla pasar.

—Aún está trabajando. No va a llegar hasta dentro de media hora más o menos. ¿Quería verla?

La Sra. Bohannon entró y se acomodó el cabello mientras Dill cerraba la puerta.

—No, no. En realidad, vengo a verte a ti.

—Ah, está bien. ¿Quiere sentarse? —Dill se apuró para llegar al sofá y sacar la guitarra.

—Tal vez solo un minuto. No puedo quedarme mucho. —Se sentó y respiró profundamente—. ¿Cómo estás, Dill?

—Estoy... —Dill comenzó a decir que estaba bien, pero no pudo. Había algo en los ojos de la Sra. Bohannon que estaba demasiado en carne viva y herido como para mentirle—. No estoy bien. No estoy bien. No he estado bien... desde Travis.

Los ojos de ella se llenaron de lágrimas. Apartó la mirada mientras parpadeaba rápidamente. Volvió a mirar a Dill.

—Yo tampoco. Solo necesitaba hablar con alguien esta noche, alguien que lo haya conocido. Quería saber cómo estabas y agradecerte por haber sido tan buen amigo con él. Sé que no tuvo muchos buenos amigos. Los niños son crueles con la gente que es diferente, y él era diferente. Estoy divagando. Discúlpame.

—No se disculpe. —Dill comenzó a quedarse sin palabras. La Sra. Bohannon dejó salir un sollozo involuntario y se cubrió la boca.

—Hice lo que pude para ser una buena madre para él.

—Lo sé. Él dijo que era una buena madre.

Ella agachó la cabeza y se cubrió los ojos con las manos mientras intentaba recomponerse; cuando levantó la cabeza, la máscara para pestañas corría como un río de tinta por su rostro.

—Una vez, Travis debía tener unos seis años, manejamos hasta Louisville a visitar a mi hermana. Vimos un zapato tirado en la ruta. Travis me dijo: *"Mamá, ¿ese zapato no se sentirá solo?"*. Se preocupó tanto por el zapato que comenzó a llorar. Por supuesto Clint y Matt pensaron que era lo más gracioso que habían oído alguna vez. Rieron y rieron. No de mala manera. Clint era más agradable en aquel entonces. Simplemente no entendían, pero ese era mi Travis. Tengo tantas historias como esa que viven en mí. —Sacó un pañuelo del bolsillo y se limpió las lágrimas.

—Eso suena a Travis.

—Siempre pensé que Matt era el valiente y fuerte, y Travis era el dulce y amable. Al final, resultó que Travis era dulce, amable, valiente y fuerte. —Hizo una pausa—. Sin embargo, ambos se han ido ahora. Ya no soy madre.

Dill y la Sra. Bohannon se miraron en silencio. Luego se abrazaron por lo que pareció ser una hora mientras lloraron un poco más.

La Sra. Bohannon respiró profundo y se limpió los ojos. Miró el reloj.

—Mejor me voy. Gracias, Dill. Por esta noche. Y por todo. Imagino que es aquí donde estuvo Travis durante el tiempo que...

Dill asintió.

—De nada. —Él la acompañó a la puerta.

La Sra. Bohannon comenzó a bajar los escalones. Con la luz de la galería de la entrada, Dill notó que el auto de la Sra. Bohannon estaba repleto, de manera descuidada, de bolsos, ropa y otras pertenencias. Entonces entendió.

—¿Sra. Bohannon?

Ella se dio vuelta, con lágrimas corriendo por sus mejillas.

—No voy a volver a verla, ¿no? —preguntó Dill.

Ella movió la cabeza.

—Entonces, hay algo que usted necesita. —Dill volvió a entrar, fue a su habitación y tomó el bastón de Travis.

La Sra. Bohannon aún se limpiaba las lágrimas cuando él volvió a salir. El maquillaje se le había corrido lo suficiente, de modo que él pudo ver los moretones.

Le entregó el bastón. Ella lo movió y sonrió entre lágrimas. Intentó agradecerle, pero no podía hablar. Le tocó la cara a Dill y luego se puso la mano en el corazón.

—Buena suerte, Sra. Bohannon.

—Gracias, Dill —susurró ella—. Buena suerte para ti también. —Con cuidado acomodó el bastón en el asiento del acompañante, subió al auto y se marchó.

* * *

Dill permaneció despierto aquella noche, pensando en formas de salida y escape del dolor. Envidiaba a la Sra. Bohannon.

A la mañana siguiente, Dill no pudo salir de la cama. Tampoco lo intentó.

* * *

Oyó el golpe en la puerta, pero no pudo juntar energía para hablar. Un momento o dos después, su madre entró a la habitación.

—¿Dillard?

—¿Qué?

—¿Por qué no te has levantado aún? Tienes que ir al colegio.

—Hoy no voy a ir.

—¿Estás enfermo?

—Simplemente no tengo ganas de ir.

—Deberías ir.

—¿Por qué? ¿Qué te importa? Ni siquiera querías que fuera este año. —Se dio vuelta dándole la espalda.

Su madre se sentó al borde de la cama.

—No, no quería. Pero tú insististe. Te comprometiste. Entonces quiero que le hagas honor a tu compromiso. En esta casa honramos los compromisos. No somos ricos, pero tenemos palabra.

—Hoy no. Hoy es un mal día para honrar cualquier cosa.

La voz de ella se volvió inusualmente amable.

—¿Es por Travis?

Dill se dio vuelta para mirarla.

—No, es por mi vida y Travis es parte de esa triste historia. Las personas me abandonan. Es lo que hacen.

—Jesús no. Él está siempre contigo. Somos muy bendecidos como para estar deprimidos.

Dill se rio amargamente.

—Ah, sí. Bendecida es la primera cosa que me viene a la mente cuando pienso en nuestra vida.

—Lo sé. Tenemos pruebas. No pienses que no le he preguntado a Dios ¿por qué a mí? Pero la respuesta es siempre la misma. ¿Por qué *no* a mí? ¿Por qué mi vida tendría que estar libre de dolor y sufrimiento cuando Cristo sufrió tanto por nosotros?

—Me alegro de que eso funcione para ti.

—Estoy preocupada por ti, Dillard. Más de lo que he estado alguna vez. Nunca te he visto así, ni cuando nos arrebataron a tu padre.

Dill no respondió nada.

—Imagina cómo serían las cosas para nosotros si yo algún día decidiera no salir de la cama —dijo su madre.

—No te culparía. Quizás ninguno de los dos tiene demasiadas razones para salir de la cama.

Su madre se quedó en silencio por un momento.

—Me levanto cada día porque nunca sé cuándo podría encontrarme con alguna de las pequeñas bendiciones de Dios. Quizás esté limpiando un cuarto y encuentre un billete de un dólar. Tal vez esté en la gasolinera en una noche tranquila y pueda quedarme sentada a ver la puesta del sol. O tal vez simplemente no me duela tanto ese día. Cada día es un milagro. Ver el espíritu de Dios atravesar nuestras vidas como lo hizo en las aguas en la oscuridad de la creación.

—Dios me ha abandonado.

—No lo ha hecho. Te lo aseguro.

—Hoy lo ha hecho.

—¿Rezarías conmigo, Dillard?

—No.

—Entonces yo rezaré por los dos.

—Hazlo.

—Jesús conoce nuestras penas. Las ha probado. Ha bebido del cáliz de la amargura.

—Entonces él ya sabe que no voy a levantarme de la cama hoy.

34

LYDIA

LYDIA ESTABA sentada en el auto e intentó volver a llamar a Dill. Era el quinto intento sin éxito. Se tomó la cabeza y miró fijamente la destartalada casa de Dill, buscando ver movimiento en el interior. Nada. El auto de su madre no estaba. Pero la casa no le parecía vacía. Miró el reloj. La escuela comenzaba en quince minutos.

¿Dónde estás Dill? De alguna manera dudo que hayas decidido levantarte bien temprano y caminar al colegio.

Suspiró, encendió el auto e iba a ponerlo en marcha cuando se detuvo de repente.

Tal vez una vez más. Quizás deba irme. Ver a Dill mañana. Tal vez lo reprendería por hacerla ir a su casa para nada. Sin embargo, estos no son tiempos normales. No sabías cuando el padre de Travis le bajó los dientes. No vas a permitir que Dill se desangre hasta la muerte o que se ahogue con su propio vómito allí dentro.

El corazón le latía rápido, bajó del auto y caminó rápidamente hacia la puerta. Golpeó y esperó oír alguna señal de vida. Nada. Golpeó nuevamente, más fuerte. Nada aún. Se dio vuelta y comenzó a caminar hacia su auto.

Estos no son tiempos normales. Estos no son tiempos normales.

Su corazón palpitaba. Se armó de valor y volvió. Miró hacia ambos lados a las desafortunadas casas en decadencia de los vecinos. Parecía improbable que sus habitantes se preocuparan mucho por si alguien se escabullía en la casa de los Early.

Probó el picaporte flojo. Giró y la puerta del frente se abrió con un chirrido. Un vaho de aire que olía a alfombra húmeda y pan rancio le golpeó las fosas nasales. *A esto huele la desesperanza.* Nunca había entrado a la casa de Dill. Él nunca la había invitado. De hecho, él se había esforzado mucho para asegurarse de que ella nunca viera adentro. Era fácil de entender el porqué. Era peor de lo que ella había imaginado, y no porque ella disfrutara de imaginar cómo vivía Dill.

—¿Dill? —llamó Lydia. Su voz murió amortiguada en el encierro de la polvorienta sala de estar. Dio un paso hacia dentro, eligiendo el camino entre la luz gris como si el piso fuera a colapsar debajo de sus pies.

—¿Dill? —Ella miró hacia la austera habitación con una cama prolijamente armada, bordado en punto cruz un verso de la Biblia sobre la cama, una Biblia en la mesa de noche y casi nada más.

Giró hacia la puerta cerrada detrás de ella. Oyó un zumbido en los oídos. Su interior se quemaba por la adrenalina. Sintió un miedo ácido en la parte posterior de la garganta. Un pánico frío la invadía.

Llegó, dudó y golpeó suavemente.

—¿Dill? Hola, amigo. El colegio. ¿Dill? —Silencio. Intentó sonar casual y valiente. —Ey, Dill. Si estás allí dentro dándote manija, será mejor que dejes de hacerlo porque voy a entrar y eso sería muy incómodo para ambos. —Silencio.

Por favor, por favor, que estés bien allí dentro. Por favor. No puedes morir en este horrible lugar.

Giró el picaporte y empujó. La puerta cayó sobre la bisagra rota y se atascó en la alfombra.

—¿Dill? Lydia empujó un par de veces antes de darse cuenta de que debía levantar la puerta desde el picaporte mientras empujaba.

Miró a su alrededor en la oscuridad. Un poco de luz se colaba por las hendijas de las persianas cerradas e iluminaba la figura en la cama. Dill yacía quieto y sin camisa, dándole la espalda a la puerta. Se lo veía tan pequeño. El ritmo cardíaco de Lydia bajó un poco al ver que respiraba.

—¿Dill? —Se acercó lentamente, sosteniéndose cuando casi se cae al tropezarse con una de las botas de Dill. Se sentó en una esquina de la cama a su lado, estiró el brazo y le tocó el hombro con cuidado. Él estaba tibio. Eso era bueno.

—Qué —dijo Dill. Su voz sonaba pétrea y apagada.

—Estaba preocupada por ti. Estoy preocupada por ti. ¿Estás bien?

Dill continuó mirando hacia la pared.

—Mejor que nunca.

Lydia forzó una risa.

—Hice una pregunta tonta, ¿no?

—Sí.

Lydia miró alrededor y sus ojos se acostumbraron a la oscuridad. La poca ropa de Dill, la que ella le había ayudado a elegir, estaba desparramada en el suelo y colgando de una cajonera a medio abrir. Un montón de bollos de papel, quizás arrancados de uno de los anotadores de canciones de Dill, cubría el piso. Su guitarra estaba apoyada descuidadamente en la esquina, una de las cuerdas rota y colgando.

Paso uno: hacer que Dill deje su habitación, porque está haciendo que quiera suicidarme y yo solo estoy levemente deprimida.

Lydia le tocó el hombro y lo sacudió con suavidad.

—Ey, ey, vamos a algún lado, no tiene que ser el colegio. Faltemos y vayamos a ver pasar los trenes o vayamos a la Columna o algo así.

—No.

—Salgamos de viaje a algún lado. ¿A dónde quieres ir? ¿Nashville? ¿Atlanta? Vayamos a Memphis y visitemos *Graceland*.

—No.

—Bueno, sugiere algo tú.

—Quedémonos aquí.

—Tremenda fiesta.

—Sí, probablemente.

Esto no está yendo a ningún lado. Lydia apoyó la mano en el hombro de Dill mientras pensaba su siguiente movimiento.

—Vi a la madre de Travis anoche —dijo Dill.

—¿Cómo lo está llevando?

—Mal. Se estaba yendo.

—¿Irse irse?

—Sí.

—Pero no con el asqueroso del padre de Travis.

—Nop.

—Guau. Bien por ella. ¿Dijo adónde iba?

—Nop, y tampoco le pregunté. Le di el bastón de Travis.

—Bien.

Otro largo silencio mientras la casa crujía y estallaba a su alrededor.

—También extraño a Travis, Dill. Todos los días.

—Lo sé.

Dill se dio vuelta y miró a Lydia.

—Quédate —dijo suavemente.

—Está bien, pero creo seriamente que te sentirías mejor si salieras de la cama y me dejaras llevarte a algún lado.

—Eso no es lo que quise decir. Quise decir *quédate*. Por favor.

Ella sintió un puñetazo en el estómago cuando entendió.

—Dill. Yo…

—Dirás que no puedes. Pero eso no es verdad. Sí puedes. Simplemente no lo harás.

Esto no. No ahora. Me lo prometiste. En realidad, no lo prometiste, pero estaba implícito en la promesa. Lo miró a los ojos. Estaban vidriosos y vacíos.

—No lo haré. No lo haré porque no puedo.

—Puedes hacer lo que quieras. Podrías quedarte.

—Dill, por favor, no. Esto no es justo. No voy a quedarme. *Tú* vete. Vete como yo. Vete como la madre de Travis.

—Yo…

—Sí, sí, ya sé. No puedes. Pero eso es mentira. Puedes. Simplemente no lo harás.

—No puedo. No puedo ni siquiera salir de la cama.

— Ven conmigo. Vamos a Nueva York. Puedes dormir en mi sofá. Te encontraremos un trabajo. Te voy a fastidiar con la Biblia y te haré sentir culpable para que te sientas como en casa.

—No. —Su voz tenía una determinación lúgubre.

—No voy a abandonarte.

Dill volvió a darle la espalda. Ella tomó su brazo e intentó darlo vuelta hacia ella.

—Dill…

Él se sacó la mano de encima.

—Solo vete —susurró—. Quiero estar solo.

—No necesitas estar solo en este momento.

—Al carajo, que no. Debería acostumbrarme. VETE. —
Dill nunca había sido tan duro con ella.

—No. —Intentó no sentirse tan asustada e indefensa
como se sentía.

—¡*Vete!* —gritó él—. ¡*Déjame solo!*

Ella se paró, lo tomó del brazo y lo giró sobre su espalda.
Intentó dominar la voz para que no temblara, pero no tuvo
éxito. Presionó el dedo índice sobre el pecho desnudo de él.

—Está bien. ¿Sabes qué? Estás siendo una mierda.
Estas siendo injusto y eso apesta; y si piensas que simplemente voy a dejar que te ahogues y no voy a hacer nada
al respecto, estás completamente equivocado. Hoy voy a
dejar que te quedes tirado, porque a veces la gente necesita
hacerlo, pero créeme: voy a hacer que mantengas la promesa que me hiciste y vamos a arreglar esa cuerda rota de
tu guitarra. ¿Entendiste?

—Sí. Solo vete.

—¿Sabes cuánto me lastimas ahora? Lo sentiría cientos
de veces, millones de veces si algo te sucediera.

Dill no respondió. Le dio la espalda nuevamente. Lydia
lo miró desde arriba, buscando alguna cosa más que decirle.
Algo que pudiera arreglar todo. La broma perfecta. La respuesta ingeniosa. La ocurrencia esclarecedora. Por única
vez, su mente estaba estéril.

Dio la vuelta y salió. Se detuvo en la sala por un segundo,
abriendo y cerrando los puños. Respirando hondo, intentando no llorar.

Mientras cerraba la puerta de la casa de Dill detrás de
ella, sintió que estaba cerrando la entrada a una tumba con
una gran roca.

* * *

Ella yacía en la cama en un completo y pesado cansancio. El colegio era una mierda. Todo era una mierda. Estaba por escuchar su música favorita para calmarse, los videos de Dill, cuando recordó que aún no estaba todo bien allí. Lydia sabía que Dill odiaba enviar mensajes de texto porque era muy engorroso en su teléfono antiguo, pero le escribió de todos modos porque el sonido gris de su voz le hacía doler el corazón.

He tenido el peor de los días y necesito saber ahora mismo que al menos estás bien o voy a comenzar a gritar y romper cosas.

Unos segundos después.

Estoy bien, creo.

35

DILL

PERO ÉL no estaba bien. A pesar de todo, la oscuridad lo traspasaba. Día tras día, el veneno se desparramaba, estrangulándolo.

Dormir no lo ayudaba. Nunca se sentía descansado. Soñaba con serpientes. Visiones de manipularlas, permitiéndoles enroscarse en sus brazos y cuello. Visiones de vestir sus pieles, cráneos y colmillos, desprolijo, con barba, hediendo a descomposición, una carcasa indeseable. Visiones de cruzarse a Lydia de casa al colegio, en la calle donde la miraba con ojos muertos, pero sin cruzarse palabras.

Travis venía a él en los sueños, y hacían planes para vivir juntos y tener escritorios uno al lado del otro y luego despertaba por varios segundos, no podía decir si había sido un sueño. Soñó que Lydia decidía quedarse y no lo abandonaba después de todo. Y él se despertaría y estaría un día más cerca de perder la única cosa que le quedaba.

Lydia lo miraba con ojos que decían que sabía que se estaba escabullendo, desapareciendo frente a ella como la niebla con el sol matutino. No había nada que ella pudiera hacer al respecto y así pasó mucho tiempo solo. No contestaba las llamadas de Lydia. Estar cerca de ella, consciente de que los segundos pasaban para que se fuera también, empeoraba las cosas. Cuando estaban juntos, ella lo llevaba a ver trenes, pero él no soportaba su vida y energía. No tenía espacio para eso.

Su madre intentó acercarse mediante las Sagradas Escrituras, recordándole las penurias de Jesús. No funcionó. De todos modos, ella no tenía tiempo para hacer mucho más.

Todo parecía apagado y sin color. Cada sonido alcanzaba sus oídos como a través de una gruesa manta de lana. No había música en él. En las pocas ocasiones que se sentaba a escribir, terminaba con una página en blanco frente a él. Lydia le mostraba la cantidad de me gustas y vistas de sus videos en un esfuerzo por abrir camino, pero nunca funcionó.

La comida no tenía sabor. Todo lo que podía probar era la perversa y contenida desesperanza, como hollín en la lengua. Dejó de ir a los encuentros con el psicoterapeuta.

Caminó sus días como un fantasma. El acto de vivir le parecía mal, duro e incómodo. Rasguñar el pizarrón. Una máquina funcionando sin gasolina. Engranajes chirriando y crujiendo entre sí, dientes rompiéndose, desintegrándose. Quemándose. Gastándose.

Se levantaba e iba al colegio con Lydia, los viajes eran mayormente silenciosos, mientras Lydia trataba de hacerlo hablar. Contaba los minutos hasta la hora de salida del colegio, sin poder concentrarse. Iba al trabajo y cumplía con sus tareas en un somnoliento abotargamiento. Luego iba a casa a dormir lo más rápido posible, de modo que no tuviera que interactuar con su madre. Ella también sabía que lo estaba perdiendo. Él podía verlo en su rostro y esa era otra cosa más que dolía. Él sabía que ella estaba rezando por él y no quería convertirse en otra plegaria sin respuesta.

Y por sobre todo, había un demoledor peso del destino. La aniquilante convicción de que estaba viviendo algún antiguo y predestinado plan, codificado en su sangre, parte de la arquitectura de su nombre. Algo horrible e inevitable.

* * *

Un día de fines de marzo, despertó y se preguntó si volvería a ser feliz alguna vez. Al menos era un día soleado. El mundo estaba verde en contraste con su desolación interna. Fue al parque Bertram a ver lo trenes. Tuvo que esperar un largo rato. Luego, caminó solo hacia la Columna y subió. Llevaba puesta su ropa favorita, la que Lydia había elegido para él.

Estaba sentado con la espalda apoyada sobre la lista escrita a mano de las cosas que alguna vez amó. Cerró los ojos y sintió el sol en el rostro mientras veía las formas de luz debajo de los párpados y pensó si le quedaba algo por perder, si tenía alguna razón para quedarse. No.

¿Lydia lo extrañaría de la misma forma que él la extrañaría a ella? Probablemente no. ¿Podría ella perdonarlo por romper su promesa? Esperaba que sí.

Se preguntó si vería a Travis otra vez. Esperaba que sí.

Se preguntó si sus padres lo extrañarían. Quizás su salario, pero probablemente no a él.

Se preguntó cómo hubieran resultado las cosas para él si tuviera más fe, un nombre diferente o si hubiera nacido bajo circunstancias diferentes. No sabía.

Se preguntó por qué parecía que Dios lo había abandonado. No había respuesta a esa pregunta. ¿Dios se daría cuenta lo suficiente como para ofenderse por lo que estaba pensando hacer? No le importaba.

Miró hacia abajo al río y recordó el día de su bautismo allí.

Tiene ocho años y viste camisa y pantalón de vestir ambos muy grandes para él. Su padre le ha dicho que está siguiendo los pasos de Jesús, que fue bautizado en el río Jordán por Juan el Bautista, y Dill está feliz de seguir los pasos de Jesús, pero más feliz lo hace hacer feliz a su padre.

Su padre le dice que el bautismo simboliza una muerte, sepultura y renacimiento como discípulo de Cristo y eso lavará los pecados. Esto le suena bien a Dill, aunque una parte de él se da cuenta de que no ha tenido demasiado tiempo para pecar. Los congregantes hacen fila en las orillas y cantan "Sublime gracia" mientras Dill camina tambaleante hacia el río, y se hunde en el fondo barroso mientras intenta alcanzar a su padre que sonríe. El río se retuerce alrededor de sus pantorrillas, sus rodillas, muslos y cintura. Se siente vivo, como una serpiente.

Su padre lo toma de la mano y lo sostiene mientras se sumerge completamente en el agua pantanosa, y rápidamente lo saca, empapado. Dill se limpia el agua de la cara y el sonido del aplauso proveniente de la orilla del río se vuelve más agudo a medida que el agua sale de sus oídos. Su padre lo abraza. Dill camina por el agua de regreso a la orilla cantado "Qué amigo tenemos en Jesús", en voz alta y clara.

Se siente limpio. Como si la corriente del río hubiera barrido cada pesar y preocupación.

Mientras miraba hacia abajo, anhelaba ese sentimiento. Se preguntó si el agua turbia que corría podría otra vez llevarse sus pesares. Luego recordó la otra vez que se sintió tan limpio y tan libre. Parado en el escenario en el concurso de talentos, mirando a Lydia a los ojos.

Esperó el índigo ascendente del cielo mientras el sol se ponía, hasta la primera estrella de la noche.

Luego se paró, juntó coraje y decidió terminar esta vida y correr el riesgo en la próxima.

36

LYDIA

Los GOLPES en la puerta se volvieron cada vez más insistentes.

—Un momento —gritó Lydia—. Solo un segundo.

Más golpes.

—Tranquilo, por Dios —dijo ella.

Llegó a la puerta, la abrió y su pulso se aceleró.

—¿Está todo bien? —preguntó ella.

Dill estaba en la puerta, con lágrimas que le manchaban el rostro.

—Estoy aquí porque te hice una promesa. Necesito irme e ir a la universidad o voy a morir. No puedo hacerlo sin tu ayuda.

Se abalanzó sobre él y lo abrazó más fuerte de lo que lo había abrazado jamás. Casi rompe sus anteojos contra la mejilla de él. Sus propias lágrimas de felicidad cayeron sobre su cuello.

—¿Cariño? ¿Está todo bien? —dijo el Dr. Blankenship al acercarse a la puerta—. ¿Dill?

Lydia rompió el abrazo y exhaló rápidamente, ventilándose con la mano mientras recuperaba la compostura.

—Sí, todo está bien. Papá, creo que vamos a trasnochar. Dill va a ir a la universidad y como su decisión se tomó un poco tarde, estamos apurados.

—Van a necesitar café. De primera clase y mucho —dijo el Dr. Blankenship mientras se encaminaba hacia la cocina.

—Y Pizza Garden, con tocino y queso crema jalapeño. De inmediato.

—Odias Pizza Garden.

—No *amo* Pizza Garden. Hay una diferencia.

—¿Y la mamá de Dill? Quizás no le guste que trasnoche en casa de chicas —dijo el Dr. Blankenship.

—Correcto —dijo Dill.

—No podemos mencionarle la universidad —dijo Lydia—. Necesitamos una mentira creíble.

—Oficialmente debo decirles que no apruebo las mentiras a los padres —dijo el Dr. Blankenship.

—Oficialmente debo decirles ¿a quién le importa? y empezamos ya con esa Pizza Garden —dijo Lydia.

—*Touché.*

—Bien. Mentiras —dijo Lydia—. ¿No te sientes bien y vas a dormir en nuestro sofá?

—Ni cerca —dijo Dill—. Tenemos que leer toda la Biblia. Estoy leyendo el Nuevo Testamento en voz alta y estoy dando testimonio de Jesús a toda tu familia y todos están atrapados con el Espíritu, y no paran de pedirme que lea más y más.

—¿Va a creer eso? —preguntó Lydia anonadada.

—Querer creer algo es poderoso. —Sonrió Dill. Una sonrisa genuina. La primera que Lydia le había visto en semanas. Desde antes. Dejando a un lado lo de Jesús, estaba feliz de creer que Dill estaba emocionado con algo otra vez.

Desparramaron todo en la habitación de Lydia. Mantuvieron la impresora ocupada con solicitudes de ingreso a la universidad, préstamos para estudiantes y ayuda financiera. Afortunada y desafortunadamente Dill conocía toda la información financiera relevante de su familia hasta el número de seguro social de su madre.

—¿Pá? —llamó Lydia.

—¿Sí, cariño?

—Comienza a escribir la carta de recomendación para Dill.

—Ahí voy.

Trabajaron toda la noche. Rápidamente, decidieron que Dill aplicaría para la Universidad Estatal Middle Tennessee, la Universidad de Tennessee en Knoxville y la Universidad de Tennessee en Chattanooga. La primera opción de Dill era la Estatal Middle Tennessee por sus programas de grabación musical y el presentimiento de Lydia acerca de dónde Dill podría prosperar. Lo googleó y descubrió que el setenta por ciento de los estudiantes de la UEMT eran estudiantes de primera generación.

Para el amanecer, Dill estaba listo para solicitar su admisión a la universidad, con el ensayo de admisión y los documentos de ayuda financiera completos. Ambos estaban acostados en la cama de Lydia, uno al lado del otro, mirando el techo, agotados, tranquilos. Como maratonistas que acaban de cruzar la línea de llegada.

—¿Dill? —Una larga pausa—. ¿Puedo preguntarte algo?

Otro silencio prolongado.

—Sí.

—¿Qué tan cerca llegaste?

Él respiró hondo y sostuvo el aire unos segundos antes de exhalar.

—Muy, muy cerca.

—¿Qué te detuvo?

—Mi promesa y recordar el concurso de talentos.

Ella giró hacia él, sobre su derecha, y puso la mano en la mejilla de Dill.

—Gracias por mantener tu promesa. Un mundo sin ti me rompería el corazón.

Él puso la mano sobre la de ella y la sostuvo durante un momento. Luego comenzó a acariciarle la mano suavemente, pasando los dedos por los de ella.

37

DILL

ÉL PENSÓ que podía escuchar los latidos de Lydia, o tal vez, eran los suyos tamborileando en sus oídos. *¿Aún tienes miedo? ¿Incluso ahora? ¿Incluso mientras escuchas tu propio corazón latiendo en las sombras de la muerte?* Su mano se movía con mayor insistencia sobre la de ella. Ella no movió la mano de la cara de él. Lentamente, deslizó los dedos entre los largos y delicados dedos de Lydia. Del modo que había querido durante mucho tiempo. Sus latidos se oían aún más fuerte en sus oídos.

38

LYDIA

CADA PARTE de ella se sentía tibia y líquida y se sonrojaba a medida que la punta de los dedos callosos por la guitarra de Dill pasaban por los pliegues de sus dedos. Los separó para permitir que los de él se unieran con los suyos. *Lo que sea que es esto, me encanta. Por más insensato e imprudente que sea, no me importa. Prefiero perderlo de este modo, a perderlo de cualquier otro modo.* Esta era la traducción más coherente de sus pensamientos incoherentes. El delirio salvaje que sentía podría haber sido falta de sueño combinada con demasiado café. Pero no creía que fuera así. Ya había estado sin dormir y pasada de cafeína antes, y eso no le había hecho desear que las manos de su mejor amigo acariciaran todo su cuerpo como lo estaban haciendo con su mano.

39

DILL

LOS DEDOS de ambos se entrelazaron mientras unían sus manos. *Y aquí pensaste que simplemente decidir seguir viviendo era la cosa más valiente que habías hecho esta semana.* Él fue hacia la cripta secreta donde guardaba el sentimiento del concurso de talentos. La abrió por segunda vez en veinticuatro horas. Esperó que lo sostuviera una vez más.

Con un movimiento rápido, Dill se dio vuelta y se levantó hasta quedar apoyado en su codo izquierdo, con la cara a un milímetro de la de Lydia. Se miraron a los ojos. Pudo sentir la respiración de ella que luego se detuvo. Dill temió por un segundo que ella comenzara a reír, pero no lo hizo. En cambio, ella entreabrió los labios como si fuera a decir algo. Pero no lo hizo. Él pensaba que lo más vivo que podía sentirse era en el momento posterior a hacer algo increíblemente valiente. Resultó que también se sintió bastante vivo justo antes de ese momento.

Dill descubrió que había otra cosa que le salía tan naturalmente como hacer música.

40

LYDIA

LOS LABIOS de Dillard Early estaban sobre los suyos, y era su primer beso como también lo era el de él. Sin embargo, se aclimataron rápidamente y luego de unos momentos vacilantes, los besos comenzaron de verdad. Rostro. Cuello. Dedos. Había una lujuria y hambre más allá del sexo. Más vital y primario. El peso de los años de desearlo.

Es una muy mala idea correr el riesgo con tu mejor amigo dos meses y medio antes de irte a Nueva York. Es una buena manera de que a ambos se les rompa el corazón. Es una buena manera de estar distraída en tu nueva vida. Es.

Es.

Es.

Es.

* * *

—¿Lydia? —llamó la Sra. Blankenship, subiendo las escaleras.

Dill se alejó de Lydia como si fuera radioactiva. Estaban acostados uno al lado del otro mirando el techo, tratando de contener la respiración y reprimiendo la risa.

La Sra. Blankenship apareció en la puerta con una taza de café en la mano, vestida para el trabajo.

—Bien, parece que tuvieron una noche ocupada, ¿no?

—Y mañana —dijo Lydia. Ella podía sentir a Dill temblando a su lado, tratando desesperadamente de contener la risa. *No lo hagas, Dill. No lo hagas. Mantén la calma.* Dill dejó salir un resoplido involuntario desde el fondo de la garganta. Intentó cubrirlo con tos. Y eso funcionó. Tormenta de risa. Inundación. Lydia miró a Dill y hundió la cara en su brazo.

La Sra. Blankenship los analizó con una expresión sospechosa.

—Muuuuuuuy bien... Siento que me estoy perdiendo de algo.

—Nada, mamá —dijo Lydia intentando componerse, con la voz amortiguada en la manga de Dill—. Solo nos estábamos riendo de una broma.

La Sra. Blankenship frunció el ceño y se apoyó en el marco de la puerta.

—Me gustan las bromas. Cuéntenme.

—Cuéntale, Lydia —dijo Dill empujando a Lydia a enfrentar a su mamá.

Lydia golpeó a Dill en el pecho con el revés de la mano y se limpió las lágrimas.

—Está bien, está bien. Sí, está bien. Toc toc —Al mismo tiempo, Dill y Lydia explotaron nuevamente de risa.

—¿Quién es? —La Sra. Blankenship bebió un sorbo de café.

—A.

—¿A, quién?

—A *quién.* —Lydia apenas pudo terminar la broma. Ella y Dill tenían un ataque de risa. Se le caían las lágrimas y goteaban en el acolchado. A Lydia le agarró hipo.

—Mmmm —dijo la Sra. Blankenship—. Muy, muy gracioso Lydia. ¿Saben qué? Creo que ustedes dos tendrían que dormir un poco.

—Sí —dijo Lydia—. Definitivamente hemos tenido problemas para pensar con claridad esta mañana.

—Perfecto. Que tengas un lindo día, cariño. Tú también Dill y felicitaciones por la universidad. Tomaste una decisión acertada. Estoy contenta por ti.

—Gracias, señora. He tomado muchas buenas decisiones últimamente.

La Sra. Blankenship sonrió y dejó la habitación.

—Duerman un poco. En serio —dijo por sobre el hombro.

* * *

Lydia esperó a que los pasos de su mamá de desvanecieran y giró para mirar a Dill.

—Acabamos de besarnos en mi cama.

—Sip.

—Una sesión genuina de besos. Como una sesión libre y orgánica de besos.

—Una sesión de diez.

—Siento como si estuviera hablando pavadas. Bla bla bla.

—No.

—Pero yo *no* estoy hablando pavadas. —Lydia se acurrucó en Dill.

Él la rodeó con el brazo.

—No. O sí. No sé. Lo que sea que signifique no me importa. Estoy demasiado cansado como para pensar en un doble negativo.

—Se supone que debías estar dándome testimonio de Jesús —murmuró Lydia.

—Esa era la historia.

—Siento como si hubiera una broma realmente inapropiada en algún lado.

—Pensarás en ello. Confío en ti.

Lydia se dio vuelta, plantó los codos sobre el pecho de Dill y apoyó el mentón en sus brazos cruzados.

—Entonces te das cuenta de que de ahora en adelante "dar testimonio de Jesús" será nuestro eufemismo para besarnos, ¿no? *¿De ahora en adelante?*

—Sip.

—Solo quería sacar eso del medio.

—Está bien.

—Entonces, repasemos las últimas veinticuatro horas. Uno: no te suicidaste. Dos: enviaste la solicitud para la universidad. Tres: nos besamos. Esas son tres cosas realmente buenas.

—La única cosa que sería mejor es si también me convirtiera en un músico famoso.

—¿Acaso no te he dicho que cada uno de tus videos tiene más de cien mil visitas ahora?

—¿Me estás hablando en serio?

—Completamente.

—Guau.

—Sí, lo tienes todo, Dillard Early.

—Excepto por una televisión y un padre que no esté en prisión.

—*Touché.* ¿Y ahora qué hacemos? ¿Hacia dónde vamos?

—No sé. No he llegado a pensar en eso aún. —Dill se estiró y le acarició la mejilla.

—¿Deberíamos besarnos un poco más?

—Probablemente sí.

Se besaron.

—Esto complica las cosas —dijo Lydia cuando terminaron.

—Nuestras vidas estaban *bastante* complicadas.

—Sí, pero esto complica aún más nuestras complicadas vidas.

—Sí, lo sé.

41

DILL

HABÍA REGLAS, explícitas e implícitas. Mayormente de Lydia.

Explícitas: mantenían sus cosas en secreto. No necesitaban ser fastidiados por la madre de Dill o sus compañeros. Además, le ayudaba a Lydia a promocionar la música de Dearly en su blog, de manera que no pareciera que le estaba haciendo publicidad a su propio novio. Estrechamente relacionado a esto estaba la regla estricta en contra de las demostraciones públicas de afecto, como así también el referirse entre ellos como novio y novia.

Implícitas: no perderse por completo. Aún iban a ir por caminos separados en un par de meses. No lo olvidaban.

Dill comenzó la larga y lenta salida del abismo. Tenía días buenos y malos. Renunció a su empleo en Floyd's Foods y el Dr. Blankenship lo contrató para que trabajara veinte horas a la semana limpiando su consultorio. Ganaba más dinero, lo que apaciguaba a su madre, y mejor aún, todos los empleados del Dr. Blankenship, incluso los de medio tiempo, tenían un plan de salud. Dill finalmente pudo tener un seguro médico lo que le permitió ver a un terapeuta real que le prescribió antidepresivos. Eso lo ayudó mucho. Su música comenzó a volver, poco a poco. La cantidad de días buenos empezaron a superar a los malos.

Un día cálido de fines de abril, Dill llegó a casa del colegio y encontró una carta de aceptación de la UEMT. Llamó a Lydia, quién dio la vuelta con el auto e insistió en que inmediatamente hicieran un viaje a conocer el campus de la universidad para que Dill pudiera ver dónde iba a estudiar. Lydia preparó una lista de música variada para el viaje.

—¿Cuándo le dirás a tu mamá que irás a la universidad?

—¿Cuál es el día anterior al día que comienza el semestre en la UEMT? Bueno, ese día.

—Te recomiendo que lo hagas cuanto antes, ya que es tu madre, ¿no?

—Veremos.

Dill cantaba las canciones mientras entraban en los límites de la ciudad de Murfreesboro, con su centro comercial y cadenas de restaurantes. A Dill le parecía enorme. Bajaron los vidrios del auto y dejaron que el viento fragante de sol les golpeara en la cara. Su corazón latía con la riqueza de la posibilidad.

Lydia estacionó en un barrio cercano a la UEMT. El pulso de Dill se aceleraba mientras caminaban el par de cuadras hacia el campus. La biblioteca de cuatro pisos de ladrillo y vidrio era imponente. La miró con asombro. Había visto edificios más grandes, pero ninguno que tuviera conexión con su propia vida.

Lydia lo miró.

—Ese solo sería el edificio más grande de Forrestville por amplio margen. ¿Ya te estás emocionando?

—Sí, no puedo creer cuanta gente hay.

El campus bullía con actividad. Había gente joven por todos lados. Pasaron al lado de tres personas que estaban sentadas, hablando en lo que parecía ser árabe. Una chica con el cabello violeta hablaba con un muchacho con numerosos piercings en la cara. Estudiantes en patineta o andando en bicicleta. Reuniones compuestas de grupos sociales extremadamente diferentes tenían discusiones animadas. Por supuesto, había un montón de gente de esa que atormentaría a Dill y a Lydia en Forrestville High, pero no parecían gozar de ningún estatus especial.

Pasaron a dos chicas tatuadas, una con la cabeza rapada, paseando tomadas de la mano.

—Hay un decente indicio de que la universidad va a ser sumamente diferente a Forrestville High —dijo Lydia.

—No podría estar más feliz por eso. —Él intentaba parecer relajado y no mirar fijamente, pero...

—Deberías ver la mirada en tu cara. Pareces un niño en Disneylandia.

—Nunca había estado en un campus universitario antes.

—¿En serio?

—En serio. Es increíble.

Lydia se detuvo y se golpeó la frente.

—¿Me estás diciendo que podría haberte convencido antes si tan solo te arrastraba hasta aquí?

Dill sonrió a medias.

—Tal vez.

Lydia miró hacia arriba.

—Vamos.

—¿Hacia dónde vamos?

Lo tomó de la muñeca.

A la librería, necesitas una campera con capucha de la UEMT a modo de un presente de entré-en-la-univeridad-y-voy-a-escapar-de-la-opresión-de-la-pequeñez-de-donde-crecí.

Después de comprar la campera, pasaron por una cartelera llena de anuncios con diferentes actividades.

—Ey, Dill, mira esto. —Lydia señaló un volante para una noche de micrófonos abiertos en la sociedad de alumnos—. Creo que vas a hacer muchos amigos rápidamente aquí.

Dill señaló otro volante.

—Aquí hay uno de una banda que necesita guitarrista.

Lydia tomó una foto de Dill parado frente a la cartelera.

—Ni bien llegues, no te quedes esperando. Métete de lleno. Comienza a hacer cosas y conocer gente.

—Pensar en eso me pone nervioso.

—¿Te acuerdas del concurso de talentos? Tocaste frente a los señores de la idiotez de Forrestville High. Además, finalmente intentaste seducirme. Nada debería volver a ponerte nervioso.

—Buen punto.

Dieron la vuelta para irse.

—Sé lo que estás pensado —dijo Lydia—. Aquí eres quien sea que dices que eres. Es un nuevo comienzo. Sin equipaje.

—Sin embargo, cualquiera que busque mi nombre en Google verá un montón de cosas sobre mi papá.

—¿Y? La gente buena onda entenderá que tú no eres tu padre. Ya no vas a estar viviendo en una pequeña ciudad de mierda, donde la gente intenta sentirse mejor si hace sentir más pequeños a los demás.

—¿Te parece?

—Por supuesto que sí. No me malinterpretes, siempre va a haber algunas pobres personas que harán de los pecados de tu padre los tuyos, pero ¿para la mayoría? Borrón y cuenta nueva.

Salieron de la librería y se sentaron en un paredón bajo, donde Lydia sacó una *selfie* de los dos.

—Lo que quiero decir es que incluso encontrarás personas a las que le parecerá romántico. Puedes decir: "Sí, cariño. Me ha sido difícil. Papá en el penal estatal" —dijo Lydia con voz ruda de hombre. Dill rio.

Ella miró el teléfono.

—Bien, para este lado. Señaló. Vamos a ver dónde pasan el tiempo los cerebritos grabadores de música como el futuro tú.

—Caminaron la corta distancia hacia el edificio de comunicación masiva. Adentro, estaba oscuro y fresco. Placas, premios y fotos cubrían las paredes. La mera cantidad de reluciente información visual abrumó a Dill. Por todos lados, había grupos de los tipos de personas que seguramente no eran populares en la secundaria. *Mi tipo de personas.*

—Este lugar parece realmente divertido, Dill. De hecho, estoy un poco celosa.

Él le dio un rápido apretón en la mano, ¡al demonio las reglas!

—Probablemente podrías entrar aquí. *Vale la pena el intento.*

—No te entusiasmes.

Exploraron el edificio hasta que les dio hambre. Cuando salieron para dirigirse al consejo de estudiantes para conseguir algo de comer, pasaron al lado de una linda chica con lentes de sol, con el cabello rubio despeinado, un aro en la nariz y tatuajes en los brazos. Estaba sentada con las piernas cruzadas en una pared baja, con las sandalias en el piso frente a ella. Miró por encima de su teléfono e hizo contacto visual con Dill. Sonrió, miró hacia abajo y se acarició el cabello. Dill le sonrió. Lydia vio el intercambio. Él podría haberlo imaginado, pero podría jurar que Lydia le dio una mirada de "aléjate". *Eso es nuevo. Nunca lo había visto.*

La chica volvió a mirarlos.

—Ey, disculpen. No quiero parecer rara, pero te reconozco.

—Ah, sí. Yo tengo un... —comenzó a decir Lydia.

—Perdón, no. Me refiero a ti. —La chica apuntó a Dill—. ¿Haces música?

Un latido pasó antes de que Dill se diera cuenta de que la chica le estaba hablando a él.

—Uhmm... sí.

—Bien. ¿Eres Dearly?

—Sí.

—Es que uno de mis amigos publicó uno de tus videos el otro día. Estaba increíble. Tienes una voz increíble. —La chica se acomodó el cabello nuevamente, mientras enroscaba un mechón.

—Ah... guau. Gracias. Dale las gracias a tu amigo.

—¿Qué haces aquí? ¿Solo dando una vuelta?

—Algo así, sí. Estaré aquí el próximo año.

—Genial. Espero verte por ahí.

—Sí, yo también.

—¿Vas a dar conciertos en la ciudad?

—En realidad no lo había pensado.

La chica se retorció el cabello.

—Deberías. Mis amigos y yo iríamos seguro. Tu video tiene muchos comentarios buenos.

—Ah, justo...

—Como sea —dijo Lydia en voz alta—. Mejor seguimos con el tour. Encantados de conocerte...

—Marissa.

—Encantada de conocerte, Marissa. Yo soy Lydia, la representante de Dearly. Di adiós, Dearly.

—Adiós.

Una vez que se alejaron del campo auditivo de Marissa, Dill miró a Lydia, resplandeciente.

—Esa chica me reconoció de verdad.

—Sí, me di cuenta. No me sorprende, amigo. Tus videos se están pasando en todos lados. Tienen muchas vistas. Eres realmente bueno.

—Quizás cuando llegue a la universidad eso sea todo lo que la gente sepa de mí, que hago música.

—Tu vida será mejor de muchas maneras. —Lydia se detuvo—. Hablando de eso, hay algo sobre lo que necesitamos hablar.

—Está bien. —El corazón de Dill pasó abruptamente del modo "ser tratado como una pequeña celebridad" al modo "hay algo sobre lo que necesitamos hablar".

Lydia reflexionó por un momento.

—Entonces, no es que el secundario te haya enseñado esto, que no se te suban los humos a la cabeza, pero eres extrañamente guapo en tu forma de ser melancólica, oscura e intensa, lo que cierto tipo de chica encuentra intrigante. Además, cantas y tocas la guitarra como la reencarnación de Orfeo, como acabas de ver.

—Gracias, eso es...

—Cállate. No te estoy haciendo cumplidos. Presento hechos y aún no he terminado. Este tipo de chicas con frecuencia son locas. Lo que te quiero decir es que vas a tener muchas oportunidades de involucrarte con chicas huecas como esa en la universidad, pero lo lamentarás.

Dill sonrió con satisfacción.

—Tal vez podría tener un gran matamoscas para espantar todas las chicas locas.

Lydia lo agarró del brazo.

—Te hablo en serio, Dill.

—Está bien. —Lydia generalmente era enfática para hacerse entender, pero Dill nunca la había visto *tan* enfática. *O territorial.*

—Odio pensar que puedes involucrarte con alguien, chiflada o no. —Lydia siguió sosteniendo a Dill del brazo y miró despectivamente a un muchacho que la miró mientras pasaba.

Dill la miró a los ojos.

—Puedes llamarte como quieras. Pero yo me llamo a mi "tu novio", y como tal, no tengo ninguna intención de involucrarme con nadie. Chiflada o no, ¿entendido?

—Sí, para tu información, tampoco tengo intenciones de involucrarme con ningún tonto o asqueroso chico.

—Eso me hace muy feliz.

—O no-tontos, no-asquerosos chicos.

—Bien.

Lydia pareció inmersa en sus pensamientos durante toda la caminata al consejo de estudiantes. Hasta donde podían ver, había enormes edificios de los años 50 rodeados de árboles altos. El aroma cálido a césped recién cortado, madera, y hamburguesas haciéndose a la parrilla flotaban en el aire.

Y luego, de la nada, como si fuera la cosa más normal imaginable, Lydia extendió el brazo y tomó la mano de Dill. Y allí estaban, caminando por la acera, de la mano. En público.

—Esta es una descarada violación a las reglas —dijo Dill.

Lydia estaba calmada.

—Sí, pero también lo es que Marissa se te tire frente a tu novia, por ello decreto una suspensión de las reglas. La UEMT es tierra de nadie, ilegal y anárquica.

Dill entrelazó los dedos con los de ella.

—Si eso es cierto, entonces no hay ninguna regla que me prohíba besarte aquí, frente a todo el mundo.

—Supongo que no.

—Dijiste que todo vale.

—Lo hice.

—Perfecto entonces.

—Perfecto.

—Lo voy a hacer. —Dill se detuvo de repente, y empujó a Lydia hacia atrás.

—¿Por qué seguimos hablando?

—Bien. —La acercó a él, puso la mano en la mejilla de ella y la besó. Larga y lentamente. Como si estuvieran completamente solos en el medio de la acera mientras estudiantes pasaban a su alrededor, apurados por ir a clase.

—La primera actuación de Dearly en la UEMT obtiene excelentes críticas —murmuró Lydia, con los ojos aún cerrados.

—Ah, ¿sí? —Los labios de Dill apenas se alejaron de los suyos.

—Sí, quizás debiéramos repetirlo para Marissa y sus amigos.

—Sí, claro, vamos a buscarla.

Lydia se soltó y volvió a tomar la mano de Dill, llevándolo hacia el consejo de estudiantes, casi quitándole el equilibrio.

—Vamos a buscar algo de comida. Me muero de hambre, vamos, estrella de rock.

Consiguieron sándwiches en la cavernosa zona de restaurantes. Dill apoyó la bolsa con su campera nueva de la UEMT en la mesa, analizó el lugar y sintió que algo afloraba en su interior. Nadie podría reemplazar a Travis. Nadie podría reemplazar a Lydia, pero al menos ya no estaba enfrentando la soledad. Ahora su vida tenía el sol y el suelo para seguir creciendo. Imaginaba largas charlas con Lydia donde discutían sobre sus clases y los nuevos amigos. Eso sería mucho mejor que escuchar a Lydia hablando de sus clases y los nuevos amigos mientras él hablaba de la gran noche que había tenido en lo de Floyd. Sin advertencia, una mezcla de alegría y melancolía y esperanza y nostalgia lo invadieron. Contuvo las lágrimas.

Era casi como si Lydia le hubiera leído la mente.

—Ey, Dill.

Tosió y aclaró su garganta.

—¿Sí?

Ella le dio unas palmadas a la campera que estaba en la bolsa sobre la mesa.

—Lo lograste.

* * *

Ya era de noche cuando volvieron a la casa de Dill. Su madre llegaría a casa en media hora. Lydia se inclinó sobre el asiento y le dio un beso de buenas noches.

—Aguarda —dijo Dill—. Entra conmigo, tengo algo para ti. —Él no había planeado esto, aún no estaba listo, pero se dio cuenta ese día que no había mejor momento.

Lydia lo siguió adentro de la casa por segunda vez en la vida. Dill la llevó a que se sentara en el hundido y trágico sofá.

—¿Quieres que encienda la lámpara? —preguntó ella.

—No, me gusta la oscuridad. —Fue a su habitación y tomó la guitarra. Se paró frente a Lydia, sonrojado. Esperaba que no pudiera verlo.

Rápidamente controló la afinación.

—Um, bueno. Esta es una canción que escribí para ti. Se llama "Lydia". —Hizo un ajuste más para afinar la guitarra—. Supongo que simplemente podría haberte dicho que la canción se llama Lydia y te hubieras dado cuenta de que era para ti.

—Probablemente.

Tocó "Lydia" para ella. Era una canción que de alguna manera era sofocante y suave al mismo tiempo, de la forma en que su corazón lo sentía cuando estaba con ella. La escuchó sollozar a los treinta segundos, y vio que se quitó los anteojos. Era desordenada e imperfecta, pero nunca se había sentido más orgulloso de cómo sonaba.

—Como sea, espero que te haya gustado —dijo Dill cuando terminó, aún sonrojado—. No voy a hacer un video de esta. Es solo para ti, digo, si quieres...

Pero Lydia se paró y lo interrumpió con un beso que se sintió como una tormenta de verano.

42

LYDIA

CUANDO LYDIA llegó a casa, su padre tocaba la guitarra eléctrica (no lo estaba haciendo bien, comparado con la presentación que acaba de oír) mientras su mamá estaba sentada en una de las mecedoras de la galería de la entrada, leyendo, y tomando una copa de vino.

—Ey —dijo su mamá—. Llegas tarde.

Lydia se tiró en la mecedora al lado de su mamá.

—Llevé a Dill a un tour por la UEMT. Entró hoy.

Su madre dejó el libro a un lado.

—¿En serio? Qué buena noticia. Estoy convencida de que será saludable para Dill irse de aquí.

—No me digas —dijo Lydia.

Se mecieron por un rato sin decir mucho. Lydia estaba sentada con las piernas cruzadas en la mecedora.

—Solo por curiosidad, cuéntame más sobre cómo papá y tú terminaron juntos. Intentó sonar calmada. *Solo estoy conversando acerca de algo que nunca me importó. No es gran cosa.*

Su madre le dio una mirada astuta.

—Solo curiosidad, ¿no?

Nota mental: sé más hábil. Lydia se negaba al contacto visual.

—¿No puedo estar interesada en el proceso del cual derivó mi existencia?

Su madre bajó la copa de vino.

—Querida, nací a la mañana, pero no ayer a la mañana.

—Bien. Me pillaste. Buen trabajo —dijo Lydia.

—Tampoco fue necesario ser un gran detective.

La guitarra eléctrica dejó de sonar. Unos segundos después, su padre abrió la puerta de entrada y asomó la cabeza.

—Allí están mis chicas. ¿Qué están...?

—Adentro —Lydia le ordenó, señalando—. Vuelve adentro.

Él dio a Lydia una mirada herida.

—Qué linda manera de...

—A-dentro.

—Denny, querido —dijo su madre con gentileza—. Conversación de chicas.

Su padre alzó ambos brazos en rendición y retrocedió.

—Está bien, está bien. Me retiro. No haré ningún movimiento repentino. No me lastimen. Me alegro de que hayas llegado bien a casa, Lyd.

Su madre esperó hasta que estuvo segura de que el padre de Lydia se había ido.

—¿Entonces? ¿Desde cuándo?

Lydia jugó con el esmalte saltado de las uñas.

—Cerca de un mes. Desde la trasnochada por la inscripción a la universidad.

—*Lo sabía.* Ustedes pensaron que eran tan astutos con la broma del toc toc.

—*Bueno.*

—Tienes el tiempo justo.

Lydia suspiró.

—No, mierda.

Su madre hizo un leve sonido de enojo.

—Lydia, cuida el lenguaje. Al menos inténtalo.

—Lo lamento. Como sea, volviendo al tema que nos compete. Sí. Tiempo. Malo. Lo sé —dijo Lydia—. No es que lo hayamos planeado así. Simplemente pareció correcto. Lo que quiero decir es que no me arrepiento, pero se suponía que irme iba a ser más fácil que esto. No sé qué hacer.

Su madre tomó la copa de vino y bebió un sorbo.

—¿Qué puedes hacer? Disfruten el tiempo juntos. Déjenlo ser bello, lo que sea que es, mientras lo tengan. Quizás no terminen juntos para siempre y eso está bien, pero el corazón quiere lo que el corazón quiere. Cuando lo quiere.

—El corazón apesta.

—Él es tu primer novio, ¿no es cierto?

—Por supuesto. ¿Con quién más podría salir aquí?

Se columpiaron por un rato.

—Dill es un buen primer novio. Él te ha querido como más que amiga por mucho tiempo —dijo su madre.

—¿En serio? ¿Cómo lo sabes?

—Ay, cariño. Estaba claro como el agua. ¿En serio no lo sabías?

—Supongo que tenía mis sospechas, pero como sabía que me iba nunca pensé en eso en realidad como algo que pudiera suceder. Simplemente no podía. —Lydia se desparramó en la mecedora.

—¿Qué hubiera pasado de haber sabido que tú y papá se iban a separar? ¿Te hubieras involucrado de todos modos?

—Por supuesto. La vida es corta, cariño. Lamento que ya hayas tenido que darte cuenta de eso. No puedes vivir con el corazón encerrado en una caja fuerte.

43

DILL

AÚN LE repicaba la emoción del día cuando su madre llegó a casa. Se había dicho a sí mismo que esperaría a estar más cerca del comienzo de clases para decirle, pero mientras ella hacía la cena, él comenzó a dudar de su decisión.

Coló los espaguetis y puso un poco en el plato. Sirvió un poco de la salsa enlatada que se calentaba en una olla. Le pasó el plato a su madre.

—Gracias. Parece que estás de buen humor hoy.

Se sirvió un poco de espaguetis.

—Lo estoy.

—Me alegro de que estés mejor últimamente —dijo ella entre bocados—. El Señor oye las plegarias.

—Sí, lo hace.

—¿Cómo estuvo el trabajo hoy?

—Bien. —Una punzada de culpa. *Debes decirle.*

—¿Cuándo vas a...?

—No, espera. Espera un segundo, mamá. No fui a trabajar hoy. Hay algo que debo decirte.

Bajó el tenedor y fijó los ojos cansados en él. Completo silencio.

—Visité la UEMT con Lydia hoy.

La cara de su madre se endureció.

—¿Por qué?

Dile que solamente lo hiciste por diversión. Simple diver-sión. Luego se vio parado en el escenario en el concurso de talentos. Se vio besando a Lydia y supo que no podía traicionar a quién era ahora. Él era más ahora.

—Porque voy a ir allá el próximo año. Entré.

—Habíamos acordado que no harías eso. —Su voz era suave pero no como una almohada. Como una pila de virutas de metal o vidrio molido.

—*Tú* acordaste. Yo no. Yo simplemente no te dije que estaba en desacuerdo. Pero lo hago ahora. Voy a ir.

—No podemos pagar eso Dillard. Nos vas a llevar a la bancarrota. —Habló lenta y cuidadosamente, como si le explicara a un bebé que no debe tocar la cocina caliente.

—Obtuve ayuda financiera en base a mis necesidades. Conseguiré préstamos de los que seré responsable, para hacerme cargo del resto. Lo haré.

Ella movió la cabeza.

—No.

—No te estoy pidiendo permiso. Te lo estoy contando porque te amo. Esto está pasando. Tal vez algún día te explique por qué necesitaba que esto sucediera, pero no ahora. Lo único que tienes que saber ahora es que está sucediendo.

Ella respiró hondo, deliberadamente. El aire repiqueteó en su garganta. Miró hacia otro lado y cerró los ojos como si estuviera rezando. *No como si. Por supuesto que estaba rezando. ¿Para qué? ¿Palabras para persuadirme? ¿La gracia para aceptar mi decisión?*

Ella se levantó y empujó el plato de espaguetis a medio comer, casi con delicadeza. Dio la vuelta y fue hacia su habitación. Cerró la puerta con cuidado, suavemente, como si supiera que Dill deseaba que la golpeara.

Dill estaba sentado en el silencio, oyendo el ruido del refrigerador. Se sentía como entre el momento en que terminó su canción en el concurso de talentos y el indiferente aplauso que siguió, como la primera vez que besó a Lydia, como cada vez que besaba a Lydia, cuando supo que había hecho algo doloroso, valiente y hermoso *y si vas a vivir, también deberás hacer cosas dolorosas, valientes y hermosas.*

44

LYDIA

LYDIA Y DILL estaban sentados en la esquina de la cafetería, que bullía con conversaciones sobre el baile de graduación de la próxima semana, a comienzos de mayo. Ya nadie los molestaba. No después de la muerte de Travis. Pero Lydia no podía definir si eso era producto de algún tipo de decencia o si sus compañeros ya se habían cansado del tema.

Dill tenía su laptop e intentaba decidir sobre las clases que tomaría el próximo año en la universidad.

—¿Vamos a ir a juntos al baile? —preguntó Dill mientras escribía.

Lydia no quitó la vista de la novela de Djuna Barnes.

—Lo lamento Dill, yo voy al baile de último año en una limosina Hummer H2 amarilla con mi novio musculoso jugador de fútbol. Tendremos siete segundos de sexo frenético y ruidoso en el asiento de atrás. Quedaré embarazada y nos casaremos. Él conseguirá un empleo vendiendo autos usados... y bien, esta broma me está deprimiendo.

Dill cerró la computadora.

—No, en serio.

—En serio. Seguro. —Ella quebró una zanahoria cubierta de hummus sin mirarlo nuevamente.

—Creo que debes ir al baile conmigo —dijo él con su nueva confianza seductora.

Ella por fin bajó el libro y miró a Dill frunciendo el ceño remilgadamente.

—Ah, ¿sí?

—Sí, y tengo una idea de cómo podemos hacer que no apeste.

—Soy toda oídos.

Él se inclinó hacia ella.

—Baile de graduación patético. Nos preparamos para tener el baile más patético de nuestras vidas.

Lydia pensó la idea.

—Del tipo que nadie pueda imaginar que nosotros podamos tener.

—Exacto. Le hacemos a este colegio un gran dedo mayor. —Él extendió el dedo mayor en la cafetería con énfasis. Nadie lo notó.

—El tipo de cosa a la que no solo le hubiéramos permitido a Travis llevar su bastón, sino que hubiéramos insistido para que lo llevara.

—Exacto.

Lydia levantó la mano para chocar los cinco con él.

—Estoy como loca, no lo había pensado así.

* * *

Dill llevaba el traje que se había puesto para el funeral de Travis, tampoco tenía muchos para elegir. Lydia estacionó y tocó la bocina. Dill saltó de la galería de la entrada.

—Bueno, no traje un ramillete como me pediste —dijo Dill mientras subía al auto.

—Excelente —dijo ella, mientras le daba una rosa muerta y un broche sujeta papel—. Sujeta esto en mi vestido. —Ella llevaba puesto un vestido *vintage* llamativo de lentejuelas color rojo de los años 80.

Dill obedeció, y Lydia puso un diente de león en la solapa de Dill.

—Espera —dijo ella—. Sal del auto. Necesitamos muchas *selfies* y, por cierto, ya sacaste suficiente provecho del hecho de que hago como que no te conozco en mi blog. Después de cientos de miles de vistas de tus videos, estarás bien si la gente piensa que soy nepotista. Haz como si te estuvieras divirtiendo conmigo.

Dill rio cuando vio a Lydia parada. Se había puesto autobronceante solo en la pierna derecha y el brazo izquierdo.

Lydia se puso en pose.

—No querían hacerlo, pero accedieron luego de que pagué por el bronceado de cuerpo entero.

También estaba maquillada llamativa y ridículamente y llevaba un elaborado peinado alto. Tenía uñas postizas rosa fluorescentes.

—Pareces una loca —dijo Dill.

—Iba a participar de un desfile organizado por una prostituta de parada de camiones. O viceversa.

—Diste en el clavo. En realidad, te ves muy bonita de todos modos.

No te sonrojes.

—Ay, ya cállate. Ven aquí.

Se tomaron un montón de fotos, solos y juntos. Mientras Lydia las publicaba en Twitter y en Instagram, en todas ellas Dill sonreía, ella disfrutaba de su alivio. *Dill está vivo. Está feliz. Tiene un futuro.*

—Bien, es momento de nuestra patética cena de graduados —dijo Lydia—. Por la que pagaré para hacer las cosas más patéticas.

—Nop. Lo lamento. —Dill tomó su billetera y sacó un billete de cincuenta dólares arrugado.

—¿Eso es del concurso de talentos?

—Sip.

—Amigo, invitar a una chica a salir con tus ganancias de estrella de rock es la cosa menos patética del mundo.

—Supongo que ni siquiera me sale bien el baile de graduación patético, eso demuestra cuán patético soy —dijo Dill alegremente.

Manejaron aproximadamente media hora hacia Cookeville. Escucharon un disco de autoayuda sobre la afirmación positiva durante el viaje. Lydia se encontró disfrutándolo sin ironías, tal era la liviandad de su humor. También se vio disfrutando, sin ironías, las miradas hambrientas de Dill. Ella también le habría lanzado miradas de deseo a Dill.

—¿Adónde vamos?

—Cracker Barrel.

—Pero a mí me gusta Cracker Barrel.

—Lo sé, estoy haciendo un poco de trampa aquí —dijo Lydia—. En teoría Krystal sería lo más patético, seguido de cerca por Waffle House. ¿Recuerdas? Somos tan patéticos que ni siquiera podemos hacer la noche patética de graduación bien, entonces vamos a comer comida decente. Nombrar a Krystal hizo a Lydia recordar a Travis. *No se siente del todo bien sin él.*

Captaron miradas mientras entraban. Lydia movía el cabello y se contorneaba frente a los que los miraban boquiabiertos. La camarera mayor estaba impávida por el atuendo de ambos y la atención que llamaban.

—Qué bien se ven vestidos de gala. ¿Es el baile de graduación de ustedes esta noche?

—Sí, señora, lo es —dijo Lydia, con un acento del sur más profundo y marcado de lo normal. Ella lo sacaba a relucir en ocasiones especiales.

La camarera se inclinó hacia ellos.

—Bien, voy a cuidar de ustedes en esta noche especial.

Dill jugó al solitario *peg* en la mesa mientras esperaban las Sprite dietéticas, la bebida más patética de todas las bebidas, según Lydia. Dill estaba a punto de ganar el juego cuando Lydia casualmente lo tiró al piso, desparramando las fichas.

—Lo lamento Dill —dijo Lydia mientras él buscaba las fichas en el piso—. Ganar el juego Cracker Barrel no es patético. Es un triunfo del espíritu humano. Vamos. Tú tuviste esta idea.

La camarera llegó con las Sprite dietéticas.

—¿Ya se decidieron?

—Sí —dijo Lydia—. Voy a querer un bol de hígado de pollo frito, una pila de panqueques de frutilla con una cucharada de helado de vainilla encima y una porción de torta doble chocolate Fudge Coca Cola, también con helado de vainilla encima.

Dill comenzó a hablar.

—Y yo voy a querer…

—Él va a comer lo mismo que como yo.

—La camarera pasó la mirada de Dill a Lydia y de Lydia a Dill.

—Voy a comer lo que ella come —dijo Dill con una resignación feliz.

La camarera miró a Lydia con admiración.

—Sí, señorita, en marcha. —Se fue rápidamente.

—Mírame a los ojos y dime si no es la comida objetivamente más patética que nos he ordenado —dijo Lydia.

—¿Y si te ponen una cucharada de helado encima de los hígados de pollo?

—Sí, estaríamos entrando en la postcomida, territorio de la representación del arte. Lo cual no es patético. Aprecio el pensamiento, pero por favor, sígueme la corriente esta noche.

—Todo esto fue mi idea.

—No me importa.

—Entiendo. Bebió un sorbo de gaseosa y apuntó a uno de los cuadros en la pared.

—¿Alguna vez pensaste cuántas fotos de gente muerta hay en las paredes de los Cracker Barrels?

—Creo que debes decir "Crackers Barrel" si quieres ser gramaticalmente correcto. ¿Y si cuando cuelgan tu foto en un Cracker Barrel tu fantasma debe aparecerse siempre en un Cracker Barrel?

—Deberíamos escabullirnos y colgar una foto de Travis en un Cracker Barrel, por las dudas —dijo Dill—, creo que Travis disfrutaría aparecerse en un Cracker Barrel.

Ambos rieron. Ella sintió una aguda y leve punzada.

—Extraño a Travis —dijo ella—. Desearía que estuviera aquí.

Dill miró hacia abajo y jugó con el juego *peg*, de repente menos entusiasmado.

—Se hubiera divertido mucho esta noche. La hubiera invitado a Amelia.

—¿Qué crees que hubiera pensado Travis de nuestra situación actual?

—Lo hubiera aprobado. Estoy seguro. Habíamos hablado de eso. Él había intentado que diera el paso antes de... —La voz de Dill se iba apagando.

Los ojos de Lydia se llenaron de lágrimas que comenzaron a caer. No era solo por Travis, sí, sobre todo por Travis, pero era por Dill también. Específicamente, la inminente falta de él. También era un poco porque no había ningún Craker Barrel en Nueva York. *No había forma de que pudiera mantenerme bien esta noche. Soy un desastre aún con la premisa de la broma.*

Ella extendió la mano. Dill la tomó. Él estaba llorando también, justo cuando la camarera les trajo el pedido. Los miró con preocupación.

—¿Están bien? ¿Está todo bien?

—Sí, señora —dijo Lydia, limpiándose los ojos con el dedo anular con cuidado de no clavarse una uña postiza en el ojo—. Es que ambos perdemos continuamente al *peg* y estamos emocionalmente frágiles.

—Bueno, cariño. Creo que jamás vi que el juego pusiera a alguien tan mal. Quizás deberían dejarlo de lado por un rato si los está poniendo así, ¿les parece?

Lydia sollozó y se rio.

—Aquí estamos en la noche de la graduación, llorando en Cracker Barrel en Cookeville, Tennessee. Creo que le estamos tomando la mano a la idea de la graduación patética —dijo Dill luego de que la camarera se fue.

Lydia se sopló la nariz con un pañuelo.

—Tomémonos una *selfie* rápido mientras aún se nota que estuvimos llorando.

45

DILL

—QUÉ BUENO que es una noche agradable —dijo Lydia mientras estacionaba en la entrada para autos.

—Tengo miedo de preguntar —dijo Dill.

Lydia lo miró sonriendo con maldad, del tipo de sonrisa que Dill conocía muy bien. Ya lo verás.

Abrió la puerta de entrada.

—¿Papá? —llamó ella—. Trae la limo.

—Cariño —dijo él—. ¿Estás segura de esto?

—Baile de graduación patético.

Él suspiró.

—Debemos ir al baile, vamos.

—Cariño, mira, yo los voy a llevar. Que tu padre te lleve al baile de graduación es bastante patético. Me pondré un conjunto ridículo.

—¿En oposición a tus tantos conjuntos que *no* son ridículos? Dije trae la limo.

El Dr. Blankenship movió la cabeza y desapareció en la esquina. Volvió. Maniobrando una ruidosa y oxidada bicicleta todo terreno de segunda mano marca Huffy.

—Ah, hombre —dijo Dill riendo—. No he andado en una de estas desde que era un niño pequeño. No sé si aún recuerdo cómo se hace.

—Dicen que es como andar en bicicleta —dijo Lydia.

—Tengan cuidado —dijo el Dr. Blankenship mientras iban tambaleándose con Lydia sentada sobre el tubo superior de la bicicleta.

* * *

Dill controlaba a Lydia mientras iban en la bicicleta. Ella miraba la calle con un aire de dicha. Se dio vuelta y alcanzó a peinar un mechón errante de cabello que colgaba en sus ojos. *Estoy realmente contento de estar aquí, ahora, y no yaciendo en el fondo del río Steerkiller.*

Podían oír una cortadora de césped en algún lugar. El olor a pasto recién cortado se mezclaba en el aire con perfume a lilas. La combinación olía a miel en el cálido aire de principios de mayo.

—¿Alguna parte de ti extrañará esto? —preguntó Dill, cuando doblaron en la calle principal y pasaron por Libros Riverbank y saludaron al Sr. Burson.

—¿Qué? ¿Pasear contigo? O —ella hizo un gesto general hacia la ciudad— ¿Esto?

Dill imitó el gesto mientras se acercaban al café Buenas Noticias, la plaza del pueblo con la glorieta y el teatro de Forrestville abandonado de los años 20.

—Esto. Por supuesto que extrañarás pasear conmigo.

—¿Te sientes bien? —El tono de ella se volvió nostálgico.

—Sí —dijo ella suavemente—. Extrañaré esto. Ahora que puedo ver la luz al final del túnel, esta ciudad ya no parece tan mala. Buenas Noticias hace un Luke Latte bastante decente. La ciudad de Nueva York puede tener más librerías, pero no tiene a Riverbank. ¿Y tú?

—Sí, un poco. Voy a extrañar nuestros trenes y la Columna. —Dejó pasar un momento para contemplar mientras pedaleaba—. Pensé que iba a vivir toda mi vida aquí y también moriría aquí. No sé cómo pude existir de ese modo.

Lydia se acomodó en su lugar.

—Vamos a ser chicos universitarios, Dill.

—Sí, así es.

—Con clases y todo eso.

—Ambos tendremos muchas materias universitarias.

—Pensar en las clases jamás lo había emocionado, pero eso era en el secundario Forrestville High.

—Vamos a poder conversar sobre eso o sobre literalmente cualquier cosa que sea más interesante, aunque probablemente cualquier cosa sea más interesante.

Rieron.

Lydia se inclinó hacia el hueco en el pecho que formaba el cuerpo de Dill, cálido y acogedor. Dill se inclinó y la besó en el lugar entre la oreja y la mandíbula.

—Lo logramos, Dill.

—Sí —dijo él suavemente—. Lo logramos. *Si tan solo fuéramos en la misma dirección y hacia el mismo lugar.*

Esa dualidad había hecho que él pensara en Travis de nuevo. *Yaciendo solo bajo la tierra, en la oscuridad, mientras Lydia y yo lo superamos y nos reímos.* Lo que atemperaba su culpa era la corazonada de que, si Travis los estuviera mirando desde algún punto de observación elevado, él estaría feliz por ellos. *Travis hubiera querido exactamente que estuviéramos haciendo lo que estamos haciendo.*

Condujeron un rato más antes de que Dill hablara nuevamente.

—Esta parte hubiera sido difícil de hacer con Travis.

—Aún si lo hubiéramos hecho pedalear a él, y tú sentado en la barra y yo sentada en tu regazo, no hubiéramos tenido lugar para el bastón.

—Hubiéramos roto la bicicleta. Creo que Travis pesaba más que nosotros dos juntos.

Lydia miró hacia delante.

—Vas a hacerme llorar de nuevo. Voy a arruinar mi máscara para pestañas. —Giró hacia Dill—. Ah, espera.

46

LYDIA

S<small>E DETUVIERON</small> en el colegio cuando una limosina PT Cruiser se iba luego de haber dejado pasajeros. Jasmine Karnes y su cita, Hunter Henry, esperaban un poco delante de Dill y Lydia en la fila para entrar al gimnasio del colegio. Jasmine se dio vuelta y los vio parados allí mientras fruncía el ceño en especial hacia Lydia. *Ustedes dos dando pisotones en la noche más importante de mi vida,* decía su cara muy maquillada. Se acercó a Hunter y le susurró algo. Hunter se dio vuelta, los miró de arriba abajo y se rio, pero más para que ellos lo escucharan que como manifestación de verdadera alegría.

—Hunter se ríe porque Jasmine resaltó la inherente inutilidad de la existencia e ilusión humana de conciencia, y la única forma en la que él podría procesar estas ideas es mediante la reacción incongruente de la risa —Lydia le susurró a Dill.

Entraron al oscurecido gimnasio. El DJ tocaba algún hit genérico de hacía un tiempo. Podían escuchar los susurros de desprecio y sentir las miradas sobre ellos.

—¿Qué tan increíble se siente que, dentro de unas pocas semanas, ninguno de nosotros volverá a ver a esta gente de manera regular? —dijo Lydia.

—*Tú* no. Algunos quizás irán a la UEMT.

—Pero nunca lograrán la misma masa crítica de fealdad. Ni siquiera en la UEMT.

—Es verdad. Se siente impresionante. Lo que también se siente genial es que ya no me importe lo que esta gente piense de mí.

En el momento justo, Tyson Reed y Madison Lucas entraron.

—Ay, Lydia, mi amor —dijo Madison, su voz con preocupación burlona—. Creo que se olvidaron una parte o dos en tu bronceado.

Lydia rio alegremente.

—¡No me digas! Esa es la última vez que ordeno el paquete de bronceado con spray "Madison-Lucas actividad cerebral MRI".

—Siempre tan astuta —dijo Madison mirándola con desdén.

—Siempre tan no —dijo Lydia.

Dill se puso entre Madison y Lydia.

—Ey, Madison, Tyson. ¿No van a entrar? No pueden lastimarnos más. No pueden hacernos nada. No pueden quitarnos nada más. Son nada ahora.

La expresión de Madison era como si acabara de tirarse un gas durante una oración. Tyson se puso de frente a Dill.

—Tienes suerte de que sea el baile, Dildo. De lo contrario, te patearía el trasero. Me importa un carajo que tu amigo haya muerto y que todo el mundo sienta pena por ti.

Dill no pestañeó. Sonrió.

—¿Crees que puedes causarme dolor después de lo que he pasado? Vamos, pégame con tu pequeño puño. —Miró fijamente a Tyson, hasta que Tyson fanfarroneó una vez más sobre la suerte que tenía Dill de que fuera el baile, tomó a Madison del brazo y se alejaron.

—Perdón por todo eso de ninguna-universidad-te-quiere-para-jugar-al-fútbol-para-ellos —Lydia les gritó mientras se iban.

Lydia miró a Dill, se puso el dorso de la mano en la frente y pretendió desmayarse.

—Mi caballero en brillante armadura.

—¿Acaso conseguir un ojo negro en la noche de graduación no sería patético?

—Indudablemente.

El DJ tocaba una canción lenta. Lydia tomó la mano de Dill.

—Vamos Sir Galahad. Ser las únicas personas bailando en el baile también es patético.

Ella lo llevó al medio de la pista de baile, donde estaban solos, la gente mirándolos y riendo con disimulo. Dill puso las manos (temblorosas) bajo la espalda de Lydia.

—Probablemente deberíamos bailar muy juntos por amor al patetismo —dijo ella—. Deberíamos hacer esto bien, directamente. —Ella se acercó aún más. Lo suficientemente cerca como para sentir su calidez, para ver su (hermosa) mandíbula con el rabillo del ojo, y no ver las miradas, para oír los latidos de su corazón, y no las risas.

Mientras bailaban, meciéndose como árboles en el viento, ella notó que no estaba haciendo ningún esfuerzo por sentirse patética.

47

DILL

VOLVIERON A casa de Lydia bajo la luna y las estrellas. Ella iba sentada en el tubo superior, con el hombro inclinado contra el pecho de Dill.

—El fotógrafo de la fiesta pareció no haberse entretenido —dijo Dill.

—No podría importarme menos —dijo Lydia—. Lo irónico es que todos actuaron más preocupados por nosotros, burlándose de su precioso rito de iniciación, que por conducir ebrios o por drogar a las chicas para abusar de ellas.

—Fue el mejor momento de mi vida.

Lydia lo miró de nuevo y sonrió.

—Por cierto, estuvo bastante bueno cuando le hiciste frente a Tyson. Fue, me atrevo a decir, muy sexy.

—*Sexy, ¿eh?* —Dill soltó una mano del manubrio y dobló el brazo para mostrar sus músculos de una forma exagerada.

—¿Qué te puedo decir, cariño? Tyson compró una entrada para el show de bíceps.

Lydia bufó, tomó la muñeca de Dill y la colocó nuevamente en el manubrio.

—Eres un idiota irreversible. Por suerte, y por el bienestar de nuestra relación, tú apestas actuando como un tonto, hermano.

Pasaron por Libros Riverbank. Dill intentó concentrarse en el camino, pero la geometría del cuello de Lydia lo distraía.

—Voy a extrañar esto —dijo Dill. *Esa fue la subestimación del siglo.*

—¿Esta ciudad? —Lydia señaló la plaza del pueblo—. ¿O *esto?* —Señalándolos a ellos dos.

—Esto. Estar juntos. —Él amaba cómo sonaban en su boca las palabras *estar juntos,* como néctar.

Lydia se estiró y le pellizcó la mejilla.

—Auch. Mira quién le está agarrando la mano a la noche.

Dill se alejó.

—¿Es patético? ¿Extrañarte?

—Claro que no. Solo te estoy mandando a la mierda. Volvió a apoyar la cabeza contra el pecho de Dill.

La brisa floral nocturna voló un mechón de cabello desarreglado de Lydia hacia los labios de Dill. Le hacía cosquillas, pero no hizo ningún movimiento para quitárselo. Llegaron a casa de Lydia.

Cuando ella bajó de la bicicleta, Dill miró hacia ambos lados para ver si había alguien a la vista. Luego, la tomó de la cintura y la acercó hacia él.

—Hay una cosa más que extrañaré. —Y la besó. El modo en el que ella le devolvió el beso le demostró que las reglas estaban en suspenso una vez más.

—Como sea —dijo Dill finalmente—. Mejor nos detenemos antes de que tu padre nos vea.

—Él merece ver a su hija besándose con el hijo del predicador, como castigo por hacerme crecer en esta ciudad rústica, pero vamos. —Lydia lo movió para que la siga al patio trasero. Pateó sus zapatos y caminó hacia la canilla de afuera.

—Ahora entramos en la fase final de la Graduación Patética. Mientras nuestros compañeros se están masturbando en el Holiday Inn de Cookeville y embarazándose, tú y yo vamos a jugar con el rociador y mirar las estrellas hasta tu toque de queda. ¿Sí?

Ella no esperó la respuesta de Dill para abrir la canilla y el rociador comenzó *chic-chic-chic* en el césped en círculos.

—Vamos Dill.

Lydia saltó en el camino del rociador y gritó y rio como una niña mientras se empapaba.

Dill se cubrió la cara con las manos y rio y agitó la cabeza. Lydia ya era un desastre que chorreaba. Lo que le quedaba de máscara corría por sus mejillas en caminos de tinta. Se le había soltado el cabello y el peinado elaborado había desaparecido. Gotas de agua cubrían sus lentes. Rio a carcajadas y tomó el rociador, persiguiendo a Dill con él.

Él intentó correr.

—No, vete.

Se resbaló y derrapó en el césped mojado y Lydia se lanzó. Ella lo tacleó (él no peleó esa parte de manera muy vigorosa, especialmente mientras ella estaba sobre él por más tiempo del necesario) y lo dejó empapado. Corrieron y saltaron por el agua por varios minutos, aullando y riendo.

Los padres de Lydia salieron al patio. La madre se cruzó de brazos.

—Lydia, ¿estás segura de que Dill encuentra esto tan divertido cómo tú?

Él se puso de pie, ríos de agua se formaban a sus pies, una mancha colosal de césped apareció a un lado del traje.

—Sí, señora. Es divertido. Al menos creo que sí. No siempre entiendo lo que pasa por la cabeza de Lydia.

La Sra. Blankenship suspiró.

—Bienvenido al club.

—Bien niños, dejaremos toallas en la puerta de atrás por si quieren entrar luego. Dijo el Dr. Blankenship. Estaremos arriba viendo televisión.

Lydia les hizo un gesto de "ahora lárguense" y se retiraron. Lydia tomó la mano de Dill.

—Bien, es hora de mirar las estrellas. Lo llevó hacia el centro del césped y se desplomaron en el pasto húmedo, acostados lado a lado, mirando el cielo.

Por un par de horas, hablaron y rieron incesantemente acerca de nada en particular a medida que se secaban lentamente. Luego se calmaron, observaron la ilimitada extensión que iluminaba las estrellas mientras los búhos y grillos entonaban su himno nocturno a su alrededor.

Luego, Lydia se acurrucó cerca de Dill y apoyó su cabeza donde su pecho se une con el brazo. De repente, cada nervio en el cuerpo de Dill se sintió como una ráfaga de viento en el pasto largo.

—Bueno, Dill —murmuró ella—. Mentí. *Esta*, esta es la fase final de la Promoción Patética. En lugar de tener relaciones, tu cita para el baile se quedará dormida arriba tuyo.

El pelo de Lydia cayó en cascada sobre el pecho de Dill, formando afluentes y estuarios. Su respiración se volvió más lenta y su cabeza pesada. *¿Qué va a ser de esto? ¿De nosotros? No preguntes. Solo acepta este regalo, este momento, después de todo lo que la vida te ha quitado.* Él estaba resplandeciente, como si su sangre brillara, como si se pudiera ver su latente y resonante corazón a través de su piel.

Después de un rato, ella se estiró con un ronroneo y se acurrucó aún más, descansando sus labios en el cuello de Dill. Podía sentir la calidez de su respiración. Ella cruzó su pierna por encima de la de Dill.

Ella es. Ella es todo. Ella es el estándar por el cual voy a medir la belleza el resto de mi vida. Mediré cada toque con su respiración en mi piel. Cada voz con su voz. Cada mente con su mente. Mi medida de perfección. El nombre esculpido en mí. Si pudiera, me quedaría aquí bajo estas estrellas hasta que mi corazón explote.

Lentamente comenzó a acariciar su cabello con la mano que tenía libre. Deslizó suavemente su mano a lo largo de su espalda.

Otra vez.

Otra vez.

Otra vez.

Si él pudiera ser suficiente, todos los movimientos del mundo cesarían. La órbita de la tierra. La danza de las mareas. La marcha de los ríos hacia el mar. La sangre en las venas y todo se volvería nada más que esa perfecta y temporal presencia.

Toma este momento. Guárdatelo. Hasta que el próximo tren silbe en las distantes partes de quietud.

48

LYDIA

EL CREPÚSCULO de principios de junio era suave y verde, sin el calor agobiante de verano aún. Pasto nuevo en la tumba de Travis. Se sentaron a su lado y buscaron qué decirse y qué decirle a Travis. Lydia ya no sentía que estaba abandonando a Dill, pero sentía que estaba abandonando a Travis. Lo que, de alguna manera, era peor, ya que era más irracional.

—¿Cuánto dura el viaje? —preguntó Dill, cortando hojas de césped.

—Creo que unas diez horas. Dijo Lydia aplastando un mosquito en su pantorrilla. Detestaba la charla casual en general, miles de veces más cuando era con alguien tan importante para ella como Dill, pero entendió por qué debían hacerlo.

—¿Lo vas a hacer en un día? El comportamiento de Dill dejaba ver que él tampoco estaba disfrutando la charla casual más que ella, pero tampoco estaba listo para llenar el silencio con otra cosa.

—Sí.

—Demonios. ¿Cuándo te vas, mañana a la mañana?

Ella suspiró.

—Probablemente, cerca de las seis.

—Ay, y después comienza tu pasantía... —Dill tomó con cuidado una mariquita de su brazo y la sostuvo en la palma de su mano para que pudiera volar.

—La próxima semana. 9 de junio.

—Quisiera que no tuvieras que irte tan temprano.

—Yo también, pero quiero tener algo de tiempo para explorar y acomodarme antes de empezar mi pasantía.

—¿Estás nerviosa por trabajar para la dama *Chic*? Dijiste que daba miedo.

Lydia rio con arrepentimiento.

—Sí, y lo da.

Un momento pensativo pasó mientras escuchaban el sonido de los insectos en los árboles que rodeaban el cementerio como un abrazo. Los diez días que habían tenido luego de que terminó la escuela pasaron volando en una confusión de trabajo, mirar los trenes, sentarse en la Columna, viajes de ruta a cualquier lado (Graceland era el favorito de Dill), y mucho mucho tirarse bajo las estrellas y besarse.

Dill se acostó apoyándose en sus manos.

—¿No sería difícil estacionar a Al Gore en Nueva York?

—Sí. Se lo voy a vender a uno de los amigos de la escuela de Dahlia. Nos vamos a encontrar en la ciudad y él se va a llevar a Al a Stanford. Ella sintió un leve dolor. *Oh, vamos, ¿de verdad no te estas poniendo sentimental con un objeto inanimado ahora también? No se suponía que fueras tamaño desastre. Eso no estaba en el plan.*

—¿Vas a vender a Al Gore? Lo voy a extrañar. El dejo de traición en el tono de Dill le decía que ambos tenían la misma mentalidad. *La irracionalidad ama la compañía.*

Lydia pasó su mano por el pasto.

—Yo también.

—Espero que te quedes con la bicicleta de la graduación, así podemos pasear cuando vuelvas al pueblo.

—Apuesto a que podemos convencer a mi papá de que nos deje usar su auto.

—Sí, pero la bici es muy divertida.

Sí lo es, Dill. Sí lo es.

Las luciérnagas parpadeaban entre las tumbas en la luz debilitada del follaje. El cementerio olía a tierra limpia y piedra bronceada.

—Deberíamos haber planeado alguna ceremonia —dijo Lydia finalmente.

—Planear significa que hubiéramos tenido tiempo de pensar en esto, y no quise pensar en esto.

—Yo tampoco.

Dill miró el suelo. Lydia hizo como si hiciera lo mismo, pero en su lugar miró detenidamente el perfil de Dill por el rabillo del ojo, el brillante vals de luciérnagas alrededor de su cabeza. Su corazón dolía al saber que, con cada latido, se contaban otro segundo hacia su partida y hacia el no verlo más.

—¿Dill? Ella puso su mano sobre la rodilla de él.

Él la miró.

—¿Sí?

—Espero que siempre seamos parte de la vida del otro, no importa dónde vayamos o lo que hagamos. *Que no se me acuse de no exagerar esto,* ella pensó con un escalofrío interno. *Sin embargo, creo que Nueva York da abundancia de oportunidades para ser cool y no sentimental.*

Dill se acercó a Lydia y puso su brazo alrededor de ella.

—Estoy comprometido si tú lo estás. Tú llegarás lo más lejos posible en la vida.

Ella descansó su cabeza en el hombro de él.

—No cuentes con eso. Creo que la vida tiene grandes sorpresas para ti.

—Eso espero.

—¿Lamentas que nosotros...? —Lydia comenzó a preguntar en un murmullo titubeante.

—No, a lo que sea que fueras a preguntar. No lamento nada de nosotros.

Ella pensó en las cosas que extrañaría. Amaba la forma en que él inclinaba su cabeza cuando le hablaba; para mantener su pelo fuera de los ojos; la forma en que se sentaba, de piernas cruzadas, apoyándose en sus manos. Él no siempre la miraba cuando hablaba, pero cuando era importante, la miraba directo a los ojos, y eso la hacía estremecerse. Luego estaban sus ojos, incandescentes y oscuros al mismo tiempo. Relámpago iluminando nubes de tormenta.

Era extraño pensar en él más allá de su visión. Se preguntaba si tendría un repertorio completamente diferente de gestos privados. Tal vez ponía su cabeza en un ángulo diferente. Se sentaba diferente. Quizás sus ojos contenían una luminosidad e inteligencia diferente.

Lydia suspiró tristemente.

—Creo que debo decir adiós a Travis.

Ambos se pararon junto a su tumba. Dill puso su mano en el hombro de Lydia. Ella comenzó a decir algo, pero se detuvo. Nuevamente. Se detuvo.

—Travis, te extraño. Su voz tembló. Respiró hondo. Estoy feliz de haberte tenido como amigo. Hablé de ti en mi discurso de graduación, hace como un mes. Dill y yo fuimos al baile juntos y deseamos que estuvieras con nosotros allí. Espero que seas feliz donde sea que estés y probablemente debas tener una capa cool y una gran espada, o algo así. Lamento no leer suficientes cuentos fantásticos como para siquiera saber qué tipo de cosa desear que tengas. Lamento haberte causado tanto dolor por tu bastón. Lamento no haberle dicho antes a más personas que éramos amigos. Lamento no haber sabido lo mal que estaban las cosas en tu casa. Y lamento no tener algo más inteligente o profundo que decir.

Se limpió las lágrimas y abrazó a Dill.

—Me siento culpable de dejarlo atrás.

—Yo también.

Fueron a la Columna, donde robaron un par de minutos más juntos, oyendo al río desgastando su camino hacia lo profundo de la tierra, de la misma forma en que la gente hace surcos en los corazones del otro.

49

DILL

LYDIA LO dejó elegir la música para el camino de vuelta a casa. Eligió "Love Will Tear Us Apart" de Joy Division, porque recordó que era la canción favorita de Lydia. Cantaron juntos en voz alta. En el caso de Dill, cantaba porque lo sentía como una forma más aceptable de gritar su agonía, que era lo que quería hacer. El esfuerzo por mantenerse entero lo hacía sentirse enfermo del estómago.

Se detuvieron en la casa de Dill.

—Bien —dijo Lydia, sus ojos llenándose de lágrimas—. Creo que esta es tu parada.

—Sí —dijo Dill aclarando su garganta—. Supongo que sí.

Abrió la puerta y se bajó. Fue por delante del auto hacia el lado de Lydia y abrió su puerta. Ella desabrochó su cinturón de seguridad, saltó del auto y lo abrazó. Fuerte. Más fuerte de lo que lo había hecho alguna vez.

—En serio, en serio, en serio, te voy a extrañar —dijo Lydia y abrió las compuertas.

—En serio, en serio, en serio, te voy a extrañar —dijo Dill y también se quebró.

Se abrazaron así por minutos, moviéndose lentamente, sus lágrimas mezclándose y cayendo, antes de que alguno de los dos hablara.

—Recuerda esto Dillard Early —susurró Lydia con voz quebrada—. Tú eres tú y eres magnífico y brillante y talentoso. No eres tu abuelo. No eres tu padre. Sus serpientes no son tus serpientes. Su veneno no es tu veneno. Su oscuridad no es tu oscuridad. Ni siquiera su nombre es tu nombre.

Dill enterró su cara en su cabello. Aspiraba su perfume, pera, vainilla, sándalo, mientras juntaba coraje. *Al menos despídete con cada tesoro secreto de tu corazón. ¿No has aprendido hasta ahora que estas completamente desnudo? Has bailado con la muerte. ¿Qué te queda por temer? Puedes sobrevivir cualquier cosa. Serpientes. Veneno mortal. Esto.*

—Te amo —susurró él en su oído.

Lydia lo abrazó aún más fuerte. Presionando su mejilla manchada con lágrimas en la de él, pero no dijo nada por un largo rato. Comenzó a decir algo, pero se frenó. Luego se paró en puntas de pie, tomó la cara de Dill con ambas manos y lo acercó hacia ella.

50

LYDIA

ELLA PODÍA sentir el sabor de sus lágrimas en los labios de Dill. Brevemente, recordó su viaje a Nantucket al final del verano del año pasado y la sal del océano en su lengua. Ese era el sabor en sus labios en aquel momento, pero como el final del verano que había durado toda su vida.

Una quietud la invadió, una rendición, como si estuviera cayendo de una gran altura, pero nunca tocaría el suelo. Como si se estuviera ahogando y no le importara. Las manos temblando de Dill acariciaron su cabello y acarició la parte de atrás de su cuello y se sentía como fuego fluyendo a través de ella.

Y.

Y.

51

DILL

Y...

Después de todo, esta podría ser la cosa que te destruya final-mente. Pero no le importaba. Él quería ser destruido de esa forma. Lo veía bien. *Pero aún debes dejarla ir. Debes ver cómo se va.*

Al final, rompieron el beso, pero inmediatamente se encerraron en otro abrazo. No tenía idea de cuánto tiempo había pasado. Horas. Días. Segundos. Su mano volvió detrás de su cabeza y acarició su cabello una vez más.

—Me salvaste.

Ella puso sus labios en sus oídos.

—Te salvaste a ti mismo. —Se había quedado sin voz. Apenas podía escucharla por encima de los grillos.

Ya que él no podía aguantar el tormento de prolongar las cosas, rompió el abrazo. Luego recordó. Le dijo que esperara y corrió a su casa, volvió con un CD en la mano y se lo dio.

—Grabé algunas de mis canciones para ti. Por si se te ocurre escuchar algo diferente durante el viaje. La canción "Lydia" está allí.

Ella apretó el CD contra su corazón. Se miraron por un segundo, limpiándose las lágrimas, y como no había nada más que decir, se besaron nuevamente.

—Llámame cuando llegues, ¿sí? Para saber que has llegado bien —dijo Dill, atragantándose con sus palabras.

Ella asintió con la cabeza.

Subió a su auto. Devolvió su saludo lastimero. Parado en la calle, miró sus luces traseras desvanecerse y desaparecer.

Subió los escalones y se sentó en la escalera desintegrada y agachó la cabeza como si estuviera rezando. A través de una cortina de lágrimas, pudo ver un cartel de la iglesia. CUANDO JESÚS LLEGA A UNA VIDA, LO CAMBIA TODO.

Luego de un rato, abrió la puerta y comenzó a entrar, pero no pudo. Solo la expansión de la indiferencia infinita del cielo lleno de estrellas podría contener su ferocidad, su creciente dolor.

52

LYDIA

ELLA PENSÓ que lo había hecho bastante bien la noche anterior, al no perder completamente su forma de ser de mierda. Considerando todo, ella estaba bien, la llevaba una ola de emoción, mientras se detenía en una parada de camiones en las afueras de Roanoke, Virginia. Mientras cargaba combustible, hizo planes para cenar con Dahlia y Chloe (algo de perfil bajo y lejos, ya que Chloe quería evitar llamar la atención, algo que se acomode con la dieta libre de gluten de Dahlia, algo étnico ya que Lydia era de Forrestville). Ella estaba documentando su viaje para sus seguidores de Instagram y Twitter, por lo que tomó un par de fotos mientras esperaba.

Sintió sueño así que entró a conseguir café fuerte para camioneros. El parador de camiones era el país de las maravillas de lo cursi del sur. Camisetas adornadas con severas águilas en uniformes de los Confederados y "americano de nacimiento y sureño por la gracia de Dios". Delantales que decían: "Maestro Parrillero" sobre una cruda caricatura de un cerdo antropomórfico, asando presumiblemente a otro cerdo. Musculosas con imágenes de sartenes de fundición de los estados del sur. Tomó una de Tennessee. Tomó foto tras foto.

Luego, el premio mayor, un querubín de porcelana sosteniendo la bandera de los Confederados con un "Herencia no, odio", pintado en la parte inferior. Rio y luego lo tuiteó a sus 187.564 seguidores con la leyenda *Racistas: no tan buenos con las comas.*

Tuvo un recuerdo repentino. En el último viaje escolar a Nashville, Dill había señalado un cartel que decía: VISITE VIÑEDOS DELLA TAZZA, LA BODEGA MÁS FINA EN EL CENTRO DE TENNESSEE. Él tenía una habilidad para destacar cosas con las que ella moriría de risa.

—Queriiida, busca mi mejor campera de NASCAR y la remera con la bandera Confederada serigrafiada. Anhelo una copa de vino fino de Tennessee —ella diría.

Y luego la golpeó. Como, bueno, como un camión. El darse cuenta de que la única persona a la que le querría mostrar el querubín con la bandera, y reírse de él, no estaba ahí y no estaría allí para la mayoría de las otras cosas que vería y haría en su vida. Con ello, el darse cuenta de que ya extrañaba una vida que no se suponía que tendría y extrañaba a Dill miles de veces más profundamente de lo que podría haber imaginado.

Se desmoronó. Justo en el medio del pasillo, con los herencia-pero-no-odio-amor, querubines observándola impasiblemente con sus ojos de alabastro sin vida. Una buena y fea mancha de maquillaje provocada por las lágrimas que caían por su cara junto a los mocos. *Por eso pensé que era una mala idea intentar escuchar tu CD mientras manejaba. Si pudieras verme ahora, Dill. Si pudieras verme ahora.*

Logró recobrar la compostura luego de un minuto o dos, tomó su café y una musculosa, y fue hacia el frente. La cajera era una agobiada señora de unos sesenta años.

—Dime, querida —dijo ella—, ¿todo bien?

Lydia asintió con la cabeza, pero la canilla se abrió de nuevo. Negó con la cabeza.

—Desearía haberle dicho a alguien que también lo amo antes de partir. Eso es todo.

—Bueno, cariño, aunque no se lo hayas dicho, ¿se lo demostraste?

—Espero que sí —dijo Lydia, con su voz temblando y quebrándose.

—Entonces creo que él lo sabe. Nosotras, las mujeres, no somos muy buenas para mantener las cosas en secreto.

—La cajera sonrió a medias, empáticamente, y sacó de abajo del mostrador un oso de peluche tan agobiado como ella.

—Esta es una parada de camioneros, querida, así que no nos resulta extraño que las personas extrañen personas y personas lamenten cosas que desearían haber dicho antes de partir. ¿Necesitas un abrazo de Chester?

Lydia extendió el brazo y aceptó al oso Chester. Lo abrazó. Olía a cigarrillo y colonia barata de camionero. *Y por qué no debería comenzar mi glamorosa vida de chica de la gran ciudad llorando en una parada de camioneros, rodeada de querubines racistas, mientras abrazo un oso de peluche apestoso.* Chester no era quién ella deseaba estar abrazando, pero tendría que alcanzarle.

53

DILL

DILL ESTABA de pie mientras los guardias traían a su padre. Le llamó la atención su mirada ardiente, pero le hizo frente y no desvió su mirada. Su padre tomó una silla con rudeza y comenzó a sentarse, pero vio que Dill no tenía intenciones de hacerlo y se quedó parado. Se miraron por un largo tiempo, según lo sintió Dill.

—Entonces —dijo su padre—, debes saber que ya lo sé.

Su voz tenía una calma viperina.

—Lo sé.

—Explícate.

Dill le ordenó a su voz no titubear, y no lo hizo.

—Voy a ir a la universidad. Voy a tener una vida mejor que esta. Eso es todo lo que hay para explicar.

—Estás abandonando a tu madre. —Su padre escupió las palabras como si fuera profano.

—Mira quién habla.

La calma venenosa de su padre comenzó a desvanecerse.

—No, yo no los abandoné ni a ti ni a tu madre. Fui sacado del lado de ustedes. Tú nos estás abandonando por opción, del mismo modo que mi padre me abandonó.

—No lo estoy haciendo. Casi te abandono de esa forma. Pero no. —Dill podría decir por la mirada que había en el rostro de su padre que se había derrumbado, solo por un segundo.

Luego el fuego pentecostal regresó.

—Tú faltas a los mandamientos de Dios al deshonrar a tu padre y a tu madre de esta forma. Hay un lugar de tormento eterno para aquellos que no cumplen las leyes de Dios.

—Te honro lo suficiente como para venir a decírtelo cara a cara. Eso es más honor del que mereces.

El padre de Dill se inclinó hacia delante, con las manos sobre la mesa, sus ojos atravesando a Dill. Una mirada de rendición atravesó su rostro. Dill sabía que su padre ya había tenido esa mirada antes, pero él nunca la había visto.

—Esto es obra de la prostituta, ¿no? Tu querida Delilah. *Lydia.* Tu madre me contó sobre ella. Como ella te habló al oído.

Dill sintió una oleada ardiente de furia, sabía a hierro en su boca. Y luego comprendió. *Tu furia es lo que él quiere. Niégasela. Lo que él quiera que tú seas, quienquiera que él quiera que tú seas, niégaselo.*

—No sabes de lo que estás hablando —dijo Dill con tranquilidad—. No tienes idea. Y me das lástima. Te odiaba. Cuando pensaba que podría convertirme en ti, te odié mucho. Tenía menos miedo de morir que de convertirme en ti, pero ahora que sé que nunca seré tú, siento pena por ti. —Con esas palabras, Dill se dio vuelta y se fue.

—Vas a fallar— su padre le dijo mientras se iba—. Fallarás y caerás. ¿Dillard? ¿Dillard?

Pero Dill no miró hacia atrás.

*** *** ***

Afuera, el Dr. Blankenship esperaba en el estacionamiento, la parte de atrás de su Prius estaba llena de compras de Trader Joe's.

—Ey, Dill —dijo mientras Dill subía al auto—. ¿Listo para irte?

Dill asintió y sonrió.

—Sí. Ey, Dr. Blankenship, ahora que lo pienso, ¿podría molestarlo dentro de unos meses con un viaje a UEMT? Busqué autobuses, pero será difícil.

—Por supuesto. Ningún problema. Me va a alegrar ayudar a acomodarte.

—Eso sería genial. Voy a estar muy agradecido.

—Incluso podemos hacer una parada en Nashville si quieres visitar a tu papá.

—No, está bien.

* * *

Los días de verano se escurrieron entre una nebulosa de trabajo y más trabajo. No teniendo ningún amigo más en el pueblo, Dill no necesitaba tiempo libre. Trabajó para el Dr. Blankenship durante el día y por las noches lo hacía en su antiguo trabajo en lo de Floyd, y le dio a su madre tanto dinero como pudo mientras ahorraba algo para la universidad. Pasaba el poco tiempo que le quedaba escribiendo canciones o hablando con Lydia. Hablaban todos los días.

Lydia estaba ocupada con su pasantía durante el día. Por las noches, trabajaba en lanzar la versión extendida de *Dollywould* para la cual Dahlia y Chloe habían aportado dinero. Invitaba a escritores externos por primera vez y desarrollaba temas de amplio interés para mujeres jóvenes. Ya obtenía un *buzz* favorable y conseguía entrevistas de alto perfil.

Más o menos un mes después de la partida de Lydia, Laydee vio unos de los videos de Dill en el Twitter de ella.

Lo retuiteó a sus 1.9 millones de seguidores. Eso puso las cosas en movimiento para Dearly a lo grande. Unas semanas después, el manager de Laydee llamó a Dill para que ella grabara una de sus canciones en el próximo álbum. En un tono que sugería que le restaba mucha importancia a las cosas, ella le dijo a Dill que podría comprarse unos cuantos libros de estudio con los derechos de autor.

* * *

Dill se sentó en el living de su casa a esperar al Dr. Blankenship, con todo lo que iba a llevar a la universidad rodeándolo. Dos valijas de segunda mano llenas de las prendas que tenía (incluyendo lo que Lydia le había mandado por encomienda desde Nueva York), un juego de sábanas y una toalla. Una mochila con su laptop. Su guitarra. Sus cuadernos de escribir canciones. Analizó sus escasas posesiones con incertidumbre sobre el inesperado curso de su vida.

La noche anterior había tenido su propia ceremonia solitaria en la tumba de Travis. Dejó una hamburguesa de Krystal. La noche siguiente iba a tocar por primera vez en un café. Prometía ser a sala llena.

La madre de Dill, vestida con su uniforme de sirvienta, entró y miró alrededor, su cara se volvió gris.

—He visto el plan de Dios para ti, y no es este —dijo ella.

—¿Cómo has podido ver el plan de Dios para mí? — Intencionalmente disipó cualquier trazo de rencor en su voz, aun sabiendo que no le iba a gustar su respuesta. No quería nublar su partida.

El aspecto duro de su madre se suavizó.

—Cuando te sostuve de bebé y te miré a la cara, el Espíritu me lo reveló. Tu lugar está aquí, trabajando duro, viviendo simplemente, viviendo una vida religiosa.

Dill pasó sus dedos por el pelo y miró hacia otro lado.

—Hubo un momento en el que hubiera creído eso.

Su madre retrocedió.

—¿Ya no lo crees más?

Dill estudió la alfombra por un momento, fijándose en la mancha descolorida que lo atrapaba mientras se sentaba allí a tocar la guitarra.

—También tengo memoria. Cuando estabas en coma en el hospital, después de tu ataque, el doctor me dijo que podrías morir. Sostuve tu mano por horas, escuchando los bips de las máquinas y respirando por ti, y le pedí a Dios que te cure y que haga mi vida mejor algún día. Y lo ha hecho. Me ha enviado personas que me hacen sentir valiente y sentir que tengo opciones. Creo que Dios les presenta a las personas diferentes caminos que pueden tomar. No solo uno.

Ella frunció el ceño.

—¿Tú crees que este te lo ha presentado Él?

—Sí.

Agitó su cabeza, no como en desacuerdo, sino más como si intentara hacer de sus oídos un blanco en movimiento para lo que Dill estaba diciendo, de modo que las palabras no pudieran alcanzarla.

—Lo que tú piensas que es Dios, podría ser Satanás disfrazado de ángel de luz.

Dill sonrió tristemente.

—Créeme. Los ángeles que conozco me hubieran dicho si fuera Satanás.

—No es gracioso. —La mamá de Dill se quitó un mechón de pelo de los ojos. —No eres el mismo que eras antes.

—¿Cómo era?

—Menos orgulloso.

Él la miró a los ojos.

—Lo que tú llamas orgullo, yo lo llamo valor.

Ella se cruzó de brazos.

—Las cosas son lo que son. No importa el nombre que les des. —Después de un momento de duda, ella dijo: —También tengo un recuerdo de cuando estuve en coma. Recuerdo haber visto una hermosa luz. Me llenó de calidez y amor, y sabía que podía seguirla hacia un lugar mejor, donde me arrodillaría a los pies de mi Salvador, y nada me volvería a hacer daño. Pero no lo hice. Volví para cuidarte, elegí no abandonarte, y he sufrido debido a esa decisión, pero no me arrepiento.

Dill se paró y enfrentó a su madre. Hacía tiempo que era más alto que ella, pero sintió que se alzaba sobre ella.

—No espero que me entiendas. Este es el espíritu de Dios instalándose en mí. Esta es la muestra de mi fe. Hice esto para salvarme.

—No nos salvamos a nosotros mismos —dijo ella con un dejo de rencor.

—No dije que no tuve ayuda.

—Hice lo que pude por ti, Dillard. —Sonaba resignada y quebrada.

—Lo sé. Pero este ya no es el lugar o la vida para mí. —Comenzó a contarle lo cerca que había llegado, y lo afortunada que ella era de que él siguiera con vida, pero no pudo. Algunas cosas ella no necesitaba saberlas jamás.

La madre de Dill se acomodó la blusa, moviendo la cabeza.

—¿Hay alguna parte de ti que esté orgullosa de mí? —preguntó Dill.

Ya sabes la respuesta.

—Mis compañeras de trabajo me dicen que debo estarlo.

—¿Lo estás?

Ella miró al piso.

—No lo sé —dijo con tranquilidad.

Dill sabía que debía sentirse herido. En cambio, sintió más una tristeza residual y agotada. Un moretón descolorido. Solo la desilusión de su respuesta era lo que él esperaba. *No, no exactamente. Esperabas un rotundo no.*

Su madre rompió el silencio mientras tomaba sus llaves de al lado de la lámpara.

—Debo ir al trabajo. —Se dirigió hacia la puerta.

—¿Mamá? —dijo Dill antes de saber qué iba a decir.

Ella se detuvo con una mano en el picaporte de la puerta y la otra presionándose el puente de la nariz, con la cabeza baja. No se dio vuelta.

—Te amo —le dijo Dill a la espalda de su madre.

Ella se dio vuelta lentamente, con los ojos llenos de lágrimas.

—Tengo miedo de estar sola —susurró como con miedo de que hablar normalmente tirara abajo alguna barricada precaria dentro de ella.

—Lo sé. *Todos lo estamos.* —Dill dio un paso adelante tentativamente y la abrazó. No la había abrazado en mucho tiempo. Podía sentir los huesos de su afligida espalda y hombros. Olía a jabón Ivory de imitación y jabón en polvo para la ropa de una caja amarilla llamada "Detergente para la ropa". Ella se cubrió la cara con las manos y no le devolvió el abrazo.

Cuando Dill terminó de abrazarla, ella puso la mano húmeda en la mejilla de Dill.

—Voy a rezar por ti, Dillard.

Sonaba como si ella lo fuera a dejar morir en algún lugar desierto. Intentó darse vuelta y marcharse antes de que Dill viera sus lágrimas que comenzaban a correr por sus mejillas, pero no lo logró a tiempo.

Él se sentó por un rato mirando a la pared. Enchufó el aire acondicionado, sacó la guitarra y se puso a tocar por encima del ruido hasta que el Dr. Blankenship estacionó el Prius y tocó bocina.

Dill desconectó el aire acondicionado y puso la guitarra en la funda. Se puso la mochila al hombro y acarreó las valijas y la guitarra sujetándolas precariamente. Caminó hacia la radiante mañana, sintiéndose más liviano y más libre de lo que alguna vez se había sentido.

AGRADECIMIENTOS

QUISIERA AGRADECER, desde lo más profundo de mi corazón, a las siguientes personas que hicieron posible este libro:

A mis increíbles agentes: Charlie Olsen, Lyndsey Blessing y Philippa Milnes-Smith. A mi brillante equipo editorial: Emily Easton y Tara Walker. A Isabel Warren Lynch y su talentoso equipo de diseño; a Alison Impey por su increíble visión artística para la cubierta del libro y a Trish Parcell por el impresionante diseño interior. A Pheobe Yeh, Samantha Gentry y a todos en Crown Books for Young Readers, y a Barbara Marcus, Judith Haunt, John Adamo y su equipo de marketing. A Domminique Cimina y su equipo de publicidad de Random House Children's Books.

A mis estupendos lectores: Joel Karpowitz, Shawn Kessler, Sean Leslie, Heather Shillace, Amy Saville, Jenny Downs, Sherry Berrett, Valerie Goates, Ben Ball y al Dr. Daniel Crosby.

A SWAB.

A los chicos Bev: Jeremy Voros, Rob Hale, James Stewart.

A mi gurú: Fred Voros.

A mis fantásticos jefes: Amy Tarkington y Rachel Willis.

A Lyndsay Reid Fitzgerald, por decirme que debía escribir más.

A David Arnold y Adam Silvera por recibirme en su hermandad.

Al Dr. Malgorzata Büthner-Zawadzka, el primero en llamarme escritor.

A Jarrod y Stephanie Perkins, por siempre estar allí para mí y ser de gran inspiración.

A John Corey Whaley, por ser todo lo que esperaba alguna vez. Lo único que compite con tu increíble talento es la generosidad de tu espíritu.

A Natalie Lloyd, por hacerme reír siempre y por Midnight Gulch y los mágicos mundos que tienes por crear.

A mis Lydias de la vida real: Tracy Moore y Alli Marshall.

A Denise Grollmus, siempre estaré en deuda contigo. Este libro no existiría sin ti.

A mi maestra de inglés de cuarto grado, Lynda Wheeler, quien me hizo creer que podía ser un escritor.

A Joe Bolton, por su poesía.

A todos en el Tennessee Teen Rock Camp y a las Suthern Girls Rock Camp.

A cada uno que dijo, aun sarcásticamente, que debía escribir un libro algún día, porque generalmente comprendo hasta los cumplidos sarcásticos como sinceros.

A cada uno que alguna vez escuchó mi música y me apoyó. Este libro no existiría sin las historias que comenzaron como canciones. Esas canciones no hubieran existido sin ustedes.

A la ciudad de Nashville, Tennessee, por recibirnos de nuevo. A las autoridades de Nashville Metro Transit por hacer de sus ómnibus un lugar tan bueno para escribir. La mayoría de este libro fue escrito en ellos.

Al sistema público de la biblioteca de Nashville y Riverbank Books en Sparta por existir.

A mi papá y a mi mamá, quienes inculcaron en mí un amor eterno por los libros. Quienes me leyeron. Quienes me dejaban en la biblioteca con una moneda para llamarlos por teléfono público cuando necesitara volver después de pasar muchas horas allí. Ustedes hicieron este libro posible. A mi hermosa esposa y brillante mejor amiga, Sara. Sin tu aliento y apoyo no podría haber escrito esto o cualquier otra cosa. Eres mi mundo. Traes música a mi vida. Y a mi hermoso hijo, Tennessee. Gracias por ser el hijo perfecto y hacerme siempre tan orgulloso. Nunca voy a olvidar la mañana que ambos pasamos trabajando en nuestros libros.

El amor merece monumentos, y este es el único tipo que sé construir. Continuaré construyéndolos mientras tenga la fuerza suficiente en mi mente y en mis manos. Los amo a ambos. Gracias.

ACERCA DEL AUTOR

JEFF ZENTNER es un cantante, compositor y guitarrista que ha grabado con Iggy Pop, Nick Cave y Debbie Harry. Además de escribir y grabar su propia música, Jeff trabaja con jóvenes músicos en el Tennessee Teen Rock Camp, lo que lo inspiró a escribir una novela para jóvenes adultos. Vive en Nashville con su esposa e hijo. *The Serpent King* es su primera novela. Lo puedes seguir en Facebook e Instagram, y también en Twitter en @jeffzetner.

Acerca de *El Rey Serpiente* Jeff dice: "Quería escribir acerca de gente joven que lucha por llevar vidas dignas y encontrar la belleza en un lugar olvidado. Los que se preguntan qué pasa con los sueños una vez que pasan la línea del condado. Este libro es mi carta de amor para aquellas personas que alguna vez se sintieron como ellos, sin importar cómo o dónde crecieron".